신선도에는 신선이 없다

神仙圖

신선도에는 신선이 없다

푸른사상

序文

　신선도(神仙圖)에는 신선이 없다. 다만 노철인이 있을 뿐이다. 이 책은 나의 회고록이다. 그것은 신선도를 찾아 헤맨 길을 되돌아보는 것이다. 그것은 수련선도에 대한 꾸준한 관심이었다. 나의 학문 도정을 되돌아보면, 평생에 가고자한 길을 가지 못한 아쉬운 도정이었다. 그것은 인생의 갈림길에서 학문의 길과 창작의 길에서 헤맨 역정이었다. 그러나 그것보다 더욱 중요한 것은, 스스로 깨달아서 수련한 후에 학문에 임하지 못한 아쉬움이었다.

　경주에서 중학교를 마친 후 대구로 올라왔다. 20세를 전후해 순차적으로 학업을 닦지 못하고 수의과 병원의 조수로 취업한 나는, 월반과 꾸준한 개인 독서로 속을 채워갔다. 제일 힘든 것은 내 시간을 갖지 못하는 것과 잠을 실컷 자지 못하는 것이었다. 그런 가운데 위산과다로 인한 위장병과 어지럼증을 일으키는 빈혈을 얻었다. 나는 이를 악물고 견뎌야 했다.

　적령기에 맞추어 고교학업을 마치지 못하고 대학 진학 또한 1, 2

년 늦어져 애를 태우기도 했다. 이 모든 것은 또한 징병 기피라는 꼬리표를 항상 달고 다녀야 했다. 중학교 과정을 마치고, 대구에서 야간과정에 편입했던 일은 인생의 대전환이었다. 그러나 이러한 과정을 아무도 곁에서 도와주는 이가 없다는 것이 힘들고 어려운 것이었다. 야간 대학을 나온 후에 S고등학교에 취직을 했으나 논산훈련소에 갔다와서야 정식 교사가 될 수 있었다.

그동안 펴낸 책을 살펴보면 현대문학에서 출발하여 비평가의 반열에 있다가 고전문학으로 복귀했음을 알 수 있다. 고등학교 교사와 대학 강사 시절에 출간한 『한국 소설의 문체론적 연구』(1973, 형설)를 위시하여 『한국신선소설연구』(1984, 형설), 『문체론강의(번역)』(1990, 현대문학), 『소설과 시의 문체미학』(1990, 대구대출판부), 『황정경』(1993, 동화문학사), 『단학신선전』(1993, 동화문학사), 『한국의 선도 문화』(1994, 살림), 『여동빈 이야기』(1994, 살림), 『청학선인이야기』(1994, 살림), 『참동계 이야기』(1994, 살림), 『한국의 풍수지리설』(1995, 살림), 『한국도교문학사』(1997, 국학자료원), 『삼한습유(번역)』(1998, 태학사), 『황정경 연구』(1999, 태학사), 『황제내경소문』(1999, 국학자료원), 『환몽소설과 꿈 이야기』(2000, 푸른사상), 『황제영추경』(2000, 푸른사상), 『황제소문경』(2001, 푸른사상), 『완역 동의보감』(전 5권, 2003, 푸른사상), 『이제마·허준과의 동의학 산책』(2004, 선), 『황제소녀경』(2005, 선) 등을 간행했다.

그리고 이 『신선도(神仙圖)에는 신선이 없다』는 이들 책들의 간행과 관련한 필자의 간단한 신변잡기와 학문에 얽힌 이야기와 저술들의 서문과 지도 받은 이들의 논문의 개략을 담았다. 책과 관련하여 잊지 못할 회고의 담론들을 간직하고자 하였다. 이는 또한 필자가 처음 내놓는 에세이집이기도 하다. 그것은 나의 학문을 되돌아보는 회고록형식을 빌어 쓴 지그재그식 에세이집이다. 그러면서도 일관된 관심은 수련선도(修鍊仙道)에 있음을 알 수 있을 것이다.

2005년 12월
태전서재에서   최 창 록

차례

1 고전으로의 복귀

나의 학문을 되돌아보면 현대문학을 전공한답시고 여기저기를 기웃거리고는 알량한 시인도 못되는 주제였다. 경북대 대학원에서 석사학위를 받아야겠는데, 군대에 불려갔다. 귀향하고 마구 갈겨서 내놓은 것이 「소월과 지용을 통해 본 전통적 요소와 현대적 요소」라는 에세이식 논문이었다. 재미있는 것은 지도교수가 이재수, 김춘수 두 분이었다.

40 이전의 나 자신을 되돌아보면 외부내빈이었다. 뭐하나 똑 떨어지는 이미지가 떠오르지 않는다. 그 많은 수업시간을 낮에는 대학 강사로 밤에는 고등학교 교사로 밥벌이를 하면서 학문에 깊이 빠져들어 보지도 못하고 어영부영 세월만 흘려 보냈다.

그래도 모교에서는 처음으로 부여해준 「소설론」 강의였는데 그때 K교수가 강의안을 꾸며 오라고 해서 제출한 것이 「한국 소설의 문

체론적 연구」다. 이것이 고전으로 복귀한 계기이기도 했다. 왜냐하
면 소설강의를 현대와 고전을 관통해서 강의하라고 했기 때문이다.
더욱이 이 강의안을 책으로 펴내면서 전국국어국문학회에서 당시의
Y대 김동욱 교수가 해준 격려의 말씀은 지금도 잊을 수가 없다. 매
우 새로운 해석법이며 장래가 촉망된다고 했다. 이 강의안을 책으로
출간했다. 그 서문을 소개한다.

　　바보는 천사들이 걷기를 두려워하는 곳에 뛰어든다는 말은 pope
의 詩句다. 우리 소설을 연구함에 있어서 「詩語의 硏究」라는 막연한
듯한 개념을 필자는 견지해왔다. 그러나 그 언어의 연구라는 것도
그 개념에 따라 뉘앙스가 달라지는 게 사실이다. 스핏쳐의 견해는
개성적 특이성이라는 전제에서 style을 추구하는 보편 속의 특이 「일
반적 사용에서의 이탈」이라는 문학사관에 치우치게 되기도 하고,
오늘날의 언어학 philology에서는 지나치게 과학을 내세움에 의하여
문학연구의 본질인 가치평가와 軌를 달리할 염려마저 없지 않는 것
이다. 그러므로 필자는 당분간 우리 소설의 연구에 있어서 현대의
언어학과 문학 비평의 양면을 조화시킴으로써 보다 완전한 연구에
로의 지향을 목표로 하고자 한다. 이것은 앞으로의 연구의 첫 디딤
돌이라는 신중성도 있겠지마는 우리 소설에 관한 한 여러 학자들의
소설사나 그 밖의 이론들이 아직도 후학들이 전적으로 참조할 수
있는 고대와 현대를 통관할 수 있는 저서가 되지 못하고 있다는 견
해에서 보다 사학에 기여할 수 있는 방법론을 모색코자 했다. 광범
위한 참고와 견해의 도움을 바라는 현학적(衒學的)인 연구를 지양하
고 context의 분석을 위주로 하되 기왕의 논저들이 놓쳐버린 측면들
을 고구하고자 했다.

이 책의 간행은 1973년의 일이었다. 경대에서 석사를 마치고 1977년 모교의 박사과정에 들어갔다. 그러니 1970년대는 내 인생의 대전환기이며 모색기였다.

S고등학교에서 8년, Y고등학교에서 10년을 근무하고 대구대학교로 옮긴 것이 1978년이다. 이태영 총장과의 면담에서 최 교수를 우리 대학에 모시게 됐다는 말을 듣고 나니 하늘의 별이라도 딴 기분이었다. 환경이 바뀌고 나니 이제 성실한 교수, 진실된 학자가 되어야겠다는 다짐을 했다. 그래서 더욱 나만의 독특한 학문의 모색이 시작된 것이다. 1979년의 가을, 총장의 호출을 받고 들어가니, K교수가 미국으로 가야 하니 학생처장의 자리에 대신 앉으라는 것이 아닌가? 그때는 아직 박사학위를 받기 전이었다. 학생처장, 대구학원장, 사범대학장을 연이어 맡았다. 당시 데모 진압의 와중에서 학위과정을 마치고 논문을 준비하고, 학위를 받고 나니 50이 넘어있었다. 본격적인 저술활동이 시작된 것은 보직에서 해방된 1990년 이후였다.

나의 학위과정은 예상과는 달리 6년 반이 걸렸다. 처음에는 지도교수인 S교수가 학위과정을 마치면 바로 논문을 제출하라는 언질을 받았으나 지도교수의 정년으로 일이 꼬이기 시작했다. 논문을 다 써 났는데도 종합 시험이란 통과제의로 가시나무에 걸린 것이다. 지도교수로 새로이 등장한 L교수. 그는 학위과정이 나보다는 늦었고 현직 교수였다. 자신이 학위과정도 못 마쳐서인지 종합시험을 허락하지 않았다. 세속적인 견제가 시작된 것이다. 더욱이 "너희 대학의 총장도 이렇게 대접하느냐"는 식의 웃지 못할 언행에 두 손을 바짝 들었다. 그러나 이때의 시련은 나의 학문을 다지는 계기가 되었다. 논제는 『한국 신선소설 연구』였는데 심사과정에서 K교수는 「신선류소설」을 고집했다. 형설출판사에서 펴낸 『한국 신선소설 연구』의 서문에서 고전으로 복귀하는 나의 발걸음에 대한 설명이 있다.

"대학에서 문체론에 관심을 가졌고 대학원에서 시론을 중심으로 논문을 썼으나 대학 강단에서는 소설론을 강의하게 되었다. 강의안을 중심으로 펴낸 것이 10년 전의 「한국 소설의 문체론적 연구」이고 이제 다시 학위과정에서 그간 다룬 결과물을 모아 책으로 내게 되었다.

세월은 사람을 기다리지 않아 이제 지명(知命)에 이르러 학문의 길에 입문하게 된 처지이고 보면 참으로 부끄러운 마음뿐이다.

우리 소설의 연원을 살펴보면 삼국사기나 삼국유사에 기록된 전기류가 유교적 이념이나 불교적 포교사상의 귀감이 되는 인물에 대한 이야기이고 보면, 순리(順理)에서 벗어나 역천하는 방외지인을 중심으로 인물들의 전기(傳記)가 중심이 된 신선류에 대한 이야기가 허기〔虛構〕라는 의미에서 소설 연구의 큰 몫을 차지한다고 믿는다. 최근 이에 대한 관심이 몇몇 학자들에 의하여 제기되고 그에 따른 상당한 성과가 있었다. 그러나 이에 대한 연구성과가 도교나 도가사상의 파악에만 그치고 있는 실정이다.

이를 감안하여 선학들의 연구를 바탕으로 하되 그 방법론을 달리하여, 신선이 되고자 하는 인물들의 창의성이 투영된 작품, 그리고 이들에 선행한 문헌설화 속의 이인(異人), 기인(奇人), 방외지인(方外

之人들의 행적과 그 사상을 먼저 살펴보았다.

　이들을 종합해서 살펴보면 선인들의 선도사상(仙道思想)은 수련선도(修鍊仙道), 주체선도(主體仙道), 위선도(僞仙道)로 대별된다.

　이 작품군은 조선조 초기 소설 형성에서부터 고전 소설의 말기에 이르기까지 고루 분포되어, 우리 소설의 근간을 이루고 있다고 할 수 있다. 그러므로 우리 소설의 연구에 있어서 이들 신선소설(神仙小說)의 연구는, 소설 구조의 분석 평가에 있어서나 소설사상의 위치에서나 매우 중요한 연구가 되리라고 믿어 의심치 않는다."

대구대 대학원에 국어문학과 박사과정이 개설되었다. 그 초기에 김주곤 박사는 「불교가사의 연구」로 최준하 박사는 「韓國實學派私傳의 연구」로 학위를 받았다. 이한우 박사는 그 다음에 「택당이식 문학연구」로 학위를 받았다.

2 권계(勸戒)와 감통(感通)

신라의 수이전(殊異傳)이 책명이냐, 장르명이냐에 대한 언급이 더러 있었다. 그것은 정전(正傳)인 유가의 열전(列傳)과 불·도의 이전(異傳)이란 장르구분으로 보아야 하는 것이다.

사마천의 사기(史記)는 한무제 때인 기원전 91년에 간행됐다. 그때까지는 왕실 및 조정에는 유학보다 도교 세가 우세하여, 지주사상(支柱思想)이었던 것이 반전하여 제자백가의 일파에 지나지 않던 유학이 지주사상이 되고, 도교는 제자백가의 한 갈래로 전락하여 형세가 역전된 것이다.

노자는 초나라 고현 여향 곡인리 사람으로 성은 이(李), 이름은 이(耳), 자는 백양(伯陽) 세호는 담(聃)이라 했다. 주나라 수장실(守藏室)의 사(史)로 있었다.
공자가 주나라에 갔을 때에 예(禮)에 대하여 노자에게 물으니

"그대가 말하는 옛날의 성인도 그 육신과 뼈다귀가 썩어져서 지금은 다만 말한 바를 남겼을 뿐이다. 군자가 때를 얻으면 수레를 타고 귀한 몸이 되지만, 그렇지 못할 때에는 떠돌이 신세가 되고 마는 것이다. 훌륭한 장사치는 물건을 깊이 간직하여 밖에서 보기에는 공허한 것같이 보이지만 속이 실하고, 군자는 풍성한 덕을 몸 깊이 감추어 우선 보기에는 어리석은 것같이 보이지만, 사람됨이 충실하다고 들었는데, 그대는 몸에 지니고 있는 그 교만함과 욕심 많음과 잘난 체함과 산만한 생각들을 버려라. 그것들은 그대를 위해서는 아무런 이익도 없는 것, 내가 그대에게 말하고자 하는 것은 다만 이것뿐이다" 했다.

공자는 돌아가서 제자에게 말했다. "새는 날고, 고기는 헤엄치고, 짐승은 달린다는 것은 나도 잘 알고 있다. 달리는 것은 그물을 쳐서 잡고, 헤엄치는 것은 낚시를 드리워서 잡고, 나는 것은 주살로 쏘아서 떨어뜨릴 수 있지마는, 용에 이르면 그것은 바람과 구름을 타고 하늘에 오른다고 하니 나로서는 실체를 알 수가 없다. 나는 오늘 노자를 만났는데 용 같다고나 할까 전혀 잡히는 것이 없더라."

이 사마천의 열전은 노자의 뛰어난 권계(勸戒)를 말하고자 했고, 그 있었던 사실(史實)을 제대로 알리기에 노력했다. 그에게서 가르침을 얻고자 노력한 것이다.

이에 반해 수이전(殊異傳) 형식의 신선전을 쓴 갈홍(葛洪)은

"노자는 이름을 중이(重耳)라 하고 자는 백양(伯陽), 초(楚)나라 고현 곡인리 사람이다. 그 어머니가 큰 유성에 감응하여 임신하니 비록 하늘의 기를 받았으나 오얏나무가 있는 집에서 보았으므로 李로써 성을 삼았다. 혹은 말하기를 노자는 천지에 앞서 났다 하고, 혹

은 하늘의 정백(精魄)이라 하니 대개 신령의 속(屬)이다. 어머니가 72년을 회임했다가 어머니의 왼쪽 겨드랑이를 째고 나왔으며 날 때에 머리가 희어서 노자라 했다. 그 어머니가 남편이 없어서 노자가 그 어머니의 성이라 했다. 혹은 상삼황(上三皇) 시에 현중법사(玄中法師)였고 하삼황(下三皇) 시에는 금궐제군(金闕帝君)이었고, 복희시에는 울화자(鬱華子)였고 신농시에는 구령노자(九靈老子), 축융시에는 광수자(廣壽子), 황제시에는 광성자(廣成子), 전욱시에는 적정자(赤精子), 제곡시에는 녹도자(綠圖子), 요임금시에는 무성자(務成子), 순시에는 윤수자(尹壽子), 하우시에는 진행자(眞行子), 은탕시에는 석측자(錫則子), 문왕시에는 문읍선생(文邑先生)이라 하고 수장사라고도 하며 원에 있을 때는 범려가 되고 제에 있을 때는 시이자, 오에 있을 때는 도주공(陶朱公)이라 하여 여러 책에 보인다. 신선 접경에는 나오지 않아 그 근거를 댈 수 없다."

고 했다. 이것은 갈홍이 노자에 대한 감통신이한 부분(感通神異分)을 적었다는 것이다. 갈홍은 노자의 이름, 자, 출신지를 사기에 의할 뿐, 그 밖의 이야기는 그를 둘러 싼 전설에 근거하되 신선정경(神仙正經)에는 나오지 않는다고 했다. 그가 시대에 따라서 이름과 자(字)를 바꾼 것은 나름대로 뜻이 있다고 했다. 원진경에 의하면 인생은 각자가 액운(厄運)을 만나는 시기가 있는데, 그 때에 이르러 이름과 자(字)를 바꾸면 원기의 변화에 따라서 연년(延年)하고 도액(度厄)할 수가 있다고 했다. 연년은 수명을 연장하는 것이고 도액(度厄)은 액운을 제도한다는 뜻이다.

이후 수이전 연구로 서용규 박사가 학위를 받았다.

3 도경의 번역

　우리나라의 고전문학에는 도경이 많이 등장한다. 도교의 발상지
는 중국인데, 유가의 4서5경, 불가의 불경에 맞서서 도경이 편찬됐
다. 우리나라에서도 이에 대한 관심과 연구가 활발했었다. 신선이
되고자 하는 이들은 이 도경이야말로 필독서였다. 필독서일 뿐 아니
라 수련득도하는 필수 코스가 있었던 것이다. 정송강은 자신의 처지
를 황정경 한 대목을 잘못 읽고 천상에서 지상으로 귀양온 적선(謫
仙)으로 비유했다. 그런데 이 황정경의 내용에 대해서는 아무도 가
르쳐 주는 이가 없었다. 나도 대학 강단에 선 지 15년이 넘었으나 이
를 명쾌하게 풀어서 가르쳐주지 못했다. 비로소 이에 대한 도전이
시작된다.

　부상대제군(扶桑大帝君)이 양곡신선왕(暘谷神仙王)에게 명하여 위
부인(魏夫人)에게 전한 황제내경(黃帝內經)은 일명 태상금심문(太上

琴心文)이라고도 하고, 일명 대제금서(大帝金書)라고도 하며, 일명 동화옥편(東華玉篇)이라 했다.

부상대제(扶桑大帝)는 동왕공(東王公)이다. 동왕공과 서왕모가 결합하여 인류가 탄생했다는 것이 도교신화이다. 양곡신왕(暘谷神王)은 부상대제군의 신하이다. 이 황정경은 유무령(劉武令)인 유문(劉文)의 아내인 위부인(魏夫人)에게 전수되고 그때 선동(仙童)인 청동군(靑童君)을 대동했다고 했다.

황정경은 90일을 목욕재계하고 만 번을 외운다.

"삼혼(三魂)을 조화롭게 하고 칠백(七魄)을 단련하고 삼시(三尸)를 없애면, 육부오장(六腑五藏)이 편안하고 부드러우며, 화색(華色)이 돌아 어린 아기로 되돌아간다. 백병이 몸을 상하지 않고 재화(災禍)가 끼어들지 못한다. 만 번 외우기를 마치면 자연 귀신을 통관(洞觀)하게 된다. 안으로 장과 위를 볼 수 있게 되면 그때에 황정진인(黃庭眞人)과 중화옥녀(中華玉女)가 있어서 그대에게 신선을 가르치니 이것이 불사(不死)의 도이다."

"포박자(抱朴子)는 "한 사람의 몸 속에는 하늘과 땅의 형상이 갖추어져 있다"고 했다. 도가에서 황정(黃庭)이란 방광의 위이고, 비장 아래 신장 앞, 간의 왼쪽, 폐의 오른쪽이니 이곳이 중앙이다. 운급칠첨에는 비신(脾神)의 이름이라 했다. 도경으로서의 황정경은 황정내경경, 황정외경경과 황정중경경, 황정둔갑연신경이 있다. 이 밖에도 황정양신경, 황정오장육부진인 옥추경 등이 있는데, 모두가 도가의 양생법을 설명한 책이라 했다. 그 중에서 황정내경경과 외경경이 가장 중요한 책이다. 황정내경경은 대도옥신군 즉 부상제군이 말한 바를 위부인(魏夫人)에게 전한 것이고, 황정외경경은 노자가 지은 것을 왕우군(王佑君)이 쓴 것이라 했다. 황정중경경은 구선군(九仙君)이 짓고 중황진인(中黃眞人)이 주석하였으며 태장론(胎藏論)이라 부른다고 했다. 둔갑연신경(遁甲緣身經)은 지은이는 알 수 없으나 황제(黃帝)가 이 신령스런 비결을 공경스레 받아 정성껏 수련한다고 했다. 그러니 육갑비요(六甲秘要)의 영결(靈訣)이라 했다.

이 황정경은 운급칠첨의 제11에서 제14에 수록되어 있으며 삼동경교부(三洞經敎部)의 경(經)에 속한다.

양구자(梁丘子)는 황정내경경을 도화제군(東華帝君)의 비결(秘訣)이요, 선도학습(仙道學習)의 오묘(奧妙)이며 우화등선(羽化登仙)의 근본이라 했다.

이 황정경이 우리나라에 전래된 것은 해동전도(海東傳道錄)에 의하면 정양진인 종리권(鐘離權)이 최승우와 자혜스님에게 전수했다고 했다. 관동별곡에 「꿈에 혼 사람이 날드려 닐온 말이 그대를 내 모르랴 상계에 진선이라 황정경 일자룰 엇디 그릇 닐거두고 인간의 내려와서 우리룰 똘오는다」 했다.

이는 소동파(蘇東坡)의 "往來三世空疎形·竟佐誤讀黃庭經"의 적선을 인용한 것이다. 나는 일찍부터 이 황정경이 어떤 내용인가를 궁금히 여기던 차에 선도이론과 선도소설을 접하게 되고, 대학원에서 학생들과 더불어 황정경을 윤독하는 강좌가 있어서 이를 번역 출간하려는 욕심이 생겼다. 특히 과제물로 제출한 J·B 두 박사의 글을 바탕으로 하여 햇빛을 보게 된 것이다.

이상은 그 서문이다.

이 황정경의 번역에는 황정경윤독회에서의 박기용, 정동진 두 박사의 도움이 컸다.

4 선도문학의 길라잡이

선도문학 강좌는 전 5권이다. 유수한 출판사 중에 단행본을 잘 내는 평이 있는 출판사를 물색하다가 오병기 박사가 자기 동문 중의 심만수 사장에게 다리를 놓아, 살림 출판사에 나의 출판 계획서를 제시했다. 조건은 판매에 협조해 달라는 것이었다. 책에 따라서는 재판을 낸 것도 있고 그렇지 않은 것도 있으나 대체로 평이 좋은 편이었다. 지금은 대부분 절판되어서 흔히 독자들의 구독요청이 있으나 이에 응해주지 못하고 있다. 참고로 우리나라의 선도문학에 관심 있는 독자는 대체로 1000명 안팎으로 보면 될 것이다.

"우리나라 문학사에서 유·불·도의 정립(鼎立)을 언급하지 않고 넘어갈 수는 없다. 그러나 유불의 사상적 맥락과 흐름에 대해서는 상당한 성과가 이루어졌으나 도교문학에 대해서는 단 몇 줄의 언급을 해 놓고는 문학사에 구색을 맞추어 놓은 인상 정도로 그치고 있다. 이는 없었던 자료 때문에 안타까워하는 것이 아니고, 있는 자료나마 외면하면서 자료가 미흡했다는 변명과 문학사 연구가 주체성의 확립과 무관하지 않다는 입장 때문에 아직도 미흡한 채로 많은 연구와 업적을 기다리고 있는 형편이다.

도교 문학의 성립에는 그 출발에서부터 도교의 과의(科儀)나 재초(齋醮)에 있는 것이 아니고 그 문학적 기초가 선도(仙道)에 있다. 그것은 시나 소설에도 같이 적용되는 것으로 인간의 꿈과 이상을 추구하는 낭만주의 이상주의 문학의 뿌리인 것이다."

나 이제 가벼이 하늘로 나르게 됐고/ 수행이 공을 세우게 됐으니/ 삼계가 모두 고개를 숙이고/ 조용히 자미궁 속으로 들어가네/ 수레가 허무 중에 머물러 보니/ 인생은 참으로 흐르는 물같구나/

이는 갈현(葛玄)의 유선시(遊仙詩)이다. 자신은 이미 선도(仙道)를 수행하였으므로 가벼이 하늘로 비승한다고 했다. 또한 천상의 궁궐인 자미궁(紫微宮)에서 세상을 내려다보는 풍경을 상상했다. 그러면서 유수같이 빠른 인간 세상의 덧없고 빠름과 그의 꿈이 현실로 다가선 선계(仙界)의 아름다움을 대비시킨 작품이다. 이러한 생각은 시로서만 나타낼 수 있는 것이 아니고 소설로도 나타내니, 선도수련하는 과정에 있는 은화적(隱化的)인물이나, 비승(飛昇)하며 선계에 올라간 인물들에 대한 전기(傳記)가 쓰여진 지 이미 오래인 것이다. 이들을 아울러서 선도소설(仙道小說)이란 장르를 설정한 것이다. 이는 선도문학강좌 제1편의 「한국의 선도문학」의 들머리이다.

"단학이니 비결이니 단전이니 호흡이니 하는 말들은 이제 생소하지 않다. 이에 대한 책들도 비온 뒤의 죽순처럼 돋아나고 있는 것도 사실이다. 그러나 참으로 양심적인 책들은 몇 권이나 될까. 필자는 선도수련에 대하여 관심을 가진 이래 신선전 한 권과 황정경 한 권을 엮어 내 놓은 적이 있다. 내용이 아무리 어려워도 쉽게 쓰면 많은 사람이 관심을 갖겠지만, 이것은 대중화에 힘을 입어 널리 읽히는 이점이 있긴 한데 내용 자체가 어렵기도 하여 대중 독자들에게 얼마나 유익하고 갈증을 해소시켜 주었는가는 스스로도 판단하기 어렵다.

단학(丹學)이란 선도수련의 경전이다. 그 경전은 도덕경이나 남화경보다는 더 신비화되어 있다. 그러므로 비결(秘訣)이라 하기도 하고, 이 범주에 드는 구결(口訣)과 아울러 같은 맥락에서 읽힌다. 이 선도수련이 우리나라에서 자생적으로 이루어졌다는 견해도 있지마는 이는 설득력이 없다. 이는 우리 민족의 주체성과 연관되어 있어서 이를 폄하할 수는 없으나 삼국통일과 고구려 유민 발해사 등과 관련하여 후대에 엮어진 글들이 있다. 이러한 주체 사상은 고려시대의 이암(李嵒)을 축으로 해서 단군세기 등에서 미화되었다. 그리고 임병양란 이후에는 도교사상과 습합된 선불사상이 그 근간을 이루다가 조선조 말기의 나철(羅喆) 등의 대종교와 결합하여 명맥을 이어 오다가 최근 들어서 가위 붐을 이루고 있다고 해도 좋은 것이다. 이것이 주체선도사상에서 주체선도수련에까지 확대되고 있다. 그런데 선도수련의 맥락은 신라말의 견당유학생과 당대의 전진파가 연결고리가 되어 지금까지 태백산이나 지리산에 은둔한 선인들에 전승되면서 우리나라의 정통선도 이론이 형성되어 왔다. 이는 주체선도가 그 정신사나 사상사이기에 기록된 경전은 비결이나 구결이 아니라 선도수련의 맥락이 종리권 여동빈을 중심으로 하는 선도파들의 경전과 긴밀하게 연결된다."

5 여동빈(呂洞賓)의 스승과 제자

우리나라에는 신선도가의 이야기가 많으나 떠돌아다니는 단편이 많다. 떠돌아다니는 단편만으로는 그 실상이나 실체가 하잘 것 없는 것일 수밖에 없다. 오늘을 사는 우리 인간에게는 고금에 있었던 한 인간의 이야기가 깊은 삶의 궤적을 남겨 진리가 될 수 있는데 떠돌아다니는 단편의 이야기들은 거기에 미치지 못하는 것들이란 뜻이다.

선도 선가들의 정통은 기복(祈福)이나 종교적 외경(畏敬)에 있는 것이 아니다. 수련하여 현실을 초탈하여 선화(仙化)하는데 있었다. 수련하는 정통파는 호국 선도의 화랑(花郞)에 의해 명맥이 이어졌으리라는 추상적 견해가 있는가 하면, 단군선파와 같은 주체적 명맥이 있다. 그러나 이론적인 맥락은 전도파가 주장하는 해동전도록을 근간으로 하여 설명될 수밖에 없다.

이 중화의 전진파(全眞派)는 실사(實史)와 연결되어 도맥을 형성하고 있다. 우리나라의 선가도맥도 이 전진파와 깊이 연결된다.

전진파의 제1조는 소양진인 왕현보(王玄甫)이다. 수신기(搜神記)에 의하면 그의 본명은 왕성(王誠)이요, 자가 현보(玄甫)라 했다. 도호(道號)를 동화자(東華子)라 하고 전국시대사람이다. 태어나면서 기이한 표상이 있었으며 백운상진(白雲上眞)에게 인도되어 입도했다. 곤륜산 연하동에 들어가 띠집을 짓고 살았는데, 그 편액을 일러 동화관(東華觀)이라 했다. 100여 년을 가르치니 문하생 중에 정양진인 종리권이 있었다. 도세(度世)하고 대를 이어 정통선법을 가르치게 했다.

대를 이은 정양진인 종리권(鐘離權)은 후에 개명하여 종리각이라 했다. 자는 적도(寂道) 호는 화곡자(和谷子)이다. 또는 정양자(正陽子) 운방선생(雲房先生)이라 했다. 아버지는 제후(諸侯)였고 지운(至雲) 중부(中府) 태생이다. 그가 태어날 때에는 기이한 빛이 몇 길로 타는 불같이 그를 싸서 모두가 놀랐다고 했다. 태어난 그의 관상은 머리가 둥글고 이마는 넓고 귀는 두텁고 어깨는 길며 눈은 깊고 코는 우뚝했다. 입은 곧고 뺨은 넓고 입술은 붉고 팔뚝은 세 살 난 아이처럼 드리웠다. 그는 밤낮으로 울지 않고 먹지 않더니 7일째 이르러서야 뛰면서 소리내어 말하기를 "몸은 자부(紫府)에서 놀고 이름은 옥경(王京)에 쓰여있다" 하고 외쳤다. 장성하여 벼슬이 진(晉)나라 대장(大將)이 되었다. 군사를 통솔하여 서북의 토번(土蕃)에 출전, 양군이 맞서 싸울 때에 홀연 하늘에서 큰 우레와 번개가 치고 깜깜해지니 양군이 싸우지도 못하고 궤멸되었다. 거기서 만난 것이 제1조 왕현보이다. 상선(上仙) 왕현보를 만나 장생결(長生訣)을 얻고 다시 화양진인(華陽眞人)을 만나 태을도규(太乙刀圭)와 화부대단(火符內丹)을 전수받아 현현(玄玄)의 도에 길이 밝아지게 되었다.

제3조 여동빈은 이름이 암(嵒) 혹은 암(巖)이다. 자는 동빈(洞賓) 호는 순양자(純陽子)이다. 당나라 때 포주(浦洲) 영락현(永樂縣) 사람이다. 아버지의 이름은 위(渭) 일찍이 예부시랑(禮部侍郞)을 역임했고, 아버지의 이름은 양(讓) 벼슬이 태자우서자(太子右庶子)에 이르렀다. 후에 해주자사(海州刺史)가 됐다. 어머니가 태종(太宗), 정관(貞觀) 20년 4월 14일 9시, 꿈에 능금나무에 기대어 잠이 들었는데, 그때 기이한 향기가 길에 가득하고 하늘의 음악(天樂)이 공중에서 들려오고, 한 마리 학 같은 흰기러기가 하늘로부터 품속으로 드는 순간에 낳았으므로 소선(紹先)이라 했다.

선도문학 강좌의 2권에서는 선도수련의 비조(鼻祖)로서 여동빈을 소개했다. 그의 인생은 선도수련의 역정과 스승과 제자를 연결하는 핵심에 있다. 그의 언동과 시사(詩史)는 도교 문학의 귀감이다. 또한 그의 스승과 제자들은 뛰어난 인물(人物)의 전형이다.

흔히들 도가와 도교, 선도를 혼동하는 경우가 많다. 유·불·도 3종에서 도교의 종파를 깊이 파악해야 균형있는 이해가 가능하다. 도교는 선도수련의 근원이 된다.

도가 문화는 또 주역과도 깊은 연관이 있다. 유·도의 분파가 있기 전에는 종(宗)의 구별이 없었다. 유·도의 핵심 윤리가 같은 범주에 속한다는 뜻이다.

도가 중에 단도파를 단정파(丹鼎派)라고도 하는데 실로 도가의 독특한 맥을 형성하고 있다.

이 단도파의 정통은 갈치천의 '포박자', 도홍경의 '동진요결' 그리고 소강절이 종풍(宗風)을 일으키니 무극은 태극이 되고, 다시 주염계의 태극도설은 유가사상의 깊은 곳까지 뿌리를 내리니 도가가 유가이고 유가가 도가라는 혼융 속에 서로 자파가 종(宗)이라고 주창하기에 이르렀다. 또 선도문화는 장자양의 오진편에 이르러 선리(禪理)와도 상통하게 되어 깊고 오묘하게 됐다.

> 은은한 용루에 구름 안개 상서롭고
> 풍류의 자부(紫府)가 소양(少陽)의 집이네
> 곤륜산 우뚝하여 빛은 천 길이요
> 처음으로 전진(全眞)의 첫꽃이 피었네

단도(丹道)의 정통파는 전진파(全眞派)라 했다. 전진파의 종조인 소양진인 왕현보를 예찬하는 시이다. 종조는 꽃으로 비유됐다. 3대인 정양선생 여암(呂喦)은 당나라 시대 인물이다. 그의 일생에 대한 연보는 단순하지 않다. 그의 발자취는 닿지 않는 곳이 없고 모두가 전설이다. 제자들은 그를 잘 알아보지 못한다고 했다. 그것은 위대한 스승을 돋보이게 하는 수법이다.

전진파의 선도수련은 이론도 그렇지마는 여조의 발자취도 주로 비유와 선도시로 나타낸다. 그 단적인 예가 영보필법(靈寶畢法), 입악경(入樂鏡)이며 여조시(呂祖詩)이다.

영보필법은 그의 스승 종리권이 종남산에서 얻은 것을 여동빈에게 전수했다고 한다. 이들은 그 전대의 참동계, 용호결의 추상적인 이론들을 계승하여 더욱 비유적으로 설명했다. 이를 단적으로 상징한 시의 한 구절이 있다.

  한 알의 좁쌀 속에 세계를 감추고/ 반 되짜리 솥 안에 산천을 삶는다/
  단전(丹田)에 보배가 있어 도를 찾아 쉬고/ 경치를 대하여 무심하니 선(禪)을 묻지 말라/

이는 「여동빈 이야기」의 서문이다.

6 청학집(靑鶴集)

　조선 중기의 선가서(仙家書)는 해동전도록(海東傳道錄), 규원사화
(揆園史話)와 함께 이 청학집(靑鶴集), 오계집(梧溪集)이 대표적인 자
료이다. 이러한 도가서들에 대한 국학자들의 인식은 반드시 긍정적
인 것만은 아니었고 또한 반드시 부정적인 것만도 아니다. 부정적인
시각의 대부분은 이를 역사적, 철학적 측면에서만 살펴보는 탓이 아
니겠는가 하는 것이 필자의 견해이다.
　청학집의 경우 저자 조여적(趙汝籍)은 과거에 낙방한 사실이 있다
는 자신의 언급 외에는 별로 알려지지 않았다. 또한 청학상인(靑鶴
上人)을 위시한 편운자(片雲子) 등 7인의 선인도 해동전도록의 도맥
과는 전혀 다른 계보인 주체선파들이다. 이들 책들은 석사과정 학생
들과 함께 국역했었는데 그 내용에 대해서는 간과해 버리고 10년이
나 서랍에 방치해 두었었다.

다시금 서랍 속에 있던 원고를 끄집어 내여 훑어보니 그 인물들 하나하나가 다시 살아나고 건드리기만 하면 무언가 얘기를 나누고 싶어하는 면면들을 만날 수 있었다.

한편 이 작업을 통해서는 이미 이루어진 연구나 번역이 미완의 것이며, 그 미완의 여러 사람들이 더 깊은 연구에 대한 유혹으로 다가옴을 깨닫게 되었다. 처음에는 문사철의 세 측면에서 사실(事實)과 사실(史實)의 규명을 목표로 했으나 연구가 진전될수록 이 글은 선도서(仙道書)의 백미이고 평범한 교술이나 문학서로 볼 것이 아니고 유선록(遊仙錄)이라는 새로운 선도문학의 한 갈래임을 깨달았다.

특히 저자 조여적의 지적인 서사와 선도시 사문록, 답산기 등의 자료적 가치, 이밖에 묻혀있던 야화 등을 통하여 조선 중기 이후의 서민의식과 역사관, 도덕관 등이 잘 드러나고 입증해주는 자료가 많았다. 또한 그 서사적 허구성이 당대의 다른 서사문학에 견주어 결코 질이 떨어지지 않는다는 것도 확인됐다. 또한 이 청학집의 연구는 다음의 오계집과 함께 연구할 만하고 천장결이란 사서와 함께 당대의 풍수사상도 살펴 볼 수가 있었다.

한국의 주체선파, 그들의 꿈은 민중의 영웅이었다. 단군을 비롯하여 최고운, 박씨 부인, 임경업, 이암 등은 애국 애족하는 선도적 인물로 묘사되고 있다. 이러한 이들은 나라 구석에 혹은 역사서로 혹은 전설로 혹은 소설로 혹은 유선록으로 전해지고 있다는 것은 무엇을 말하는 것일까? 한결같이 나약(儒弱)하면서도 유약(儒弱)에 머물기를 거부하고 한결같이 바랑을 메고 다니면서도 치류(緇流)로 머물기를 거부하는 그들은 현실정치를 외면하면서 그들의 탈출구가 방외인(方外人)의 행적이면서도 선도를 이념으로 내세우는 수진복지(修眞福地)하는 선인이기를 갈망했다는 데에 주목해야 한다.

여기에 소개하는 청학선인(靑鶴仙人)들의 청학집, 오계집은 그들의 단순한 기행문이나 수상록이 아니라는 것을 쉽게 감지할 수 있을 것이다. 그들은 나라의 혼란기, 변혁기를 맞이하여 뜻 있는 지식인들이 어떻게 처신을 하고, 어떠한 역할로 나라에 이바지하는가를 보여 주는 새로운 갈래의 문학이다. 당대의 주체선파들은 비겁하거나 나약하지 않았다는 것을 보여준다. 그것은 민족적 자부심으로 언젠가는 광복을 되찾는다는 의지를 나타낸 것이다.

특히, 용인 이씨들에 의하여 보존되고 지켜져 내려온 선골가문(仙骨家門), 그들의 학맥은 조선 중기 사색당쟁(四色党争)으로 얼룩진 지식인의 어두운 그림자와는 사뭇 대조적이다.

이는 청학집 서문이다. 특히 이 청학집 연구에는 장진호 박사의 도움이 컸다.

7 위백양의 참동계

참동계의 윤독은 참으로 어려운 과제였다. 청출어람(靑出於藍)이라 했던가. P와 J 두 박사의 작업이 돋보였다. 나는 이들을 수거하여 편집하는 일을 했을 정도였다. 지금 생각하면 무식이 용기였다. 가장 최근에 간행된 원진자(元眞子)의 참동계정의(參同契正義)를 검토하고 본문 주해에서는 주희(朱熹)의 주역참동계고이(周易參同契考異)를 함께 다루었다.

원진자의 참동계 정의는 1773년에 간행됐으며, 가장 최근의 문헌이므로 기왕의 참동계주해서를 모두 참고했을 뿐 아니라 가장 자세하다.

위백양(魏伯陽)은 참동계의 자서(自序)에서

　"회국(會國)의 미천한 남자가 깊은 골짜기에 살면서, 순박함을 품고서 권세와 영화를 즐기지 않았다. 한가로이 궁벽한 곳에서 문득 병리를 털어내리고 염담(恬淡)함을 지켜서 편안한 세상을 바라며 안락하며 지내면서 이 글을 쓴다”

고 했다. 이는 참동계를 짓게된 대의를 설명했다. 위백양은 동한(東漢)에서 태어났고 그 이름은 백양(伯陽), 호는 운하자(雲霞子)이며 회계(會稽) 상우인(上虞人)이다.

　　“노래에 대역(大易)을 펼쳤고, 삼성(三聖)께서 말씀을 남겼으니, 그 마음먹은 뜻을 살피니 한결같이 인륜을 모았다.”

이는 대역의 도가 입세와 출세를 말하는 것이니 참동계를 지은 본 뜻이라 했다. 삼성은 복희, 문왕, 공자를 이른다.

　　“안으로 양성(養性)함을 끌어들이니 황로자연(黃老自然)이 되고, 덕을 크게 머금으면 그 근원으로 돌아가니 가까이 내 마음에 있는 것이지 내 몸에서 떨어진 것이 아니다. 싸안아서 내리지 않아야 오래 살 수 있는 것이다.”

이는 양성의 학문이 황로에 근본을 두었음을 말한다. 황제(黃帝)는 음부경(陰符經)을 지었고 노자(老子)는 도덕경(道德經)을 지었는데 모두가 자연(自然)을 으뜸으로 삼았다고 했다. 때때로 안으로 단전(丹田)을 살펴서 싸안아서 하나라도 떨어지지 않는 것이 오래 살아 장생하는(長生久視) 도인 것이다.

　"세 가지를 나열하니 가지마다 줄기는 서로 이어져 나오는 곳은
같은데 이름은 다르다. 모두가 한 문(門)에서 말미암은 것이다."

　그 하나를 얻어 참동계의 글을 지으니 대역(大易)과 황제(黃帝)가
노자(老子) 셋이 서로 부합하니 이것이 참동계란 이름이 지어진 소
유(所由)이다.
　「참동계 이야기」라고 하여 선도문학강좌 5권을 펴냈다. 그 서문을
싣는다.

　「참동계」를 찬(撰)한 위백양의 전기를 보면 그의 생애에 관해서는
지극히 소략하다. 권극중(權克中)은 그의 참동계 주해(參同契註解)에
서 그 서두에 이 소략한 위백양전을 싣고 있다.

　"위백양은 오(吳) 나라 사람이다. 성정이 도술(道術)을 좋아하고
벼슬하기를 좋아하지 않아서 곧 입산하여 신단(神丹)을 만들 때에
세 제자가 있었다. 그 중 두 제자의 마음이 단(丹)을 이루는 데에 서
심을 다하지 않음을 알고는 시험해서 말하기를
　'단이 비록 이루어진다 해도 먼저 개에게 먹여 시험해 먹여봐야
한다. 개가 아무 탈이 없으면 복용해도 좋으나 만약 개가 죽으면 복
용해서는 안 된다.'
고 했다. 백양은 일찍이 입산할 때에 흰 개 한 마리를 끌고 온 것이
다. 책을 따라 여러 번 단전했으나 화합이 부족하여 단이 이루어지

지 못함에 점점 독성이 붙어서 복용하면 죽은 것이라 했다.

백양은 단을 개에게 주었다. 개는 죽었다. 백양이

'단을 이루지 못했으므로 지금 개가 죽었다. 단을 이루지 못한 것은 어찌 신명의 뜻이 아니겠는가? 복용하면 또 개와 같이 운명이 될까 두려우니 어쩌면 좋은가?'

제자 둘이 말했다.

'선생님께서 복용하시면 안 됩니다.'

백양은

'내가 세상을 등지고 집을 버리고 나온 후 여기서 또 득선(得仙)치 못했으니 돌아가는 것 또한 부러운 일이다. 삶과 죽음이란 같은 것이니 내가 마땅히 이를 복용하리라.'

백양은 단을 털어넣고 그 자리에서 죽었다.

세 제자 중 나머지 하나가 말했다.

'스승은 비범한 분이다. 단을 복용하고 죽은 것이 어찌 뜻없는 일이라 하겠는가.'

하고는 또한 복용하고 죽었다.

다른 두 제자가 서로 쳐다보며 말하기를

'단을 만드는 것은 장생코자 하는 것이었는데 오늘에 단을 복용하고 곧 죽어버리니 복용치 않으만 같지 못하다. 복용치 않으면 수십 년을 더 살 것 아닌가'

그러고는 산을 내려와 스승과 제자를 염습할 도구를 구하러 다녔다.

두 사람이 산을 내려가서 백양은 곧 일어나 연성(練成)한 묘단(妙丹)을 죽은 제자와 개 입에 털어 넣으니 곧 살아났다.

이때에 단을 복용한 제자 우(虞)와 개가 함께 선거(仙去)했다. 백양은 산에서 만난 나무꾼에게 편지를 써서 두 제자에게 전해달라고 했다. 이 편지를 본 두 제자는 크게 뉘우치고 괴로워했으나 때는 이미 늦었다.

　일찍이 백양이 참동계와 5상류 두 권을 지었는데 그 논리가 주역을 풀이한 것과 같으나 기실은 효상(爻象)을 빌어서 단학(丹學)의 뜻을 비유해서 지은 바이다.

했다.”

　이 윤독회에 참여한 사람은 박기용, 정동진 박사 이외에도 유달선, 이재성 박사, 권영호 선생 등이 기억이 난다.

8 연홍(鉛汞)이란 무엇인가?

팽효(彭曉)의 주역 참동계진의서(周易參同契眞義序)에 의하면 "누구를 스승으로 삼았는지는 알 수 없으나 고문용호경(古文龍虎經)을 구하여 오묘한 뜻을 모두 취하고 주역을 간추려 참동계 삼 편을 지었다."고 했다.

용호경의 원리에 대해서는 왕동(王道)의 주소 서문(註疏序文)이 있다.

도가의 공부는 이른바 내외단이 있는데, 이는 실로 성명(性命)에 관련된 것이다. 얻는 것이 작으면 이 땅에 머무르며 수명을 연장하게 되고, 크면 신선이 되며 성인이 되는데, 그 무리가 책으로 세상에 전한 것이 무려 천만 권이다.

내단은 신기(神氣)를 바탕으로 하지 않는 것이 없고, 외단은 연홍

(鉛汞)을 이용하지 않은 것이 없다. 옛 노래에

> 홍연(紅鉛)과 흑홍(黑汞)은 단학 수련의 으뜸이니/ 이들이 서로 맞아야 참된 수련이 되리라/ 홍연은 정기를 취하고 흑홍은 수(髓)를 취하니/ 이들을 얻으면 더 없는 영약이라/ 홍연으로 흑홍에 들어가면 장생을 하고/ 흑홍으로 홍연에 들어가면 천신이 될 것이다/ 이들의 순서를 바꾸어도 모두 단을 이루고/ 화룡(火龍)으로 변화하여 천신이 될 것이다./

했으니 이것이 외단의 요지이다.

예나 지금이나 도를 배우는 사람은 다 연(鉛)과 홍(汞)으로 단약을 만들었는데, 일찍이 진연(眞鉛)과 진홍(眞汞)이 과연 어떤 물질인지 알지 못했었으나 왕도는 단학 뜻을 둔 이후로 그런 일 듣기를 기뻐했다. 단서(丹書)를 수집하여 그 의미를 되뇌어 보기를 밤낮으로 계속하면서 침식을 잊기에 이르렀으나 오직 이 지상(紙上)의 말씀은 한 번도 나타낸 적이 없었다.

소흥 임신년(1152년)에 어떤 도인이 나에게 연홍에 대해서 말해주었다.

다만 산의 돌 틈에서 천연의 은을 캔 것이 진연(眞鉛)이고, 주사 속에서 수은을 뽑은 것이 진홍(眞汞)이다. 하면서 나로 하여금 한 근을 취하여 솥에 넣고 불로 연성토록 했다. 나는 그것을 믿고는 회계의 천경관에다 단실을 짓고 그가 가르쳐 준 대로 하면서 세월을 보내고 재물을 썼으나 끝내 효과가 없었다.

이는 내 마음이 성실 못해서가 아니라 실제로 방법이 좋지 못한 것이었다.

건도 갑신(1164) 연간에 다시 어떤 도인이 나에게 말해주었다.

진연은 몸을 드러내지 않으며 진홍은 형체를 드러내지 않는다 하고 또 "진연은 은에서 보이지 않으며 진사는 홍에서 보이지 않으니 두 물질을 섞어서 하나로 만들어 아홉 번을 솥에 불 때어 얻을 수 있는데 이름을 항아(黃芽)라 하고, 그것을 법식대로 연성하면 변하여 황여자분(黃礜紫粉)이 되는데 또한 명창진(明窓塵)이라고 부르는데 그것을 먹으면 정기가 모이고 정신이 맑아지며 만 병을 물리친다. 고 했다.

내가 보건대 이는 청하자(青霞子)가 한 번 단에 맞게 만들었을 뿐 이었다.

순희 계사년(1173)에 이르러서야 참 스승을 만나게 됐다. 비로소 앞서의 말씀이 진홍이 아님을 깨달았다.

옛 노래에 진연은 5금(금, 은, 동, 철, 석)에서는 나오지 않으나/ 생명은 깊고 어두운 곳에 있어 천지보다 앞선다고 했다. 또 이르기를 성인이 조화로운 뜻을 뺏어가지고, 손으로 일월을 장학하여 화로 속에 안치하니 미미하게 올라서 천지의 정기에 오르고, 음양을 모아서 신귀(神鬼)를 쫓아낸다. 일혼(日魂)과 월백(月魄) 그것을 안다면 아는 사람은 곧 진선자(眞仙子)이니 그것을 천 일 이상 단련하고 복용하여 몸에는 이미 음부(陰部)가 없어지니 어찌 죽음이 있겠는가?

했다.

참 스승께서 그 비방 구결(口訣)을 나에게 전수하시며 말씀을 내리시니 깨달음이 있어 꿈같이 믿게 되었고, 뒤에 여러 사람의 책을 읽어보니 서로 맞지 않음이 없었다. 또 모든 것이 명백했다. 이로 말미암아 일혼월백 진연진홍임을 알았다.

9 도선(道詵)과 옥룡결(玉龍訣)

이른바 산서(山書)에는 숱한 비결이 있으나, 도선(道詵)의 비결이 그 종(宗)이라 했다. 대부분의 풍수학자들이나 역사 속의 인물들도 도선을 도맥으로 하여 그들의 주장을 펼쳤다. 선학들의 의견을 비판하기도 하고 존중하기도 하여 무릎을 치는 경우도 더러 있다. 우리 강산의 핵과 혈을 답사하면서 그들은 이론적 근거로 옥룡자를 내세운다.

여기서 다루고자 하는 옥룡결(玉龍訣)은 옥룡결진지(玉龍訣眞旨)와 현묘경(玄妙經)인데 여기서는 옥룡결 진지를 검토하기로 한다.

"내가 약관 때부터 지가서(地家書)를 널리 열람코자 하는 뜻이 있었다. 제법5행(諸法五行)에는 18명목(名木)이 있으니 말한 바의 이치가 스스로 모순되고 있는 고로 마음에 매우 의심스러웠다. 틈을 내어 전라도 광양군의 옥룡동 이승지(李承旨)를 찾았다. 승지의 집에는 옥룡전서(玉龍傳書)가 있기 때문이다. 즉시 성질 급하게 이를 자세히 물으니 그대는 청년으로 불원천리하고 왔으니 그 두터운 뜻을 알 만하다. 힘써 공부하면 반드시 능통해 질 것이다. 그대는 힘써서 공부하라 하고 격려하고는 한 권의 책을 보이니 옥룡결이었다. 이 가까이에 옥룡암이 있으니 옥룡자가 터 잡아 지은 곳이다. 암자의 스님이 혼자서 이 암자를 지키지 못하여 이 암자를 나에게 팔고는 이 암자에 철궤(鐵櫃)가 있으니 옥룡선사가 전한 것이다. 대대로 경계하여 훼손치 말고 공손히 전하라 하여 천백여 년이 됐으니 귀중하다. 그러나 이 지경이 이르게 되니 어찌하면 좋겠습니까? 승지 주인께서는 인자한 마음으로 이 궤짝을 잘 보관해 주기를 엎드려 빈다고 했다.

나는 비록 둔재(鈍才)이나 몇 달 간 주야로 익혀서 눈으로 받아들여서 돌아와 수천의 명묘(名墓)를 시험하니 길흉화복(吉凶禍福)이 하나하나가 이 책에 부합했다. 참으로 이는 선인묘결(仙人墓訣)이므로 한 질을 배껴 두었다. 그 후 유실되기가 한두 번이 아니어서 부득이 취회정신(聚會精神)하여 그 문구를 생각하고 또 생각하여 비록 온전히는 외우지는 못했으나 글의 뜻이 가슴에 엉기어 있어서 이 한 권을 기술했다.

큰 요지는 선사의 뜻의 근본이다. 또 명사 성문(成文)의 결을 보니 이 글의 행간과 같았다.

그 서문이다.

이 글 전체의 내역을 간략히 소개한다.

만 리 넓은 산비탈과 산악의 가득히 움직이는 그림은 다만 물의 형상이니 기실 초목의 이치에 불과하다. 만 리의 용혈에 깊이 숨어 있음은 모두가 천형(千形)의 모습을 가졌고 그 열매는 초목이 결실하는 이치에 불과하다.

산에는 봄과 가을이 있다. 혼탁하여 기가 분명한 것을 가을 산이라 한다. 어두운 기를 벗어나지 못한 가을 산은 변치 않는다. 나무에 있는 혼탁은 지난해의 가지이다. 나무에 있는 선명은 금년의 새싹(芽)이다.

그러므로 산이 용을 낳고 용이 혈을 낳고 혈은 용에 있는 것이지 산에 있는 것이 아니다. 산과 용은 전혀 다른 것이요, 천하의 혈은 모두가 싹용(芽龍)에 있다.

용의 바른 이치로서 시위를 많이 받는 것이 길용(吉龍)이다. 시위를 받지 못하는 것은 흉룡(凶龍)이다. 좌우 지맥(枝脈)의 시위가 혹은 활짝 열어 시위하고 다른 산이 첩첩 내려와 시위하는 것은 대길용(大吉龍)이다. 적은 시위를 받는 것은 소룡(小龍)이다. 용의 기맥(氣脈)은 기복이 좋으면서 생기가 있는 것을 살핀다. 산봉우리는 덕이 있으나 시위가 없는 것은 천용(賤龍)이니 쓸모가 없다. 용은 은미하고 쇠잔하여 끊겼다가 넓고 길게 이어져 보기에는 좋지 않은 듯 기가 있는 듯도 하고 없는 듯 하면서 시위를 받는 것은 곧 길용(吉龍)이며 쓸모가 있다.

간룡(看龍)의 이치는 이와 같아서 만약 이 도를 어기면 곧 간산의 도를 잃게 되는 것이다. 사람이 갓난아이를 낳으면 어머니의 정이 자식에게 있으므로 어머니가 자식을 감싸 안는다. 날짐승이 새알을 낳으면 생의 정이 알에 있으므로 새가 알을 품는다. 길짐승이 새끼를 낳으면 짐승의 정이 새끼에 있으므로 짐승이 새끼를 안는다. 나무에 새싹이 돋으면 나무의 정이 싹에 있으므로 산이 풀쌀을 안는다. 이는 천지간의 자연의 이치이다. 이와 같은 이치를 천 번 생각하고 만 번 닦아 보면 용이 왼편으로 돌면 물이 오른편으로 돌고 용이 오른편으로 돌면 물이 왼편으로 도는 것은 산과 물이 서로 끌어 안는 이치(山水相抱之理)이고 산과 물이 배합하는 이치(山水配合之

理)인 것이다.

혈은 국(局) 안에 있고 여러 산이 시위한다. 혈은 산의 왕이다. 시위는 여러 산혈(山穴)의 신하이다. 혈 앞의 여러 산이 어찌 감히 등지고 달아나겠는가? 수십 리의 산수가 모두 조공하는 대혈(大穴)이다. 적게 조공하는 것은 소혈(小穴)이다. 혈의 등분은 아주 많다. 어떤 혈은 용호(龍虎)가 없이 다만 혈의 굽이치는 방향의 비보(補)를 받아서 혈이 된다. 또 어떤 혈은 청룡(靑龍)이 없이도 다만 백호(白虎)의 비보를 받아서 혈이 된다. 또 어떤 혈은 백호가 없이 단지 청룡의 비보를 받아서 혈이 된다.

한 바퀴 산수가 내조상합(來助相合)하는 것을 곧 한 작은 운을 바라보는 용이라 한다. 만약 산수가 등지고 달아나면 비록 혈이라 하더라도 운(運)도 없고 용(用)도 없는 것이다. 자세히 살핌은 내국이요 멀리서 살핌은 외국이다.

기를 모아 조산을 이루는데는 5성(五星)이 있다. 금성(金星), 목성(木星), 토성(土星), 화성(火星), 수성(水星)이다.

먼저 위에 태조(太祖)를 이룬 후에 큰 혈이 있다.

간용(看龍)에 있어서는 기를 몰고(驅氣) 기를 모아서(聚氣) 용이 나온 뒤에야 여러 방위에 서서 서로 교차하는 산봉우리의 용이 머리를 받들어 조공하는 맥을 살핀다. 그 맥의 길을 알면 산이 오고 가는 것을 속히 안다. 그러므로 기를 살피는 가운데 맥도룡(脈道龍)이 72개가 있다. 너무 번거로워 다 살피지 못한다.

이 옥룡결은 교육대학원에 다니던 홍성인 선생의 산서수집에 의한 도움이 컸다.

10 도교문학사 서설

『한국도교문학사』는 1997년에 간행했다. 그 중에서 도교문학사서설을 소개한다.

 "한국문학은 한국문학인 동시에 동아시아의 문학이다. 도교문학 또한 그러하다. 특히 한문 문화권의 문학에서 유·불·도의 문학이 정립되어 있었다. 중국과 대만에서는 이미 도교문학사의 연구가 활발하여 이미 1992년에 문학사의 간행이 이루어졌다. 우리나라는 최근의 반 반세기에야 많은 관심이 있어왔다. 일본의 경우 도교문학이 그들의 신도(神道)와 연관되어 있어서 도교의 연구가 활발한 데 비하여 도교 문학에 대해서는 아직도 무관심한 편이다.

 중국의 경우 그들은 황제(黃帝)의 후손임을 자처하는 한문화(漢文化)의 역사 속에서 그들의 논리는 도교 문화와 불교문화가 아울러 발전했고, 도교 신화에 젖어 있으면서도 그들의 위세를 과시하는 유가정신(儒家精神)으로 말미암아 도교문학의 체계적 연구가 다소 머뭇거리고 있었다. 유가문학의 실질 속에서 도교문학의 주창을 오랫동안 주저하게 했던 것이다. 우리의 경우는 고유의 민간신앙과 불교의 영향이 지대한 가운데, 유가문학으로 정통을 내세우는 인습에 젖어 도교문학을 거의 무감각하게 방치한 게 그 실정이다.

도교문학이란 무엇인가 하는 물음에서 그들은 도교활동을 제재(題材)로 한 문학작품, 도가와 도교의 영향을 받은 작품, 도교 경서에 관련된 문학 작품이라고 했다.[1]

도교이론을 탐색하고 수련한 인물에 대한 전기작품이나 도교에 관련된 서정적 표현이나 도교적 환상세계를 추구한 작품들이 이른바 도교활동을 제재로 했거나, 도가나 도교의 영향을 받은 작품의 범주에 속한다고 할 수 있다. 또한 도서 이론을 탐구하는 글 속에도 문학작품이 있으며, 그에 대한 탐구 또한 훌륭한 도교문학이 되는 것이다.

이러한 도교문학사의 서술은 도교문학의 역사를 서술하는 것이 되겠는데, 중국도교문학사의 경우, 그들은 연구대상과 범위를 정하기 위해서는 도교활동의 범위부터 정해야 했는데, 그 첫째가 활동적 전신지주(精神支柱)라 했다. 이는 신선이 되고자 하는 득도승선(得道昇仙)의 심리를 나타내는 시가(詩歌)나 변문(駢文)이라 했다. 도교란 수진오도(修眞悟道), 우화등선(羽化登仙)을 최종목표로 하기 때문에 그 이상적 모형인 신선(神仙)이나 신선세계에 대한 동경이 시가나 변문으로 나타났다고 할 수 있다. 삼동(三洞)이나 태상삼동(太上三洞)에 대한 기원과 찬송은 우리의 경우 삼청상제(三淸上帝)에 대한 기원이나 찬송으로 나타났으며, 이는 초기 도교문학의 모습인 것이다.

둘째는 활동의 주체(主體)로써 도사(道士)나 일반 신앙자가 그 주체로서 후인들은 이들을 입전(立傳)한다고 했다.

이는 도교문학의 전형적인 신선전(神仙傳)이 되겠는데, 갈홍(葛洪)

---

1) 詹石窗「道敎文學史」, 道敎文學史的硏究對象與范圍, 上海, 文藝出版社, 1992.

의 신선전, 두광정(杜光庭)의 용선집선록(鏞城集仙錄) 등이다. 이에 해당하는 우리나라의 신선전은 최치원의 「수이전(殊異傳)」이나 홍만종의 「해동이적(海東異跡)」, 김유동의 「도덕연원(道德淵源)」이 있다.

셋째는 활동장소로서 궁관(宮舘)이나 복지(福地)라고 했다. 우리의 경우 궁관이나 동천복지가 일정한 장소에서 도교활동과 연관되기보다는 유선록(遊仙錄) 등에서 그 편린을 볼 수 있다.

넷째는 활동 방식인데 의식(儀式)이나 방술(方術)의 실시라고 했다. 연단(練丹), 도인(導引), 행기(行氣), 복식(服食)이나 송경(誦經), 재초(齋醮) 등으로 수련, 방술과 의식 진행에 쓰여진 글들은 황정경(黃庭經)의 7언시적 형식의 연단 방법의 서술이나 오진편(悟眞篇)의 연단시 작품들이라 했다. 우리나라에도 이러한 연단시나 유선시, 도선시류의 작품들이 더러 보인다.

다섯째 활동적 기본 이론의 지침인 교의(敎儀)가 이에 해당하며, 포괄적이며 기본원칙에 속하는 교의작 창작 활동이라 했다. 정렴(鄭磏)의 용호결(龍虎訣)이나 그 밖의 도맥이나 도서 이론이 이에 해당한다.

여섯째는 도교 활동의 기록으로 공과격(功過格), 일지록(日誌錄)과 같은 것이라 했다 이는 우리의 경우 오계일지집(梧溪日誌集)이 있다.

"이제 21세기를 눈앞에 두고 있다. 항상 새로운 것을 추구하고 세계화, 국제화를 주창하는 시기에 곰팡이 내 나는 옛 문헌에 매달려 탐색하고 주석하는 일은 외견상 비생산적으로 보일지도 모른다. 어떤 젊은 학자는 아직도 이런 케케묵은 것을 연구하는 학자가 있느냐고 했다. 어떤 동료 교수는 도교 문학은 성립 안 된다고 했다. 그는 서구 이론의 한 끝을 매달려 있으면서 말이다. 그러나 그러한 학자들도 부지중에 이러한 학문의 뿌리에서 엄청난 혜택을 입고 있다는 자각이 곧 있으리라고 확신한다.

「한국도교문학사」를 집필하기 위해서 준비 기간이 꽤 길었다. 도교 문학에 관심을 둔 지 20년이 된 지금에야 나름대로의 이론과 용어의 체계를 세우고 작품을 개관했다. 워낙 도경이 어려운 것이라 선도문학강좌 다섯 권을 살림 출판사에서 간행한 지 3년이 지나서야 같은 방법론을 존중하면서 이론과 실제가 공허하지 않도록 하기 위해 주요한 작품들을 되도록 많이 선보이도록 노력했다. 여느 문학사에서는 작품 예증이 필수요건이 아닐 수 있으나 처음으로 쓰는 『한국도교문학사』라 생소한 용어와 생소한 작품을 친절하게 인용하고 해설해야만 글의 맥락이 선명해지고 이해가 충실해질 것이란 판단 때문이다.

단군신화를 낳게 한 우리 민족은 원주민과 유이민의 결합으로 이루어진 나라였다. 그러므로 선도, 선교의 바탕이 된 신선사상은 우리 고유의 사상이란 주창이 헛된 메아리가 아니다. 그러면서 단군신화에는 문명시대에 성숙된 도교적 발상이 접맥되어 있다. 그것이 우리 도교 문학사의 현주소이므로 주체 선도와 수련 선도는 상호보완하여 면면히 전통을 이어왔다.

또한 기왕의 큰 업적이 한국문학사에서도 우리 도교문학의 가능성을 시사했듯이 도교 문학은 우리의 훌륭한 낭만주의 문학의 뿌리이며, 오늘에 남아 생활 속의 큰 부분이 되고 있음을 피부로 느낄 수 있다. 우리 선인들이 참으로 훌륭하고 참으로 현명한 민족이었다는 사실을 문득문득 깨닫게 한다.

기왕에는 도교 문학의 천문, 의약, 복서, 지리는 기인이나 이인의 관심사이고 점잖은 학자들이 관심할 가치가 없다는 편협된 고정관념이었다. 그러나 그들이야말로 이단이 아닌 우리의 이론이요 철학이요 문학이었다. 우리 도교문학 전반에 걸친 관심과 이해는 이런 뜻에서 새로운 관심과 각광을 받아야 마땅하다."

중국의 『도교문학사』는 심재복 박사의 장인인 사재동 박사를 통해 입수했다. 감사함을 잊지 않는다.

11 삼한습유의 역해

삼한습유(三韓拾遺)를 전공하여 학위 논문을 쓰고자 하는 J박사에게 번역해 보기를 과제로 주었으나 아무래도 힘겨워했다. 지도교수로서 테마를 주었으니 어쩔 수 없이 중매쟁이가 책임질 수밖에 없는 처지가 됐다. 그리하여 1998년 4월에 시작하여 9월에 책을 간행했다. 그때의 서문을 적는다.

고전산문 쪽에 관심을 가지면서 기왕의 업적을 칭찬하기보다는 아직도 정립되지 않은 도가, 도교 쪽의 사정이 어떤가 기웃거린 지 20년이다. 현대문학에 기웃거리던 시기가 있었고, 어렸을 때의 한학에 대한 증조부님의 깨우침이 문득 고맙게 느껴진다.

이제 필자 나름대로 한국도교문학사를 펴내어 우리 문학사의 재정립을 주창한 지 1년이 되었다. 이제 다시 고전 산문 쪽의 미흡한 사정에 관심을 돌린다. 그 첫 번째로 펴낸 책이 이 책이 되는 셈이다.

삼한습유는 일찍부터 학자들의 특별한 관심의 대상이었다. 김태준은 '죽국에 있어 공작동남비(孔雀東南飛) 전설과 흡사한 고부충돌에서 생긴 비극은 조선 선산못에 투사한 향랑각시의 전설이요, 이것을 신라 시절의 기사(記事)로 하여 화랑들의 남정북벌과 남녀정사를 교직(交織)한 것이 삼한습유이니 한문소설 장편으로는 아마 최고인 육미당기(六美堂記)와 안행(雁行)할 장편이다'라고 했다.

그리고 이 작품에 대한 여러 학자들의 정론(正論)이 펼쳐졌고, 석·박사 논문으로 발표되어 이에 대한 본격적인 연구가 활발하다. 마치 우리 도교문학회의 멤버인 J박사가 학위 논문으로 연구코자 한 테마가 이 삼한습유였다. 그러나 국내에는 번역본이 없었다. 역해의 경력은 없으나 이에 대한 작업을 미룰 수 없어 시작한 것이 지난 4월이니 앞뒤를 맞추어 보면 반년에 걸친 작업이다. J박사 자신이 이 작업을 했더라면 보다 더 완벽한 작업이 되고 보다 충실한 논문이 됐을텐데 여러모로 아쉬웠다. 작업을 뒤에서 지켜보면 여러 가지 부족한 점을 보완할 수 있는 기회가 있었을 터였다.

이 삼한습유는 도교문학의 범주에 넣는 것이 자연스럽다. 도교문학은 또한 선도문학이다. 유도·불도·도도는 어색하니 선도이다. 그러나 이를 광의로 보면 도교문학의 범주에 넣을 수 있다. 선도문학의 서사부분은 선도소설이다. 선도소설에는 주체선도소설, 수련선도소설, 도선소설, 도술소설이 있다. 유·도·불 민간 신앙의 습합 소설 가운데 도교 우위의 소설이 도선소설이다.

글 전체는 1, 2, 3권으로 엮어졌다. 소제목은 의열녀전(義烈女傳)이어서의 의(義)가 열(烈)이 그 주제인 유가의 소설이라 할 수 있으나 유가와 불가의 논리를 뛰어넘고자 하는데 그 의의가 있었던 것이다. 그것은 선도(仙道)의 논리로 전체를 감쌀 수 있는 능력에 있었다. 선도에 있어서도 신선전이나 열선전 뿐 아니라 참동계, 영보필법, 나아가서 황정경, 황제내경의 이론까지도 동원한 박학다식한 18

세기와 19세기에 걸친 선비임을 감추지 않고 있다. 그러면서 주인공은 의열을 다하는 과정에서 옥황상제의 선택을 받아 연성(鍊成)한 선인의 자격으로 거창한 천인선결합(天人仙結合)의 대혼례를 치르는 과정이 적나라하게 펼쳐진다.

그밖에도 천군(天軍)과 마군(魔軍)의 끝까지 대결하는 가운데 의리의 장군 항왕(項王), 주인공의 미래를 예언한 원광법사(圓光法師), 삼국시대의 주체선도의 영웅인 김유신과 삼국 통일의 성업이 향랑부인의 도술에 의하여 이루어졌다. 역사적 사실의 주장, 결국에는 유, 불, 도 민간신앙의 습합에서 도교 우위의 소설을 엮어낸 저자의 출중한 소설 구성력은 저자의 박학다식함을 돋보이게 한다.

12 황정경과 아속공존(雅俗共存)

　황정경(黃庭經)은 노장 사상의 체계 위에 수진양성(修眞養性)을 위한 호흡토납(呼吸吐納)과 양생연년법(養生延年法)의 본격적인 전문 이론서가 된다. 아울러 각종 신령형상을 체내 각 기관과 부위에 기탁한 것은 도교 행위의 영합이다.

　그런데 이 황정경은 도덕경이나 참동계와 달리 도가나 도사가 소리내어 읽는 경주(經咒)나 경참(經讖)이라는데 주목해야 한다. 그 영향은 다른 도서와 마찬가지로 석가(釋迦)의 게송(偈頌)을 비슷하게 본받았다고 한다. 불교 쪽의 게송이 얼마만큼 무속적인가는 검토한 바 없다. 신자들은 어느 정도 알고 있으리라. 도교에 있어서의 천속(淺俗)과 깊은 철리(哲理)의 병존(並存)은 쉽게 파악할 수 있으리라. 그리하여 황정경의 문맥은 알 듯도 하고 모를 듯도 하고, 쉬운 것 같기도 하고 어려운 것 같기도 한 글이 서로 교착되어 있는 것이다.

황정경은 장도릉(張道陵)의 5두미교(午斗米敎)가 발생할 당시의 수진양성(修眞養性)과 치병(治病)을 위한 경주(經咒) 혹은 경참(經讖)이라 했다. 언제나 익히고 외우는 가운데 믿음이 되고 신자가 된 것이다. 그런데 장도릉의 저서 24권 가운데 들어 있다고 하나 불확실하다. 그런데 상청황정내경서(上淸黃庭內景序)에 위부인(魏夫人)에게 전한다 했으니, 스승과 제자 사이에 전수하고 전수받는 사이에서 이루어졌다.

경서의 내용은 책으로 이루어진 것도 있고, 구결(口訣)로 전한 것도 있다. 위부인(魏夫人)의 스승은 황보(王葆)라 했다. 모두가 오두미교(五斗米敎)의 발생과 깊은 연관이 있고, 황정경을 높이 받들고 겸해서 구결로 전한 내용들이 합쳐서 성속(聖俗)이 공존하는 책이 됐다고 보는 것이다.

방에 들어가 황정내경을 외울 때는 마땅히 향을 피우고, 깨끗이 목욕 재계하고, 관을 쓰고 법복을 입고 문으로 들어가 북향하여 네 번 절하고, 공손히 꿇어앉아 이빨 부딪침(叩齒)을 24번하고 아뢰기를 "위로 고상만진오신태상도군(高上萬眞五宸太上道君)에게 아룁니다. 신(臣)은 이제 마땅히 입신하여 옥경을 읊어 외워서 정신을 단련하고 장기(藏器)를 보존하려 하오니 위궁이 영화롭고 몸이 하늘로 올라가게 해주소서" 하고 상제(上帝)의 뜰에 절을 올린다.

다음은 동향하여 4태제(太帝)에게 읍하고, 또 이빨 부딪기를 12번하고 아뢰기를 "위로 부상태제(扶桑太帝)와 양곡신왕(暘谷神王)에게

아룁니다. 신(臣) 아무개는 이제 입신하여 옥경(玉經)을 읊어 흩었사
오니 고요한 방에 신비한 영지(靈芝)가 자생하고 보배가 밝게 빛나
고 삼광(三光)이 밝게 비치며, 태선(胎仙)이 온누리에 가득하여 제령
(帝靈)을 얻게 해주소서" 하고 빌기를 마치고 동향하여 네 번 읍하고
는 다시 아뢸 필요가 없다. ─석제(釋題), 송황정경필(誦黃庭經訣).

　구결(口訣)이 스승과 제자의 수수(授受) 과정에서 기록으로 남게
된 것이다. 향을 피우고 목욕재계하고 북향하여 절하고 이빨을 24번
부딪치는 것은 도교적인 의식이요, 무속적인 관습이다. 신에게 아뢰
는 말씀도 신에게 비는 것도 일종의 습관화된 의식의 노래인 것이
다. 수신연협(修身煉形)의 방법으로 쉽게 본받을 수 있게 된 것이 고
시가(古詩歌)의 영향 아래 자연스레 변성된 것이라 했다.

　이는 한때 한 사람의 손에 의해서 나온 것이 아니고 중첩되어 나
오고, 아속(雅俗)이 공존하여 필연에 속하게 됐다. 다만 그러한 영생
구결(永生口訣)과 양생법은 오랜 동안의 생활경험이 누적되고, 예부
터 대대로 전해 내려오던 무술(巫術)이 승화되었고 역대 사람들이
중시하게 되어 도가경전의 반열에 오를 뿐 아니라 사대부(士大夫)와
상층사회에서 서로 익히고 연구하고 외우게(硏誦) 됐다.2)

---

2) 周楣聲疏註, 黃庭經醫疏(北京) 安 徽科學出版社, 109.

13 황정경의소(黃庭經醫疏)

　　황정경은 도서이니 만큼 영원히 죽지 않고 장생한다고 했다. 그것
은 선도(仙道)와 의도(醫道)가 동시에 만나는 것이다. 황정경에는 영
원히 죽지 않는다(長生)는 구결이 여러 곳에 나온다. 그 첫째가 내경
경(內景經)의 황정장(黃庭章)이다.

　　황정내인은 비단옷을 입고/ 자줏빛 가벼운 바지는 구름 기운의
비단이요/ 붉고 푸른 녹색 가지와 비취색 신령스런 나무로 꾸미고/
일곱 음률이 옥피리에서 나오니 두 사립문을 닫음으로써 생기고/
무거운 사립문은 금자물쇠로 주요기관을 닫았고/ 현천의 유관은 높
이 우뚝 솟아 있으며/ 삼단전 안의 정기(精氣)는 지극히 미세하다/
교녀(嬌女)는 아득하고 아름다워 하늘빛을 가리는고/ 중당(衆堂)은
환하게 팔위(八威)를 밝힌다/ 천정과 지관은 도끼를 벌여 있고/ 신령
한 임금인 반고(盤固)는 영원히 죽지 않는다.

고 했다.

5장의 기운을 비유로 설명했다. 신선이 입는 복장을 하고 있다는 것이다. 바깥 모습의 비유는 7규(七竅)이다. 입 안의 진액과 신장이 있고 3보인 3단전의 정기가 미세함을 설명하고, 밖으로 나타나는 것이 교녀(嬌女)인 귀의 사이이고 침 넘어가는 길이 중당(衆堂)이다. 천정(天庭)과 지관(地關)은 용감하다하고 했다. 천정은 양미간이다. 신령한 임금은 반고(盤固)라 했다. 마음인 영대(靈台)가 수일(守一) 하고 존신(存神)하여 영원히 죽지 않는다고 했다.

유가의 입장에서 보면 황탄(荒誕)하다고 했다. 진기가 깨끗이 흘러 영원히 없어지지 않는다고 했으니 황탄하다고는 볼 수 없다.

육부5장신(六府五藏神)은 마음으로 통괄하는 미요함이니/ 다 마음 안에 있어서 하늘의 도를 운용하므로/ 밤낮으로 존사(存思)하여 스스로 장생(長生)한다.

오장육부를 통괄하는 것이 마음이니 5장은 양(陽)이요 체(體)이니 5방의 색깔을 띠고 있다. 6부는 음(陰)이요, 용(用)이다. 이 6부5장신은 혼(魂), 백(魄), 의(意), 정(情), 지(志)이니 이를 통괄하여 밤낮으로 존사(存思)하여야 장생(長生)한다고 했다. 이는 수심양성(心養)이 마음에서 비롯된다는 것이며, 장부의 수련이 필연적이라는 의도와 선도의 설명을 겸하고 있는 것이다.

간부장(肝部章)에는 섭혼(攝魂)하고 환백(還魄)하면 영원히 죽지 않는다고 했다. 간장의 중요함과 복기연형(服氣煉形)으로 간의 병을 예방하고 치료함을 설명하고 있다. 죽게 돼도 신(神)을 외우면 다시 부활한다고 하고 선도와 의도의 기능을 제시하고 있다.

"태이영서(太微靈書)에 이르기를 '매월 3일, 13일, 23일 저녁 3혼(三魂)이 몸을 버리고 밖으로 나가 노닌다. 이 혼을 잡는데(攝魂)는 마땅히 베개를 치우고 위로 향해 눕고 발을 뻗고 양손을 심장 위에 모아서 눈을 감고, 기를 달고 세 번 숨쉬고 이빨 부딪기를 세 번 한다.'"

고 했다.

백곡장(百穀章)을 보면

"모든 곡식의 열매는 토지의 정기(精)이요 오미(五味)는 입에는 맛이 있으나 사특한 악마의 비린내다/ 냄새가 신명을 어지럽히면 태기(胎氣)를 잃는다./ 어떻게 늙음을 돌이켜 갓난아이로 돌아갈 수 이으리요/ 삼혼(三魂)이 편치 못하고 넋이 썩어 무너지나니/ 어찌 기(氣)와 태화정(太和精)을 먹지 않을 수 있으리요/ 그리하여 죽지 않고 황정(黃庭)의 도를 이룰 수 있는 것이다."

했다. 복기수련의 도가 벽곡에서 이루어진다고 했다. 「황정경의소(黃庭經醫疏)」에서는 이 장의 주요한 뜻이 둘이라 했다. 첫째 보기연형은 소식(素食) 위주로 응하고 5미(五味)와 비린내 나는 것은 신명(神明)을 요란케 할 수 있으니 응당 멀리 피해야 한다고 했다. 적절히 먹은 것을 밝게 알아야 하고 절제하여 과식하지 말아야 한다고 했다. 둘째는 복식원기(服食元氣)를 설명하고 벽곡하고 휴량(休糧)하여 장 안에 찌꺼기가 없애는 것이 장생(長生)의 중요한 길이라 했다.

주미성(周楣聲)의 황정경의소(黃庭經醫疏)는 진주교대 박기용 교수의 책이다. 내가 인용하고는 박 교수에게 미안해했더니 책은 누구에게 있으나 먼저 연구하는 사람이 임자라고 했다. 학자로서의 자세에는 내가 미치지 못하겠다.

14 환몽소설과 꿈 이야기

C박사가 학위를 받기 전에 한때는 「삼한습유」를 연구하고 검토하고 있었다. 지도교수로서는 교통정리가 필요해서 그 과제는 J박사로 바꾸기로 하고 환몽소설의 연구로 방향을 전환케 했다. 두 박사를 위해서 한 일이나 그들에게는 불만이 아니었는지 모를 일이다. 그런데 내가 정년 퇴임하고 C, J 두 박사의 논문은 내가 바라는 바와는 거리가 있었다. 그것은 뒤에 맡은 심사위원들이 내가 지도한 이론들에 대하여 다소 불만이 있었던 듯 하다. 원래의 선도이론을 중심으로 한 논조가 흔들렸기 때문이다. 그들의 후속 논문들을 살펴보면 불, 도의 이론보다는 유도의 이론 쪽으로 기우는 기왕의 차용주 교수의 논조에 접근시키다 보니 특색없는 논문이 됐다는 아쉬움이 있는 것이다. 학풍이 다른 B교수나 지도교수 자리를 이은 O교수를 생각하면, 한 학자의 논조는 그대로 이어져야 한다는 생각이 든다.

"우리는 고전 읽기에 있어서 많은 선입견을 가지고 출발한다. 그것은 작품을 평가하기에 앞서, 필수적으로 읽어야 하는 과정을 다른 사람을 통하여 간접 경험하고서도 전혀 잘못된 책 읽기가 아니라고 생각하는 것이다. 일찍이 대학에서는 고전소설 강독을 주당 3시간씩 1년간 강의했었다. 그러던 것이 고전소설 연구, 고전소설사, 고전소설강독 등이 한 강좌로 모아지고, 3시간 짜리 1강좌로 만족해야 했다. 원문이 어렵다고 해서 외면당하고 인기가 있건 없건 간에 특정 갈래의 강좌를 경시하는 풍조는 지양돼야할 우리 고전교육의 풍조이다.

필자는 최근 꿈에 관해서 생각해 보았다. 대부분 서양 이론으로 이루어진 프로이드의 꿈해석이나 릴리, 웨이스 등의 정신치료로서의 꿈의 분석을 읽는데, 과연 그것이 우리 고전 소설의 꿈 관련 해석이나 주인공의 현실 인식이나 꿈으로의 형상화 등을 어떻게 해명하는데 도움이 될까 하는 회의감이 들었다. 그런 것들로는 우리 고전의 꿈 해석에 정곡을 찌르는 해법이 될 수 없음을 깨달은 것이다.

꿈과 관련된 우리 소설은 몽자류, 몽자, 몽유, 환몽 등의 관형어를 붙여 갈래 구분을 하고 있다. 또 이들 몽자류 소설, 몽자소설, 몽유소설, 환몽소설 등의 소설의 갈래 구분에 대한 이론은 짚고 넘어가야 할 문제가 적지 않다는 것을 발견하게 된다.

우선 이들 소설은 도입구조, 환몽구조, 결말구조를 지니고 있다는 점에서는 같은 구조이나 그 명명(命名)에 있어서는 그 이론적인 뒷받침이 분명치 못하다.

필자는 잠정적으로 '환몽소설'이라 명명하기로 했다. 물론 이에 대한 학술적인 연구는 지금도 진행되고 있으며 후진들의 연구에도 의뢰해두고 있다. 그리고 세속적인 환몽구조는 현실 세간의 인생을 경험하고, 그것이 취생부사임을 깨달아 이념적인 깨달음의 경지에 이르는 과정임을 밝히는 구조이다.

그리하여 '조신몽'은 불교 우위의 우리 환몽소설의 원형이고, '황량몽'은 도교우위의 환몽소설의 원형임이 밝혀졌다. 그리고 이는 동아시아에서 이미 패턴화된 이야기 꼭지이다.

그런데 이러한 유·불·도의 환몽소설은 유가의 현실적 삶을 놓고, 관세음보살과 같은 제2의 주제자에 의해서 소설이 진행되고 주제가 해석될 수 있는 여러 가지 인생의 파노라마가 전개된다.

그것은 유가 우위냐, 불교우위냐, 도교우위냐에서 소설의 지향점이 달라진다.

그리고 세간에는 '황량몽'과 '한단몽'이 혼돈되어 백과서전이나 국어사전 등에 잘못 기록되어, 학문적인 근원에 혼란을 일으키고 있다. 이러한 모순이 바로 고전작품을 성실히 강독하지 않은 채 간접 경험에 의해서 속단하는 연구 결과에 기인한다는 것을 말해주고 있다.

이에 이 연구서에서는 되도록 원문에 대한 해석과 원형 탐구에 충실하고자 했다. 그러므로 같은 줄거리가 되풀이되는 곳이 있기도 하다. 그리고 꿈에 대한 선인들의 논의에 대해서도 검토하되, 꿈에 대한 동양학의 이론과 자료를 발굴 소개하는 것이 중요함을 논의했다.

이상이 그 서문이다.

15 황량몽

함통(咸通) 초에 여조(呂祖)는 아버지의 명을 받들어 장안에 과거 보러 갔다가 술집에 들러 홀연 탄식했다.

"언제 급제하여 부모님 마음을 위로하며, 어느 날에야 득도하여 내 마음을 위로하겠는고?"

곁에 한 도옹(道翁)이 있었으니 그는 웃으며 말했다.

"그대는 출세할 뜻이 있는가?"

그를 살펴보니 푸른 두건, 흰 도포에 수염이 길고, 눈이 수려했다. 손에는 붉은 지팡이를 들고 허리에는 큰 표주박을 달았다. 벽에 절구 한 수를 썼다.

앉으나 누우나 늘 술 한 병 갖고 다니니(坐臥常携酒一壺)
가르치지 않아도 두 눈은 황도를 아는도다(不教雙眼識皇道)
하늘과 땅은 몹시 크나 이름도 성도 없으니(乾坤許大無名姓)

성긴 인간 세상에 한 장부로다.(疏散人間一丈夫)

여조는 크게 놀라서 그 기이하고 옛스런 모습을 쳐다보았다. 시의 정취는 표현히 세속을 떠나 있었다. 곧 절을 올리고 성씨를 물었다. 이에 도옹이 말했다.

"내 성은 종리(鍾離)요, 이름은 권(權), 자(字)는 운방(雲房)이다."

여조는 다시 절하고는 머뭇거리며 앉았다.

"그대 절구(絕句)를 읊을 줄 아는가? 내가 한 번 봤으면 하네."

여조는 드디어 그 뒤를 맞추어 절구에 응했다.

> 내 본디 유가의 집에서 태어나 태평세를 만났더니(生自儒家遇太平)
> 메달린 갓끈은 무겁고 베옷은 가벼운데(懸纓重滯布衣輕)
> 누가 세상의 명리를 다툴 줄 아는가(誰能世上爭名利)
> 나는 옥황을 섬겨 상청으로 돌아가리(臣事玉皇歸上淸)

운방은 시를 보고는 은근히 기뻤다. 여조가 주막에서 쉬는 중에 운방은 일어나 밥을 지었다. 여조는 홀연 피로하여 베개를 베고 잠시 잠이 들었다. 여조는 꿈에 과거 보러 상경하여 진사급제를 하고 주현(州縣)을 시작으로 상서랑, 대간급사, 한림원 비각 등 여러 청환(淸宦)을 두루 거치지 않은 것이 없었다. 승진하고 쫓겨나고 쫓겨났다가는 다시 봉직하여 승진했다. 부귀한 딸에게 두 번 장가들어 자녀를 낳았다. 이들을 시집 장가 보내어 자손과 사위가 널은 듯이 있고 높은 벼슬아치가 문 안에 가득하기를 40년, 거기다 독상(獨相) 10

년이니 권세가 왕성했다. 홀연 중죄를 입고 몰락하여 가산이 흩어지고 처자는 분산되어 영남지방으로 유랑하니 몸이 혈혈단신이 됐다. 궁핍과 고생으로 초췌하고 바람과 눈 속에 서 있는 말처럼 바야흐로 탄식하다가 황홀 속에 꿈을 깼다. 문방이 곁에 있다가 말했다.

매조(黃粱)가 다 읽기도 전에 화서(華胥)에 이르렀구나.

여조가 놀라서 말했다.

"영감님은 내 꿈을 아십니까?"

그러자

"그대의 꿈은 부침하기 만 가지 작태, 영화롭고 초췌하기 그지없는 50년간이 한순간일 따름, 얻어서도 기쁨은 부족하고 잃어서도 얼마나 많은 슬픔이었던가? 또한 이 깨달음이 있은 후에야 인간 세상이 한 커다란 꿈에 불과함을 알리라."

여조는 공(功)과 명(名)이 모두가 환각(幻覺)의 경계임을 느끼고 깨달았다. 다시 절을 하고

"선생은 보통 사람이 아니십니다. 바라건대 신선되는 술법을 구하고자 합니다."

운방은 일부러 사양해서 말했다.

"그대의 골절(骨節)이니 아직 완성되지 못했고, 뜻과 행동이 단단하지 못하다. 만약 신선이 되고자 하면 다시 세상을 헤아려 봄이 옳다."

여조는 머리가 땅에 닿도록 절을 하고 신선도 배우기를 간청했다.

오늘의 좋은 인연으로 수련하기를 맹세하는 것이다. 운방은 말했다.

"그대는 아직 수년을 더 있어야 한다. 진세의 인연이 아직 다하지 못했다."

운방을 말을 마치고 나는 듯 가버렸다. 여조는 무엇을 잃어버린 듯 멍청히 서 있다가 춘위(春闈)의 안탑(雁塔)에 이름을 써넣었다. 그리고는 여조는 어이 없다하며 중얼거렸다.

"또 황량몽(黃粱夢)에 들었구나. 삼가서 풍설 속에 서 있는 말의 처지에 이르지 말자"

16 한단몽(邯鄲夢)

한단몽은 그후 여조가 대도(大道)를 완성한 73세 이후 황소의 난이 있던 건부(乾符) 년간에 일어난 일이다. 그 기록을 여조전서(呂祖全書)에서 옮긴다.

"건부(乾符) 연중에 여조가 북쪽에서 노닐며 스스로 여옹(呂翁)이라 불렀다. 한단(邯鄲)으로 가는 길에 주막에서 쉬면서 모자를 벗고 주머니를 끄른 채 앉아 있었다. 잠시 뒤 여옹과 더불어 앉아 얘기하는 그의 모습이 맑았다. 성명을 물으니 농여(盧英)이라 했다. 자(字)는 화지(華之)라 했다. 노생은 의복과 행장이 헤어지고 더러운 것을 돌아다보며 장탄식했다.

"선비가 세상에 나서 마땅히 공을 세우고 이름을 날려 출장입상(出將入相)하고 솥을 벌여서 음식을 먹고, 소리는 가려서 듣고, 일족은 더 번창하고, 집이 더욱 풍성해진 뒤에야 편안하다고 할 수 있는 것이 아닌지요? 저는 일찍이 학문에 뜻을 두고 예(藝)에 노닐고 넉넉하여 스스로 말하기를 당년에 청자공경(靑紫公卿)을 얻을 수 있으리라 했는데 이제는 이미 혈기방강을 지나서도 오히려 논밭에서 뼈 빠지게 노동해야 하는 피곤한 것이 아니오니까?"

노생은 눈을 감고 잠을 청했다. 그때 여옹은 매좁쌀을 끓이려 하고 있었다. 여옹은 주머니에서 청자침(靑磁枕)을 끄집어내어 노생에게 주며 말했다.

"그대가 내 베개를 베고 누워 있으면 그대가 원하는 바대로 영화를 누릴 수 있으리라"

노생이 베개 양끝을 내려다보니 작은 구멍이 있고 들어갈수록 점차 커지고 환해졌다. 집에 들어가서 몇 달이 지났다.

노생은 청하최씨녀에 장가 들고, 공을 세우고, 벼슬길에 올라 책훈과 은예가 주에 달하여 호부상서(戶部尙書) 및 어사대부로 옮겼다.

당시의 재상이 그를 시기하고 미워해서 그를 서주자사(瑞州刺史)로서 3년간 상시(常侍)로 징발했다. 대정 10년에 가모밀명(嘉謨密命)을 하루에 세 번 접하고 헌채(獻替), 계옥(啓沃)하여 현상동렬(賢相同列)을 해친다는 무고를 당하고 변장과 서로 결탁하려 의도한 바가 행해지지 않아 하옥 조치되어 부리(府吏)가 잡아갔다. 노생이 처자에게

"우리 집 산동(山東)에는 좋은 밭이 5경(五境)이 있으니 추위와 주림을 막을 수 있는데, 어찌하여 고생하여 녹봉을 구하기 위해 이에 이르겠는가? 오늘 이후에는 다시 짧은 갈옷을 입고 푸른 망아지를 타고 한단(邯鄲)의 길을 갔으면 싶으나 할 수 없구나."

노생은 스스로가 겸하려 하니 그의 아내가 그내 면했다. 수년간 투옥되었다가 신원(伸寃)이 되어 연국공(燕國公)에 봉해졌다. 다섯 아들이 모두 진사급제하고 벼슬길에 나갔다. 인척들 모두 천하의 이름있는 가문이고, 손자도 3공(三公)의 자리에 올랐다.

고향에 돌아갈 즈음에 상소했다. 소(紹)에 임금님의 말씀이 있었다. 병을 다스리고 힘써 침석은 가하고 스스로 병이 낫기를 기원했다.

이날 저녁 돌아가시니 노생은 하품하고 기지개를 켜니 꿈에서 깨어났다. 보아하니 그의 몸은 주막에 모로 누워 있고 여옹은 그 곁에 앉아 있고 주인이 끓이는 좁쌀은 아직 덜 익었다.

노생은 실심한 듯 한참 있다가 사례의 말을 했다.

"대체로 이것이 명예와 치욕의 도이고, 빈궁과 영달의 이치이고, 얻음과 잃음의 정이고, 삶과 죽음의 끝임을 다 알았습니다. 이는 선생이 나의 욕심을 막는 까닭이니 삼가 고개 숙여 재배하고 도세(度世)를 구하여 가르침을 받겠습니다."

이상이 「한단몽(邯鄲夢)」의 전부이다. 이 「한단몽」은 「황량몽」과 그 구조가 같다. 그 이야기 패턴이 꼭 같다는 뜻이다. 그런데 세인의 상식에 한단몽을 황량몽이라고도 한다는 것은 한단몽은 침중기(枕中記)라는 소설인데 후인들이 황량이라고 한다는 뜻으로 앞뒤가 맞지 않다.

한단몽에서는 여옹이 73세에 대도(大道)를 원성(圓成)하고 자신을 도세(度世)한 연후에 남을 도세한다고 했다. 그는 자신을 도세한 연후에 오래 살아 죽지 않고 만겁을 살아 도세한다고 했다. 후인들이 그의 발자취를 더듬어 그의 연보를 차례대로 적은 것이 여조전서(呂祖全書) 상권의 연보이다. 그것은 도교적 사실(史實) 설명으로 되어 있다. 당나라 심기제가 찬한 침중기는 황량몽을 소재로 하여 소설화한 것으로 사실(史實)인 것처럼 기록한 것이다. 황량몽은 침중기에 화소(話素)를 제공한 것이지 그것이 바로 침중기(枕中記)가 아님은 당연하다. 황량몽과 한단몽은 분명 별도의 이야기이다. 더욱이 황량몽은 종리권이 여동빈을 선도수련시키는 부분을 따로 떼어 입종남기(入終南記)에 연결시켜 놓았다. 이 부분을 포함하면 한단몽보다는 황량몽+입종남기가 소설적인 구성에 있어서 더욱 완벽함을 알 수 있다.

중국 도서는 영남대의 홍우흠 박사와 고인이 된 김주한 교수가 대만 유학 시절에 구입해다 준 것으로 공부했다. 이 자리를 빌어 그들에게 감사드린다.

최종운 박사는 「환몽소설」의 연구로 학위를 받았다.

17 황제내경소문

내가 「황제내경소문」을 만난 것은 1999년이다. 마침 인문과학연구소장을 맡아서 여러 사람과 힘을 합할 수 있었는데 1500페이지에 이르는 번역 작업을 10번이나 교정을 보면서 하는 작업이라 외롭고 고단한 것이었으나 나름대로 보람은 있었다. 이 일은 한의과대학의 연구소에서 넉넉한 연구비를 받아서 진행해야 할 방대한 작업이었다. 그런데 나는 이것을 혼자 뚝심으로 무슨 사명감을 갖고 밀어붙였다.

"동양의 학문은 기초에서부터 스승을 모시고 배우는 이의 입장인 학자의 자세에서 출발하고 있다. 문・사・철로만 여겼던 인문과학의 기초가 의학이라는 자연과학의 영역까지도 포괄하는 종합적인 이해와 분석력을 요구한다. 이 경서의 해석은 군신(君臣)의 관계이면서도 사제(師弟)의 관계를 안으로 유지하는 절묘한 어조(語調)에서 더욱

외경(畏敬)을 느끼게 한다. 유가(儒家)나 불가(佛家)의 경전이나, 오늘날의 성서(聖書)에서 볼 수 있는 절대자나 성인의 일방적인 하교(下敎)나 성인의 초월적인 말씀과는 다르다. 군신의 관계를 내세운 것은 황제(黃帝)가 국조이면서 도교의 최고신의 하나이다. 기백(岐伯)은 신하이면서도 천사(天師)의 자리에 있다. 천사는 장자 서무귀(徐无鬼)에서는 득도자를 존경하는 칭호라 했다.

장도릉의 오두미교(五斗米敎)에서는 득도한 선인(仙人)에 대한 극칭이다. 그의 아들 형(衡)과 그의 손자 노(魯)가 한중(漢中)을 근거지로 그 도(道)를 전할 때, 신자들은 장도릉을 천사라 했다. 귀유구(鬼臾區)는 황제의 신하로서 귀용구(鬼容區)라는 천문 5행의 저자이고 (천원기대론), 뇌공(雷公)의 의도(醫道)와 술서(術書)와 잡학(雜學)을 자문했다. 뇌공(雷公)이란 명칭 또한 원래는 뇌신(雷神)이었으나 주진(周秦) 이후에 뇌사(雷師) 혹은 뇌공(雷公)이라 했다.

천사(天師) 기백(岐伯)의 자문이 거의 절대적인 것은 도교경전으로서의 위상을 입증하는 것이다. 주석자에 따라서는 천사를 제왕의 스승으로 해석하기도 한다. 도교적인 경전을 입증하기 때문에, 표면상으로는 서로 존중하는 어조로 일관한다. 황제의 위상으로 보아 득도자인 기백을 방문하여 이 책을 완성할 때는, 군신관계이면서도 천사(天師)인 그에게는 존칭을 쓰고 뇌공이나 귀유구에게는 하대를 하는 것은 자연스런 어조이다. 이를 입증하는 것은 장은암(張隱菴)의 주석에서 확실하게 드러난다.

황제는 생이지지(生而知之)하는 성인이라 솥이 이루어지자 백일승천(白日昇天)했다.(上古天眞論)

또한 기백 자신도 황제의 물음에 답하면서

"이는 상제(옥황상제)가 귀하게 여기시는 바이며 선사(先師)께서 전하시는 바로서 신(臣)이 비록 불민(不敏)하나 왕년에 그 뜻을 들었습니다.(氣交變大論)"

하여 결코 자신이 자득(自得)한 성인이 아니라 스승으로부터 배웠음을 밝히고 생이지지(生而知之)한 성인에 대한 겸손을 잃지 않는다. 또 백일승천한 신선인 도교신 황제에 대하여 장은암은

"내가 살펴보니 기백(岐伯)은 제왕의 스승이다. 그러므로 칭하기를 천사(天師)라 했다. 이로써 74편을 모두 기백을 찾아가서 물어봤다. 그러나 황제의 신령스럽고 돈민(敦敏)함은 생이지지하는 자질을 갖추었으니 곧 상고(上古)에 하늘을 계승하여 등극했으며 전도교화(傳道敎化)의 지성(至聖)인 것이다. 그 기백을 찾아가서 물은 것은 대개 이 도(道)를 증명하는 것이다. 이 때문에 마지막 7편은 황제(帝)가 다시 신료(臣僚)들을 교화하고 있는 것이다.(著至敎論)"

했다. 필자가 이 글을 장은암이 집주(集註)한 상해 과학기술출판사의 황제내경소문집주(黃帝內經素門集註)를 저본으로 한 것은 내경(內經)에 대한 주석이 본격적으로 혁신된 글이요, 가장 권위있는 글이기 때문이다. 또한 이 주석은 의학만이 아닌 도서의 처음이기 때문이다. 이를 올바로 인식하고, 그 동안 잘못된 글과 빠진 부분을 바로 잡고 보완한 글이 이 책이며, 책이 간행된 후 3세기 동안에 무려 4판이 간행

되었음은 열화 같은 독자의 요구에 응한 때문이다. 그의 서문에는 이러한 뜻이 담겨 있다.

주(周)나라의 편작(偏鵲) 한(漢)나라의 창공(倉公), 진(晋)나라의 황보밀(皇甫謐), 당(唐)나라의 왕계현(王啓玄)에서 송(宋), 원(元), 명(明)의 여러 명가에 이르기까지 교대로 소홀한 논의가 있었으나 사람마다 특별히 언급한 것이 없었다.

그러면서도 경(經)의 뜻을 바로 잡는다는 것이 한 끝을 찾는데 불과하고, 경의 말을 분석한다는 것이 편견에 불과하고, 경의 문체는 나타난 바의 은유를 알지 못한다고 했다. 그러므로 이 책을 간행한 출판사의 표지 속 설명은

"〈황제내경〉은 〈소문〉〈영추〉 두 부분을 포괄하고 있다. 이는 현존하는 중국의학문헌 중 가장 오래된 일부 전적이다. 음양(陰陽), 오행(五行), 섭생(攝生), 장상(藏象), 경락(經絡), 자법(刺法), 병인(病因), 병기(病机), 병능(病能), 진법(診法) 등 풍부한 내용을 변증론(辨證論), 치리론(治理論)으로 체계적 기초를 논했다.

〈내경〉이 이루어진 연대는 근원이 아주 오래되었으므로 글의 뜻이 예스럽고 심오하다. 그러므로 역대로 주석한 사람이 적지 않으나 이 장은암 및 그 문하생들이 함께 주석한 〈소문〉을 중간해서 독자들의 수요에 응한다.

장주본(張註本)은 글귀에서 글자에 이르기까지 자못 상세함을 다했고 전인들의 비린내 나는 뜻을 또한 많이 거두어 없애니 〈소문〉 주석본 중에서 가장 두드러지고 훌륭한 책이다."

했다. 이 책은 원전에 충실하기 위하여 원문을 부록으로 붙였다.

독자의 편의를 위해서 상하권으로 가르고 원문을 하좌에 영인해 넣고 찾아보기를 짜 넣었다.

「황제내경소문」은 초판을 국학자료원에서 간행했다. 이때 워드작업은 주로 황형식 박사가 했다.

18 집주자(集註者) 장은암(張隱菴)

"5제(五帝) 이상으로 책이 있었던가? 이르기를 책이 없다고 했다. 책은 없으나 처음 쓴 책은 간직되어 있다고 했다. 5제(五帝) 이하에는 책이 있었던가, 많은 책이 있었다고 했다. 많은 책이 있었으나 실제로 전해진 책은 잡스럽다고 했다. 대저 책이 없으나 처음 쓴 책이 간직되어 있고, 책이 많으나 잡스런 책이 전하니 곧 짓고 기술한 형상의 처음과 끝을 속일 수 없는 것이다.

이에 5제(五帝)를 상고 하니, 첫째로 복희씨(疱犧)로부터 하늘을 우러르고 땅을 굽어 살펴서 가까이서 취하고 멀리서 구하여 8괘(八卦)로써 통하니, 빛나는 모양이 도(道)를 밝히고 하늘을 여는 조상(祖)이 되었다. 뒤를 이어 이기(伊耆) 신농씨(神農氏)는 보습을 끊고 쟁기를 구부려서 농사를 가르치고(敎稿) 사물을 분별하여 모든 어휘(彙)를 밝혀서 밝은 모양으로 양생(養生)하고 달성(達性)한 임군(主)이 되었다. 전(傳)이 빠진 공손(公孫) 헌원(軒轅)은 위로 하늘의 형상(天象)을 상고(稽)하고, 아래로 못과 샘을 궁구(究)하고, 가운데로 인사(人事)를 헤아려서 사람의 5행6기(五行六氣)로써 천지음양(天地陰

陽)에 짝(配)하고, 천지의 4시5행(四時五行)으로써 사람의 부위를 살핌(部候)에 응하여, 명쾌하게(洞然) 담장을 보고 미묘한 것(微)에 통하는 종지(宗)가 됐다. 이 3성(三聖)의 시대가 흥하여 3분(三墳)의 옳은(義) 길이 지어지고, 3재(三才)의 이치가 갖추어졌다. 그런데 희황(羲皇)은 괘(卦)를 그려서 효사(爻辭)의 단의(象義)를 밝혀서 주문황(周文王) 공자(孔子)에 앞서 창시(剏始)했다. 이조진주(李邵陳朱)가 후일에 열어서 밝히니, 사물을 열고 이루기를 힘써서, 역도(易道)는 드디어 천고(千古)를 지나서도 시들지 않았으며(不晦), 신농씨(炎帝)가 작품을 살펴서, 금석초목(金石草木)을 상중하로 품평(品)하여, 본경(本經)이 전한다. 따로 기록하여 도경강목(圖經綱目)을 지어서 보유증궐(補遺增闕)하여 방서(方書)는 가득한 제사(滿祀)를 수행하여 피폐하지 않았다. 소문(素問) 한 책은, 황제(帝)와 유부(兪跗) 무창(巫彰) 여러 신하가 한 집에서 차례로 논했다. 상세한 바는 하늘과 사람이 한 근원이란 뜻이다. 밝힌 바는 음양(陰陽)이 번갈아 타는 기틀(機)이다. 연구된 바는 기운(氣運)이 다시 왕성해지는 미묘(微妙)함이다. 상고하여 구하는(稽求) 바는 성명(性命)이 움직임을 다스리는 근본이라는 것이다. 위로 궁구한 바는 한서일월(寒暑日月)의 운행이다. 아래로 다한 바는 형기(形氣)가 생기고 변화함이 성공하고 실패함이다. 열고 닫음(開闔)이 상세하게 다하여 나머지 쌓임이 얼마 없는 것이다. 그러나 그 가운데에 나고 남을 통괄해서 머무름을 논한 것이 그 반(半)이다. 재해(災)와 병(病)을 말한 것이 그 다음이다. 치료하는 방법은 그 다음이다. 대개 천하 후세(後世)와 자손만민으로 하여금 재앙을 입지 말게 해야 하는 것이니 함께 나서 자라는 데에 돌아오기를 바라는 것이다.

성인의 가르침이 황당하지 않음이 큰 것이 아닌가! 다만 경의 뜻은 심원하고 미묘하다.(淵微) 성인의 말씀은 오래되고 간략해서(古簡) 진실로 그 사람이 아니면 그 뜻을 통하는 이가 적다는 것이다.

곧 주(周) 나라의 편작(扁鵲, 秦越人)과 한(漢) 나라 창공(倉公, 淳于意), 진(晋)나라의 황보밀(皇甫謐), 당(唐) 나라의 왕계현(王啓玄)에서 송(宋), 원(元), 명(明)의 여러 명가(名家)에 이르기까지 교대로 소홀한 논의가 있었으나 사람마다 특별히 언급하지 못했다. 경(經)의 뜻을 바로 잡는다는 것이 혹은 한 끝을 찾았고, 경(經)이 말을 자세히 분석한다는 것이 혹은 편견(偏見)으로 풀이했고, 경(經)의 문체(詞)에 나타난 바의 은유를 알지 못했다.

거기엔 뜻이 있으나 혹은 본문을 해석함에 있어서 그 큰 근원(大原)에 어두운 경우도 있다. 경(經)의 문장에는 전에 말하지 못한 것을 이제 처음으로 언급한 것도 있다. 혹은 앞서의 설명이 간략하고 탈락된 것이 있거나 그 넓은 서술에 빠진 것이 있다는 것이다. 이 모두는 나의 깊은 고민이었다. 지총(聰)은 문득 우매(愚昧)함을 잊어버리고, 힘을 다하고 깊이 생각하여 경자(庚子) 5년부터 중경상한론(仲景傷寒論) 및 금궤요략(金櫃要略) 2권을 주석하여 간행 배포해서 세상에 물은 바 있다. 이제 다시 갑진(甲辰) 5년부터 내경소문(內經素問) 9권을 주석해서 주야로 깨우치고 생각하여 황기지정의(黃岐之精義)를 간행했다.

앞사람들의 말씀들은 대개 답습하지 않은 곳이 있고, 옛날에 논한 찌꺼기들은 빠짐없이 없앤 곳이 있으니 오직 동학(同學)하는 뛰어난 분들과 더불어 함께 깊이 참조하고 고구(參究)한 숨은(秘) 일과 문하의 여러 제자들이 교정(校正)의 엄격함을 맡아서 조각(剞劂)하여 이루어졌음을 알린다. 안(顔)씨는 일러 집주(集註)라 했다. 대개 모여서 함께 일하여 참고하고 교정한 것이 10중 2, 3이다. 선배들의 이론과 서로 부합하는 것은 10에 1, 2이니 버려둔 것은 없는 것이다. 또한 일러 '앞에서 이미 말한 바란 것'이 얼마나 나를 번거롭게 했던가? 오직 미처 언급하지 못한 것들은 빨리 언급하게 후학들을 기다릴 따름이다. 어찌 감히 강절(康節)의 깊은 도(道)를 쉽게 통하여 알기 어려운 깊은 뜻과 숨은 인군이나 재상(齋相)들이 약을 찾아 남긴 것을 추구해서 스스로 고인(古人)에게 덧붙이겠는가? 비록 그리하나 사람들이 깨우쳐 여는 것을 꺼리니 세락朶(世樂)로 인하듯이 대아(大雅) 상유(桑柔)에 이르기를 '저기 나르는 새들도 때로는 주살을 맞을 수도 있는 것'이라 했다. 그런즉 천하 후세에 나에 대한 칭찬이 혹은 이 책으로 인해서 천하 후세에 나에 대한 비방이 될지 알수 없는 일이다. 혹은 이 책으로 인하여 내가 어떻게 감히 부리(喙)를 둘지 모르겠다. 대저 또한 뜻이 존재하고 있음을 살펴서 나쁜 모습(惡容)의 자랑을 삼갈진저!

무릉(武陵) 장지총(張志聰)이 영이당(泠怡堂)에서 쓰다.

이 장지총이 장은암이다. 상해과학기술출판사에서 光緖 13년에 간행한 황제내경소문집주(黃帝內徑素問集註)가 그 원본이다.

20 황제내경영추

황제내경영추는 내가 정년하는 해인 2001년 2월에 앞서 간행했다. 책머리에 이렇게 썼다.

"의서(醫書)와 도서(道書)는 그 출발부터 밀접한 관련이 있다. 필자는 「황정경 연구」를 1998년에 간행한 바가 있다. 그것은 「황정경의소(黃庭經醫疏)」로서 의서와 도서로서의 도경을 연구 검토한 글을 다시 편역한 것이었다. 과의도교(科儀道敎)의 전신인 오두미교(五斗米敎)가 병을 치료하는 무의(巫醫)에 기초를 두었으므로, 전통의학의 발달이 도교의 교세확장과 길을 함께 했음은 주지의 사실이다. 필자는 20여 년간 우리나라 도교 문학을 연구하면서 대부분의 도경을 역해한 바가 있다. 의서에 대한 역해 작업도 계속해서 관심을 가져왔다. 지난해에 국학자료원에서 펴낸 『황제내경소문』은 이 책과는 자매편이다. 장은암의 주석본을 저본으로 한 「다시 읽는 황제내경소문」은 의서와 도서의 상호보완이란 특징이 있다. 이 책 「다시 읽는 황제영추경」은 원문을 읽고 이어서 보다 쉽게 풀이하여 앞서의 「황제내경소문」 체제로 편집하였다. 특히 전통의학에 관심있는 이와 일반 독자가 쉽게 접근할 수 있도록 역해에 최선을 다했다. 가장 최근의 자료로는 하북의학원의 교석(敎釋) 등을 참고했다.

이 책은 일반적으로 영추경(靈樞經)이라 알려지고 있다. 진시황의 분서와 전란통에 원본을 구하지 못한 중화에서는 우리나라(고려)에서 헌납한 책으로 간행할 수 있었다고 한다. 송사(宋史) 철종 본기에 '원우 8년 정월 경자, 고려가 바친 황제침경(黃帝針經)을 천하에 조반(詔頒)한다'고 했다. 그런데 이 책의 저본은 고려가 바친 책보다 60년 뒤에 사숭(史崧)이 바친 가장구본(家藏舊本)이라고 했다. 고려가 바칠 때의 책명은 「침경(針經)」인데 사숭이 바친 가장 구본은 영추경(靈樞經)이라 했다.

전편은 81편이다. 「황제내경소문」의 편수와 똑 같다. 소문과 영추의 차이는 하나가 병의 원인을 극명하게 설명했다면, 하나는 그 치료에 대하여 임상학적인 경험을 바탕으로 하여 자세히 설명했다.

그것은 음양 5행설을 바탕으로 하여, 인체의 생리, 병리, 진단, 치료, 섭생 등의 문제와 아울러 장부, 정(精), 신(神), 기(氣), 혈(血), 진액(津液)의 기능과 병리의 변화를 상세히 설명했다. 사람과 자연의 밀접한 연관과 인체 내부의 조화 통일의 총체적인 이론을 강조했다. 그리고 두드러진 특징은 경락(經絡) 이론과 침법(針法)을 분명하게 논술하고 있다는 점이다."

이어서 사숭(史崧)의 서문을 덧붙인다.

옛날 황제(黃帝)가 지은 「내경(內經)」 18권은 「영추(靈樞)」 9권 「소문(素問)」 9권이다. 곧 그 합한 숫자가 18권이다. 세간에 받들어 횡행하기로는 오직 소문(素問)이 있을 따름이라 했다. 진(秦)의 월인

(越人)이 그 한둘을 얻어 서술한 것이 난경(難經)이고 황보밀(皇甫謐)이 이어서 편찬한 것이 갑을경(甲乙經)인데, 여러 학자들의 학설은 여기서 비롯한 것이다. 그간에 혹은 득실(得失)이 있어서 아직도 후세인들이 법으로 삼지 못하고 있다. 가령 「남양활인서(南陽活人書)」에서는 '기침이란 딸꾹질(噦)이 난다'고 했다. 들어서 아우르면 이치를 판단할 수 있다.

또 가령 난경(難經) 65편은 이 월인(越人)이 분명히 말하는 「영추(靈樞)」의 본수(本輸)의 대략이라고 세인(世人)은 혹은 유주(流注)한다고 했다. 삼가 살피건데 「영추경」에 '관절(節)이라 하는 것은 신기(神氣)가 헤엄치고 다니고 출입하는 곳이며 피육근골(皮肉筋骨)이 아니다'라고 했다. 또 말하기를 '신기(神氣)란 정기(正氣)이다'라고 했다. 신기가 헤엄치고 다니고 출입하는 것이 유주(流注)이다. 정형수경합(井滎腧經合)이란 본수혈(本輸)이다. 이를 들어서 아우르니 곧 서로 떨어져 있음(相去)이 단지 천양지차이만은 아니다. 다만 한스러운 것은 「영추」가 오래 전하지 못해서 세인들이 연구하지 못한 것이다.

대저 의원이란 의서(醫書)를 읽는데 있을 다름인데 읽어서도 의원이 못되는 사람도 있다. 아직은 의서를 읽지 않고 의원이 될 수 있는 사람은 없다. 의서를 읽지 않고 또한 세사에 아우르지 못하면 몽둥이나 칼날보다 더욱 무서운 살인을 하는 것이 된다. 이러한 고로 고인(古人)이 한 말에 '사람의 지식으로서 의서를 읽지 않음은 불효하는 것과 같다'고 했다. 나는 본래 용렬하고 어리석어서 스스로 어려서부터 장년(壯)에 이르기까지 이 도(道)에 잠심(潛心)했으나 자못 그 이치를 치우치게 섭렵하여 문득 스스로 헤아리지 못하니 여러 책을 참고하여 가장(家藏)했던 「영추」 9편 모두 81편은 다시 교정하고 수정 증보하고 소리를 풀어 권말(卷末)에 부치고 29편으로 인쇄한다.

여러 호생지인(好生之人)으로 하여금 책을 펴면 쉽게 이해할 수 있고 차별이 없게 하려는 것이다. 이미 구체적으로 경(經)의 소속을 설명한 것들을 제쳐두고 부(府)의 지휘를 자세하게 상정(詳定)하도록 책을 갖추어 비서성(秘書省) 국자감(國子監)에 보냈다. 이제 사숭(史崧)이 명의(名醫)들을 오로지 방문하여 다시 자세하게 참상(參詳)하기를 청하여, 장차 잘못된 것이 없도록 하였다.

이 일이 무궁하고 공(功)은 실로 자명함이 있다.

송(宋), 소흥(紹興) 을해(乙亥) 중하(仲夏), 망일(望日)

금관(錦官) 사숭(史崧) 씀.

이 「황제내경영추」는 마산대 이재성 교수가 중국에 유학 중인 친구를 통해서 구입한 하북의학원(河北醫學院)의 영추교석(靈樞校釋) 상하권을 저본으로 삼았다. 고마운 인사를 제때하지 못했다. 이지음·한재롱 교수는 「한국의 고대건국신화」로 학위를 받을 준비를 하고 있었다.

21 황제내경과 천사의 가탁

황제(黃帝)는 그들의 신선전이나 사서(辭書)에서 도교신인(道敎神人)이라 했다. 원래 역사 전설적인 인물인데 후일에 받들어 도교 신이 됐다. 산전하기로는 성은 공손(公孫)이요, 이름은 헌원(軒轅)이다. 유웅국(有熊國) 임군 소전(少典)의 아들이라 했다. 황제내경에서는 책의 비중으로 보아 황제의 등장은 자연스러워 보인다.

옛날에 황제가 있었으니 태어나면서 신령했으며 어려서도 말을 잘 했고 일찍부터 순하고 빨랐다. 자라서는 믿음이 있고 예민했다. 솔이 완성되어 하늘로 등천했다.

상고천진론(上古天眞論)이다. 황제를 등장시키는 첫 논리이다. 황제는 생이지지(生而知之)한 성인이다. 그러므로 하늘의 진인(眞人)인 천진(天眞)이란 것이다. 더구나 그들 신선설화의 한복판에 놓아둠으로써 의학서와 신선도를 직격시킨다. 정호산(鼎湖山)에서 단(丹)을 이루어 솥을 완성하고 대낮에 신선되어 하늘로 올라갔다는 것이다. 수명이 천지에 통하여 끝남이 없는 진인(眞人)이라 했다.

이에 천사(天使)에게 묻는다. '내 들으니 상고(上古) 사람들은 춘추 (春秋)가 모두 120세가 되어도 동작이 쇠약하지 않는데 오늘날 사람들은 50세만 되어도 동작이 쇠약하니 시세(時世)가 다른가요? 사람이 건강을 잃어서 그런가요?'

천사(天師)는 기백(岐伯)에 대한 존칭이다. 천(天)은 일러서 그 천진(天眞)을 닦을 수 있다는 것이며, 사(師)는 곧 선지(先知) 선각자(先覺者)를 말한다. 도를 말함(言道)은 상제(上帝)가 귀하게 여기는 바이고 사(師)는 전도(傳道)로써 가르침을 베풂으로 기백(岐伯)을 일러서 천사(天師)라고 했다. 도(度)는 넘는 것이다. 도백세(度百歲)는 100세를 넘어 120세까지 산다는 뜻이다.

황제내경소문에서 첫장 첫줄에서 상고천진의 모델로서 황제를 등장시키고 이 책의 지은이가 황제와 그 신하들이라고 가락해 놓은 것은 이의박서가 천도(天道)인 선도(仙道)에 의한 것이라는 도교적 발상임을 설명하고 있다. 이는 다음의 기백(岐伯)의 대답에서 더욱 확실해진다.

기백(岐伯)이 답한다. '상고(上古) 사람들은 도를 아는 사람은 음양을 본받고 술수에 화합했으며, 먹고 마심에 절차가 있었고 기거(起居)에 떳떳함이 있었고 지나치게 힘써서 몸에 무리하지 않았습니다. 그러므로 몸과 정신을 갖출 수 있고 그 타고난 천명(天命)을 다하여

120세를 살다가 죽었습니다.'

기백의 답은 양생(養生)의 도(道)이다. 오늘날 사람들은 술로써 장(漿)을 삼으며 망령됨을 일삼고 술취해 입방(入房)하여 그 마음의 유쾌함에만 힘쓰고, 양생(養生)의 즐거움을 거스르고 기거에 절도가 없으므로 반백의 나이에도 쇠약해지는 것이라 했다. 그런데 이 양생의 도는 신선설과 결부되어 춘추전국시대에 이미 성행했으며, 진시황의 불로초 이야기 등으로 많은 도사들이 다투어 임금을 속인 고사가 있었던 것이다.

장은암의 증보범례(增補凡例)에는 또한 뇌공(雷公)에 대한 설명이 있다.

정자(程子)는 소문(素問)이 전국시대에 나왔다고 했다. 이제 편수(編首)가 통편(通編)의 어조를 살펴보니 진실로 헌기(軒岐)의 자저(自著)가 아니다. 곧 뇌공(雷公)이 차례로 전하여 주어서 책이 이루어진 것이다.

처음에는 천사인 기백을 찾아가 의도(醫道)를 의논하고 후대에 와서는 이어서 뇌공(雷公))을 교화하여 의도론(醫道論)을 설명했다.

황제가 명당에 앉아 뇌공(雷公)을 불러 묻는다. '그대는 의술의 도를 아는가?' 뇌공이 '외워서 자못 이해할 수 있습니다만, 이해하나 분별할 수 없고 분별하나 드러낼 수 없고 드러내나 밝힐 수 없어서 여러 신료들을 다스릴 수는 있으나 후왕(候王)들은 알게 하기에는 부족합니다.' 했다. 왕빙(王氷)은 이르기를 '명당에서 뇌공을 불러서 생령을 도와서 구제하는 도를 물었다. 내가 살피건데 기백(岐伯)은 제왕의 스승이다. 그러므로 기백을 천사(天師)라 불렀다. 이 때문에 74편을 모두가 기백을 방문해서 물었다.

　그 기백을 방문한 덧은 대개 이 선도(道)를 중명코자 함이니 이 때문에 뒷부분의 7편은 이에 황제(黃帝)가 신료들을 다시 교화(敎化)한 것이다'했다.

마지막 7편에 대한 장은암의 설명은 선도(仙道)와 의도(醫道)에 대한 수준 높은 주석이다.

22 선도(仙道)의 길라잡이

선도(仙道)란 무엇인가? 유도(儒道), 불도(佛道)에 대응하는 신선도〔神仙道〕가 곧 선도(仙道)이다. 우리나라는 일찍이 신선도의 발상지였다. 특히 신라시대에서 조선조 임란에 이르기까지 선도수련하여 자신의 건강을 유지하고, 체력을 단련하여 나라의 국방에 힘썼다. 가장 최근의 이론으로서는 대종교(大倧教)의 종지(宗旨)에까지 전해 내려오는 것이다. 그런데 수년 전에 작고한 권태훈 총전교는 자신의 선도수련을 새로운 반석 위에 올려놓고자 무진 애를 썼다. 그것이 1986년에 펴낸 봉우수단기(鳳宇修丹記)이다. 그는 그 책 앞머리에 정렴의 용호결(龍虎訣)을 옮겨 싣고는 그 제미결(題尾訣)에

　　수단(修丹)의 책은 다섯 수레로도 다 못 실을 정도이니 후학들이 비록 그 진액을 알고자 물어도 그 바른 길을 얻을 수 없으니 그것은 그 이치가 단단한 때문이다. 그러나 내가 많은 수단의 책을 읽어보

니 그 정수를 쉽고 단단하고 일목요연하게 쓴 것으로는 정렴공의 용호결(龍虎訣)이 그 가장 잘된 글이라 생각된다.

고 했다. 이는 갈홍(葛洪)의 포박자(抱朴子) 서문과 비슷하다. 우리나라는 선파들이 선도수련파가 있는가 하면 주체선파들이 있다. 주체선파들은 우리나라의 고유한 신선도가 있다는 입장이고 그들은 단군 선교와도 연결시키고 대종교처럼 한배검을 믿는 유파가 있다. 이들을 모두 주체선파라고 할 수 있는데 이들은 결국 민족주의에 입각한 사람들이다. 이러한 주체선파들이 수단에 관한 책을 읽고 이를 바탕으로 수련하는 경우가 있다. 그러나 그것이 체계적이고 우리 것의 이론으로 정립된 것은 있다고 볼 수 없다.

권태훈은 대종교활동과는 관계없이 개인적으로 수련했다는 증거가 된다. 그러면서 호흡법 16계(堦)를 소개했는데 그의 경험에 비추어 더욱 상세하게 설명한 것이 있다. 1989년에 그 법론(法論)을 보태어 간행한 것이다. 그는 선도 수련에 있어서 체술(體術), 속보법(速步法), 연정(煉精) 등 체력단련과 정신수련을 중심으로 했다. 단전호흡은 그의 실제 실천덕목으로써 꾸준히 연구 개발한 것이다.

그는 대종교와 관련했다는 사실 때문에 주체선파로 분류되나 그가 어느 수련 선파보다 열성으로 선도 수련의 이론과 실제를 경험한 사람이니 말년에는 수련선파의 개산조라는 자부심도 갖고 있었던 듯 하다.

그런데 권태훈은 권청, 권극중과는 달리 원상법(原象法)을 제시하고 있는데 이에 대한 검토가 필요하다. 그는 수단을 얘기하면서 유가의 원리를 선도에 접목시켰음을 애써 강조하고 있다. 참동계(參同契)가 역경을 통한 단학의 설명이지만 이에 관해서는 언급이 없다.

권태훈은 또한 이 논리를 천부경(天符經)과 결부시키고 있다. 그러면서도 그의 독특한 목소리는 유가의 편에 서 있음을 애써 주장한다.

> 공부자의 교훈을 거듭 밝히게 된 것은 우리 민족이 어느 민족보다도 우월함에 있다고 본다. 선신들이 못하신 것을 우리 후생들이 다시 부활해서 세계 만방에 수범하도록 전진하는 것이 우리의 책임

이라 했다. 권태훈은 주체선파에서 다시 수련선파로 회귀하는가 하면 다시금 자기류의 단학선파를 형성하고 있다는 것이다.

권태훈은 위기지학에서 벗어나 많은 사도를 거느리고 많은 제자를 깨우쳐야 하는 입장에 서게 됨에 내세울 만한 스승이 있어야 했다. 그러나 그는 노자, 여동빈, 위백양, 왕철을 스승으로 모실 수는 없었다. 그러므로 참동계(參同契), 황정경(黃庭經), 영보필법, 고문금벽용호경은 끝내 외면하면서 주역(周易)과 공부자(孔夫子)의 다른 체계를 내세워야 했다. 그가 해야 할 일은 중화의 도서를 바탕으로 수련선파의 계보를 이어가는 것이 아니었다.

권태훈은 수련선도를 지향하되 기왕의 논리로는 우리의 전통적인 선도수련이 되지 못할 것을 알기에 첫째로는 한배검의 도로 승화시키고, 그 이론의 뿌리를 정렴(鄭磏)의 용호결(龍虎訣)에 접맥시키고자 했다. 그러나 이 선도수련은 처음부터 누구의 것도 아니었다. 그

러나 권태훈은 공부자와 연결시킨 심종(心宗)은 접어두고, 권청(權淸)의 단서 5권과 구결(口訣)의 전통을 어렵다는 이유로 외면했다. 그리고 권극중(權克中)의 이론도 선불습합이라 하여 유선습합으로 체계를 세우고자 했다. 이는 선·불 습합이 대중화되어가는 마당에 유·선 습합으로 체계를 세움으로써, 오늘의 선도수련이 보다 현실적이고, 자신이 총전교로 있었던 대종교와 자신의 개인도장인 단학선원을 중심으로, 대중선도의 수련법으로 확대 발전시키려했던 것이었다. 왜냐하면 호흡법이나 정좌법의 수련법은 불가 쪽에서 상당한 관심이 있었고 대중의 관심도 있었기 때문이다. 그러면서 권태훈은 김시습, 권청, 한무외, 남궁두와 같은 삶 속에서 끝내는 소설「단(丹)」의 모델이 되었고, 대종교의 총전교 자리에 있다가 해임되기도 했다. 그의 한계가 노출되고, 결국은 임종에 이르게 된 것이 아니었던가 한다. 그는 미완의 선인(仙人)이요 이 땅에 다시 볼 수 없는 선도 수련의 길라잡이였던 것이다.

23 언문일치의 동의보감

　나는 정년퇴임을 앞두고 무언가 학문적인 업적을 이루어야겠다는 생각으로 동의보감의 완역에 매달렸다. 푸른사상사와 계약한 후인데, 마침 북한판이 국내에 수입되어 헐값에 판매되고 있어서 계약 이행이 어렵다는 것이었다. 개인 출판에 대한 생각이 있었으나 최소한의 부수(300부)를 출판키로 하고, 얼마간의 출판비를 내가 부담키로 했다. 우리나라의 경우 학술서적으로 재미를 본다는 것은 불가능한 것이었다. 나에게 배당된 120부는 동아일보의 영남판에서 다루어 주어서 쉽게 매진됐다.

　　"대구대 최창록(68, 고전문학 전공) 명예교수는 최근 조선시대의 명의 허준(許浚)의 동의보감을 '구어체'로 완역한 『완역동의보감』을 출간했다.
　　최 교수는 29일 "시중에서 접할 수 있는 『동의보감』은 우리말로 옮긴 간략본이나 북한에서 번역한 판본이 많으며 대부분 문어체로 쓰여져 있어 이해하기가 쉽지 않다"며 "한의학도는 물론 일반인들도 쉽게 이해할 수 있도록 구어체로 완역했다"고 설명했다.

그가 출간한 『완역동의보감』은 권당 700여 쪽 가량의 전 5권이다.

번역 작업에만 2년 6개월이 걸렸다는 그는 "동의보감에 인용된 황제내경(黃帝內經) 등의 의서와 고문헌에 대한 번역과 연구기간을 합하면 10여 년의 작업 끝에 결실을 거둔 것"이라고 말했다.

국문학자가 왜 전공과는 거리가 먼 한의학서를 번역했느냐는 질문에 그는 "어렸을 때 종조부로부터 한학을 배워, 한자로 된 우리 고전문학에 빠져들게 됐다"면서 "고전문학을 공부하던 대학원 시절 중국 도교문학을 접해 도경 연구를 하던 중 우연히 동의보감에 도경원전이 방대하게 인용된 것을 알고 동의보감 완역에 도전하기로 결심했다"고 밝혔다.

그는 특히 "의서는 창의적인 번역보다는 서툴더라도 직역을 해야 저자의 뜻을 온전하게 전달할 수 있다"며 "글자 하나 글귀 하나에 소홀함이 없이 동의보감에 깃든 생명 존중의 정신이 정확하게 전달할 수 있도록 노력했다"고 강조했다.

그는 또 "완역 동의조감이 우리나라 한의학 발전에 조그마한 역할을 했으면 좋겠다"고 덧붙였다.

경북 경주 출신인 그는 대구대인문과학 연구소장, 우리말학회장 등을 역임했으며 현재 한국도교문학회장을 맡고 있다.

고 했다. 2003년 5월 30일 동아일보 23면이다. 글쓴이는 정용권 기자이다.

북한판은 나름대로 언문일치에 가까운 번역이나 도경의 번역에는 전혀 입문하지 못한 상태에서 이루어졌기 때문에 전체적인 어조가 통일되지 않는 등의 부족함이 있었다. 『완역동의보감』은 이러한 기초작업을 미리 한 바탕 위에서 이루어졌기 때문에 북한판보다는 완역에 가까웠기에 『완역동의보감』이라 했다.

이 책은 1966년에 초간하고 1987년에 신증판으로 간행한 남산당(南山堂)의 「원본동의보감(原本東醫寶鑑)」〔完營重刊本〕을 저본(底本)으로 했다.

번역의 단초는 1986년의 대성출판사(大成出版社)의 『국역동의보감(國譯東醫寶鑑)』을 숙독하면서 시작했다. 그것은 물론 구어체가 아닌 문어체이기도 하지만 누락, 탈자, 오자, 오역이 너무 많아서 이를 바로 잡는 데서 출발했다. 원문을 실어서 대역하는 번거로움을 피하되, 확실한 역해와 원문 참조가 필요한 경우를 생각하여 주요한 한자를 일일이 ( ) 안에 넣어 두었다.

여강출판사가 이북판을 중심으로 펴낸 원문 대역 동의보감(原文對譯東醫寶鑑)을 참고하되, 기왕의 책에서는 이루어지지 못한 필자의 완역된 도경(道經)을 인용하고 각주(脚註)를 붙이는 작업을 해서 학술서로서의 체제를 갖추었다.

이 책의 체제는 1권이 내경편, 2권이 외형편, 3권이 탕액, 침구편, 4권은 잡병편(1), 5권은 잡병편(2)이며 기왕의 책들의 3권을 5권으로 하여 간행했다.

동의보감의 원본은 진주교대의 박기용 교수의 소장본이다. 내 곁에 두고 3년을 열람하다가 번역본이 완성된 후에 되돌려 주었다.

24 허준(許浚)과 이정구(李廷龜)의 서문

  의원들은 헌원과 기백(軒岐)을 인용하기를 좋아한다. 헌원과 기백은 위로는 천기(天紀)를 연구하고 아래로는 사람의 이치(人理)를 다하니 응당 책쓰기(記述)를 대수롭지 않게 여겼다. 오히려 설명하고 또 묻고 하여, 어렵게 편찬하여 후세에 모범이 되는 어려운 방법을 쓰니 의학의 책이 있는지는 이미 오래인 것이다.

  위로는 창공(倉公)과 월인(越人)에서부터 유원빈(劉元賓), 장기(張機), 주굉(朱肱), 이고(李杲) 등 백가(百家)에 이르기까지 이어서 일어나 논설(論說)이 어지럽고 표절한 실마리가 남아, 각기 일가를 다투어 세워 책이 더욱 많고 방술이 더욱 감추어져 그 「영추경(靈樞經)」의 본뜻과 엉뚱하게 거리가 멀어지지 않은 것이 드물다. 세상의 용렬한 의원은 그 이치를 풀지 못하거나 혹은 내경(內經)의 뜻을 더하여 자기 멋대로 생각하거나, 혹은 흐려진 고로 늘상 변용을 알지 못하고, 그 헤아리고 택함(裁擇)에만 눈이 어지러워, 그 관건(關鍵)을 잃어버려 사람을 살리려 애쓰다가 사람을 죽이는 일이 많았다.

우리 선종대왕(宣宗大王)께서는 몸을 다스리는 법으로써 백성들을 구제하는 인술을 추진하기로 하고 의학에 뜻을 두고 백성들의 병 앓음을 걱정하셨다. 일찍이 병신년간(丙申年間)에 태의(太醫) 신(臣) 허준(許浚)을 부르시어 하교하시기를

> "최근에 중국의 방서(方書)를 보니 모두가 이를 초록하여 모은 것이라, 용렬하고 자질구레해서 부족해 보이는데, 그대를 보니 마땅히 여러 방서를 모아서 편집하여 한 책을 이룰 만 하니 엮어 펴는 것이 좋겠다. 또한 사람의 질병은 모두 조섭(調攝)이 잘못되어 생기는 것이니, 수양(修養)이 먼저이고 약석(藥石)이 다음인 것이다. 여러 방서들은 번잡하니 그 요점을 가려 정리하는데 힘써라. 궁벽한 시골에는 의약이 없어서 요절(夭折)하는 사람이 많다. 우리나라에는 향약(鄕藥)이 많이 나지마는 사람들이 알지 못하니 그대는 마땅히 이를 분류하여 향명(鄕名)을 병서(竝書)하여 백성들로 하여금 쉽게 알게 하여라."

하셨다. 깊이 깨닫고 물러나 유의(儒醫) 정작(鄭碏), 태의(太醫) 양예수(楊禮壽), 김응탁(金應鐸) 이명원(李命源), 정예남(鄭禮男) 등과 더불어 국(局)을 설치하고 찬집(撰集)하여 가장 요긴한 것(肯緊)을 이루었으나 정유(丁酉)의 난을 만나 여러 의원이 사방으로 흩어져서(星散) 일을 마침내 중단했었다. 그 후에 선왕(先王)께서 또 허준(許浚)에게 하교(下敎)하시어 혼자서 편찬하라 하시고, 공궁 내의 장서인 방서(方書) 500

권을 자료로써 참고하여 근거로 삼게 했는데 찬집(撰集)이 반도 이루어지기 전에 선왕(先王)께서 붕어(賓天) 하심에 이르렀다. 성상(聖上) 즉위 3년 경술(庚戌)에 허준(許浚)은 비로소 일을 마치고(卒業) 붓을 놓고, 목차를 올리면서(進目) 동의보감(東醫寶鑑) 25권이라 했다. 성상(聖上)이 보시고 기뻐하시며 하교하시기를

　　"양편군(陽平君) 허준(許浚)은 일찍이 선조(先朝)에서 의방(醫方)을 찬집하라는 명을 홀로 계승했다. 여러 해를 깊이 생각하면 파면되어 귀양하여(竄謫) 유랑하는 중에도 그 공(功)을 저버리지 않고 이제 엮어서 바쳤다. 이에 생각하니 선왕(先王)의 명으로 편찬한 책을 완성했음을 과인(寡)에게 알리니, 뒤를 이은 우매한 임군으로 직책을 맡은 후라서 나로서는 그 비감(悲感)을 이기지 못 하는도다. 그리하여 허준(許浚)에게 태복시(太僕)의 말 한 필을 하사하여 그 노고를 갚는다. 속히 내의원(內醫院)으로 하여금 청(廳)을 설치하여 책을 출판하여 중외에 널리 반포토록 하라"

하셨다. 또 제조(提調) 신(臣) 이정구(李廷龜)를 명하여 서문(序文)을 지어서 책머리에 합하게 하셨다.

　　"신(臣)이 가만히 생각건대(竊念), 태화(太和)가 한 번 흩어져서 육기(六氣)가 고르지 못하여 여러 병이 생기면 백성의 재앙(民災)이 됩니다. 의약으로서 그 일찍 죽는(天死) 백성을 구원하는 것이 실로 제왕의 어진 정치의 급선무(急先務)인 것입니다. 그러므로 의술은 책이 아니면 기재할 수 없고, 널리 전하지 않으면 혜택이 널리 베풀어지지 않는 것입니다. 이 책은 고금을 모두 포괄하여 여러 사람들의

견해를 절충하였으며, 근본을 탐구하고 근원을 궁구하였으며, 가지런한 강기(綱)를 자세하게 제시하여, 덩굴이 간략한데 이르러 감싸지 않은 것이 없습니다. 내경(內景), 외형(外形)으로부터 시작하여 잡병(雜病)의 여러 의방을 나누고 맥결(脈訣), 증후론(症論), 약성(藥性), 치료하는 방법, 섭생(攝生)하는 요점과 침석(鍼石)의 여러 규칙에 이르기까지, 다 갖추지 않은 것이 없고 조리가 정연합니다.

곧 병자가 비록 천백의 증후가 있어도 보사(補瀉)하고 완급(緩急)함을 널리 응용하고(泛應), 폭넓게 응용하도록 써 놓았습니다. 구태여 멀리 옛책이나 가까운 방문(房門)을 찾을 필요 없이 비슷한 유에 따라(按類) 대처하고 방술을 찾으면 층층이 나타나고 겹겹이 나옵니다. 대중요법에 의한 투여가 부합하고 믿을 수 있으니(符左契信), 의가(醫家)의 보감(寶鑑)이요, 제세(濟世)의 좋은 법(良法)이라 하겠습니다.

이는 다 선왕(先王)께서 가르쳐주신 묘산(妙算)이며, 우리 성상(聖上)께서 계승하신 훌륭한 뜻입니다. 곧 이 어진 백성과 만물을 사랑하는 덕이요, 후생(厚生)의 도가 하나의 헤아림(一撥)으로 중화(中和)하여, 상하모두가 위육(位育)하는 정치가 여기에 있는 것입니다. 옛말에 이르기를 '어진 사람의 마음씀은 그 혜택이 널리 미친다'했습니다. 과연 그렇다고 하겠습니다."

만력(萬曆) 39년 신해(辛亥) 맹하(孟夏) 숭록대부(崇祿大夫) 행 이조판서(吏曹判書) 겸 홍문관대제학(弘文館大提學), 예문관 대제학지(藝文館大提學知), 경연춘추관(經筵春秋館), 성균관사(成均館事), 세자좌빈객(世子左賓客), 신(臣) 이정구(李廷九)가 교서를 받들어 삼가 서(序)합니다.

만력(萬曆) 41년 11월 일 내의원(內醫院)에서 교서를 받들어 간행합니다.

감교관(監校官) 통훈대부(通訓大夫), 행(行) 내의원직장(內醫院直

長), 신(臣) 이희헌(李希憲), 통훈대부(通訓大夫) 행(行) 내의원부봉사(內醫院副奉事) 신(臣) 윤지미(尹知微).

25 옮긴이의 말

동의학(東醫學)은 한의학(漢醫學)의 바탕 위에서 이루어졌다. 그것
은 허준(許浚)의 동의보감(東醫寶鑑)이 황제(黃帝), 기백(岐伯), 동군
(桐君), 편작(扁鵲), 화타(華陀), 황보밀(皇甫謐), 범왕(范汪), 갈홍(葛
洪), 손사막(孫思邈), 주굉(朱肱), 이고(李杲), 주진형(朱震亨) 등의 이
론과 임상실험, 동양철학의 바탕인 선도(仙道) 및 의도(醫道)에 뿌리
를 두고, 수용 극복하는 자세에서, 우리 것으로 소화해냈기 때문에
가능해진 것이다.

더욱이 주체성이 확립된 동의학(東醫學)은 오늘에 있어서는 동아
시아 제국뿐 아니라 온누리에 그 명성을 떨치게 되고, 21세기에 새
로운 전통으로 우뚝 서게 된 것이다.

한편 우리 것이 우리 것으로 우뚝 서게 하는데는, 그 원전(原典)을
그대로 보존하는데 그치는 것이 아니라 당대의 국학자, 한의사, 철

학자, 일반독자들이 더불어 사용하고 있는 구어체(口語體)로 옮겨져서 언제나 책상머리에서 활용될 수 있는 책으로 옮겨져서 편찬되어야 한다는 것이 시급한 오늘의 과제이다.

물론 그 동안 여러 간략본이나 문어체로 된 판본이 있고, 동의학 연구실의 북한판과 국내판이 나온 바 있으나 전자는 문어체와 도경 이론의 번역이 허술하고, 국내판은 이를 그대로 따랐으므로 완역본이라 할 수 없다. 이 책을 손에 든 사람은 누구나 깨닫겠지만, 원전에는 수많은 의방(方)과 경전들이 인용되고 있으나 그 인용이 어지럽고 주석(註釋)이 분명하지 않아서 완벽한 이해에는 거리가 있다.

다행이 옮긴이로서는 대부분의 도경서를 직접 역해하느라 땀흘린 바가 있어서 되도록 충실하게 전거(典據)를 대고 원용(援用)해서 의서의 실상을 밝히는데 힘을 기울일 수 있었다. 물론 완벽을 기했다고 말할 수 없지만 최근에 문학서의 번역은 수준 높은 역해자(譯解者)의 의역에 의해서 지은이를 능가하는 미문(美文)으로 옮겨져야 한다는 주장이 있지마는 의서(醫書)에 있어서는 이러한 창의적인 번역문보다는 완벽한 직역이 글쓴이의 뜻을 온전히 독자들에게 전달하는 첩경이라고 생각한다.

특히 동의학의 경우, 글자 하나 글귀 하나에도 소홀함이 없는 직역이라야 인명을 중시하는 도규계(刀圭界)의 생명존중의 의방(醫方)이 정확히 전달될 수 있는 것이라 생각한다. 실제로 동의보감은 여러 학자들에 의하여 거듭 번역되었으나 축소되고 간소화되고 누락

된 적지 않아서 「완역동의보감」이 시급히 간행되기를 기다려온 것이 저간의 사정이었다. 그러므로 서점에 들른 독자들은 현란한 겉표지와 설익은 번역문이나 낡은 문어체에 식상하여 발길을 돌리고 만다.

이상의 여러 가지 결함이나 부족함이 이 책에서 말끔히 가셨는지는 옮긴이로서 장담할 수가 없다. 그러나 이러한 점을 감안해서 보다 완벽한 책이 되게 노력했다는 흔적이 여기저기서 발견될 수 있었으면 하는 것이 옮긴이의 솔직한 희망이다.

이는 2003년 겨울에 펴낸 『완역 동의보감』의 서문이다.

26 내경편(內景篇)의 집례(集例)

아래 글은 내경편의 집례이다.

"어의(御醫) 충근정량호(忠勤貞亮扈), 성공신(聖功臣), 숭록대부양
평군(崇祿大夫陽平君), 신(臣) 허준(許浚)은 삼가 집례(集例)를 찬술합
니다.

신(臣)이 삼가 사람의 몸을 살펴보니 몸 안에는 5장 6부가 있고,
밖에는 근골(筋骨), 기육(肌肉), 혈맥(血脈), 피부(皮膚)가 있어서 그
형체를 이루고, 정(精), 기(氣), 신(神)은 또 장부(藏府), 백체(百體)의
주인이 됩니다. 그러므로 도가(道家)의 3요(三要)와 석씨(釋氏)의 4대
(四大)는 모두 이를 말하는 것입니다.

황정경(黃庭經)에는 내경(內景)의 글이 있고 의서(醫書) 또한 내외
의 경계를 형상하는 그림이 있습니다. 도가(道家)는 청정수양(淸淨
修養)이 근본이 되고, 의문(醫門)은 약(藥餌)과 침구(針灸)로 치료합
니다. 이 도가(道)는 그 정(精)을 얻고 의문(醫門)으로 찌꺼기(粗)를
얻습니다. 이제 이 책에서는 먼저 정(精), 기(氣), 신(神)과 장부(藏府)

가 내편(內篇)이 되고, 다음으로 바깥 경계의 머리(頭), 얼굴(面), 수족(手足), 근맥(筋脈), 골육(骨肉)을 취해서 외편(外篇)이 됩니다. 또 5운6기(五運六氣)와 4상3법(四象三法)을 취하고 내상외관(內傷外感)하는 여러 병증세를 벌여서 잡편(雜篇)으로 했습니다. 끝에는 탕액(湯液), 침구(針灸)로써 그 변화를 다하여 병인(病因)으로 하여금 책을 펴고(開卷) 눈으로 직접 보이게(目擊)하면 허실(虛實), 경중(輕重), 길흉(吉凶), 사생(死生)의 징조가 물과 거울처럼 밝아서 바라건대 일찍 요절(夭折)하는 병을 망령되이 치료하는 일이 없어야겠습니다.

고인(古人)의 약의방(藥房)은 들어가는 바의 재료는 양수(兩數)가 매우 많아서 갑자기 갖추어 쓰기 어려웠습니다. 약국의 방문의 한 제(一劑)의 양수는 더욱 많아서 빈한한 집에서 어떻게 구입하여 효력을 얻겠습니까? 방술의학(方醫學)의 정전(正傳)은 모두가 5전(五錢)을 비율(率)로 하니 심한 것은 소홀(鹵莽)하여 대개 한 방문(一方)이 단지 4~5종이니 곧 5전이면 되지만, 20~30종의 약에 이르러서는 곧 한 가지 재료(一材)가 겨우 1~2푼(分)의 성미(性味)가 들어가 미소(微少)하니 효험을 책임질 수 있겠습니까? 다만 근래의 고금의감(古今醫鑑)은 만병회춘(萬病回春)의 약 한 첩(貼)에 7~8전(錢) 혹은 한 냥(一兩)에 이르니 약맛(藥味)이 온전하고 많고 적음이 적중하여 오늘날 사람의 기품(氣稟)에 적합합니다. 그러므로 오늘날 사람은 다들 이 법에 따라 모두 값을 낮추어(折作) 1첩을 지어 조제하여 쓰는데 편안하고 쉽도록 했습니다.

고인(古人)이 말하기를 '의학을 배우려면 먼저 「본초(本草)」를 읽어서 약의 성분을 알아야 한다'고 했습니다. 다만 본초(本草)가 번거롭고(浩繁) 제가(諸家)의 의론이 통일되지 않아서, 오늘날 사람이 알지 못하는 재료가 그 반에 해당합니다.

요점을 취해서 오늘날 사용되는 것은 다만 신농본경(神農本經) 및 일화자(日華子)가 주석한 동원(東垣) 단계(丹溪)의 요어(要語)에 실린 것만 기재했습니다. 또 당약(唐藥)과 향약(鄕藥)에 쓰인 것을 기재했는데, 향약(鄕藥)은 곧 향명(鄕名)과 산지(產地) 및 채취하는 시월(時月)과 음양건정(陰陽乾正)의 법이 쓰여져 있어서 쉬운 비용으로 멀리 가서 어렵게 구하는 폐단이 없게 했습니다.

왕절제(王節齊)가 한 말에 '동원(東垣)은 북의(北醫)인데 나겸보(羅謙甫)가 그 법을 전하니 강절(江折)에서 소문나 있다. 단계(丹溪)는 남의(南醫)인데 유종후(劉宗厚)가 그 학문을 대대로 계승하여 섬서(陝西) 지방에 명성이 있다고 했는데, 이는 의학에는 남북으로 부르는 명칭이 있었던 것입니다. 우리나라는 동방에 치우쳐 있으나 의학의 도는 면면히 이어져 왔습니다. 그러므로 우리나라의 의학은 또한 동의(東醫)라 부를 수 있는 것입니다. 감(鑑)이란 만물을 밝게 비추어 그 형체를 놓치지 않는 것입니다. 원(元)나라 때의 나겸보의「위생보감(衛生寶鑑)」이 있고 본조(本朝)(明)에는 공신(龔信)의「고금의감(古今醫鑑)」이 있습니다. 모두가 감(鑑)으로써 이름으로 함은 뜻이 여기에 있는 것입니다.

이제 이 책을 펼쳐 살펴보면 길흉(吉凶)과 경중(輕重)이 밝은 거울처럼 밝습니다. 드디어 동의보감(東醫寶鑑)으로 이름했습니다. 고인(古人)의 유지(遺志)를 사모하는 뜻이 있다고 하겠습니다."

고 했다.

27 내경편(內景篇)의 신형(身形)

내경편의 1. 신형(身形)을 보면

　"손진인(孫眞人)이 말하기를 "천지 안에서 사람이 귀하니 머리(頭)가 둥근 것은 하늘(天)이 형상하고 발(足)이 모난 것(方)은 땅(地)을 형상했다. 하늘에는 4시(四時)가 있고 사람에게는 4지(四肢)가 있다. 하늘에는 5행(五行)이 있고 사람에게는 5장(五藏)이 있다. 하늘에는 6극(六極)이 있고 사람에게는 6부(六府)가 있다. 하늘에는 8풍(八風)이 있고 사람에게는 8절(八節)이 있다. 하늘에는 9성(九星)이 있고 사람에게는 9규(九竅)가 있다. 하늘에는 12시(時)가 있고 사람에게는 12경맥(經脈)이 있다. 하늘에는 24기(氣)가 있고 사람에게는 24수혈(兪)이 있다. 하늘에는 365도(度)가 있고 사람에게는 365골절(骨節)이 있다. 하늘에는 해(日)와 달(月)이 있고 사람에게는 눈(眼目)이 있다. 하늘에는 주야(晝夜)가 있고 사람에게는 잠깨고 잠잠(寤寐)이 있다. 하늘에는 천둥번개(雷電)가 있고 사람에게는 기쁨과 성냄(憙怒)이 있다. 하늘에는 비와 이슬(雨露)이 있고 사람에게는 눈물과 울음(涕

泣이 있다. 하늘에는 음양(陰陽)이 있고, 사람에게는 차가움과 더움(寒熱)이 있다. 땅에는 샘과 물(泉水)이 있고, 사람에게는 혈맥(血脈)이 있다. 땅에는 풀과 나무(草木)가 있고 사람에게는 모발(毛髮)이 있다. 땅에는 금과 돌(金石)이 있고, 사람에게는 어금니와 이빨(牙齒)이 있다. 모두가 4대5상(四大五常)을 빌려 합쳐서 형체를 이루어 타고난다"고 했다.

주단계(朱丹溪)가 이르기를 "무릇 사람의 형체(形)는 긴 것(長), 짧은 것(短)만 못하고 큰 것(大)이 작은 것(小)만 못하고 살찐 것(肥)이 야윈 것(瘦)만 못하고, 사람의 색깔(色)은 흰 것(白)이 검은 것(黑)만 못하고 새싹(嫩)이 푸르름(蒼)만 못하고, 얇음(薄)이 두터움(厚)만 못하다. 더욱이 살찐 사람은 습기가 많고, 야윈 사람(瘦人)은 화기(火)가 많고, 흰 사람(白者)은 폐기(肺氣)가 허하고, 검은 사람(黑者)은 신기(腎氣)가 넉넉하다. 형체와 얼굴 빛(形色)이 현격하게 다르면 장부(藏府) 또한 다르고, 바깥 증세가 비록 같아도 치료 방법은 거침없이 다른 것이다.(迥別)"

고 했다.

"영추경(靈樞經)에서 황제(黃帝)가 기의 성쇠를 물으니 기백(岐伯)이 답하기를 "사람이 나서 10세가 되면 5장이 안정되기 시작하며, 혈기가 통하기 시작하고 진기(眞氣)가 아래에 있습니다. 그러므로 달리기를 좋아합니다. 20세가 되면 혈기(血氣)가 왕성하기 시작하고 기육(肌肉)이 바야흐로 자랍니다. 그러므로 달리기(走)를 좋아합니다. 30세에는 5장이 안정되고 기육이 단단하고 혈맥이 왕성하고 가득합니다. 그러므로 걷기(步)를 좋아합니다. 40세에는 5장 6부 12경맥이 모두가 크게 왕성하여 편안하고 안정되고 살결(腠理)이 성글어져서 윤기가 없어지고 머리칼이 반 백(斑白)이 되고 기혈이 차분하게 왕성하여 흔들리지 않습니다. 그러므로 앉기(坐)를 좋아합니다.
50세에는 간기(肝氣)가 쇠약해지기 시작하고 간엽(肝葉)이 얇어지기
시작하고 담즙(膽汁)이 줄어들기 시작합니다. 그러므로 눈이 잘 보
이지 않습니다. 60세에는 심기(心氣)가 쇠약하기 시작하여 잘 서럽
고 근심하고 기(氣)가 풀어지고 떨어집니다. 그러므로 누워 있기를
좋아합니다. 70세에는 비기(脾氣)가 허합니다. 그러므로 피부가 생기
가 없어집니다. 80세에는 폐기(肺氣)가 쇠약해지고 백(魄)이 떠납니
다. 그러므로 말이 잘 들립니다. 90세에는 신기(腎氣)가 타서 4장 경
맥이 공허합니다. 100세가 되면 5장이 모두 허하고 신기(神氣)가 곧
사라지고 몸뚱이가 혼자 머물러 죽습니다"고 했다.

소문(素問)에 말하기를 "사람의 나이 40세에는 음기(陰氣)가 반으
로 줄어 기거(起居)가 쇠약해집니다. 50세에는 몸이 무겁고 귀와 눈
이 총명하고 밝지 못합니다. 나이 60세에는 음(陰)이 위축되고 기(氣)
가 매우 쇠약해지고 9규(九竅)가 예리하지 못하고 아래가 허하고 위
는 실하니 콧물이 함께 나옵니다."

고 했다.

28 외형편(外形篇)의 머리

외형편의 1. 머리를 보면

　"곡(谷)이란 천곡(天谷)이다. 신(神)이란 일신(一身)의 원신(元神)이다. 하늘의 곡(天之谷)은 조화(造化)를 품고 허공(虛空)을 포용(容)하고, 땅의 곡(地之谷)은 만물(萬物)을 포용(容)하고 산천(山川)을 싣는다. 사람과 천지(天地)는 타고나는 바가 있으니 또한 곡(谷)이 있는 것이다. 그 곡(谷)은 진일(眞一)을 간직하고, 원신(元神)이 머문다. 이 때문에 머리에는 9규(九竅)이 있고 위로는 9천(九天)에 응하고, 중간의 한 궁(宮)은 니환(泥丸)이라 하고 또 황정(黃庭), 곤륜(崑崙), 천곡(天谷)이라 한다. 그 이름은 자못 많으나 곧 원신(元神)이 머무르고 있는 궁(宮)이다. 그 허공(空)은 골짜기(谷)와 같아서 신(神)이 머무는 까닭에 곡신(谷神)이라고 한다. 신(神)이 있으면 살고 신(神)이 떠나면 죽는다. 낮이면 사물에 접하고 밤이면 꿈에 접하니 신(神)이 있으면 살고 신(神)이 그 머물음을 편이하지 못하는 것이다.
　「황제내경(黃帝內經)」에 이르기를 '천곡(天谷)은 원신(元神)이 지킨다'고 했다. 진언(眞言)에서부터 '인신(人神) 중에는 위로는 천곡(天谷), 니환(泥丸)이 있으니 장신(藏神)의 곳집(府)이다. 가운데는 응곡(應谷), 강궁(絳宮)이 있으니 장기(藏氣)의 곳집이다. 아래에는 허곡(虛谷), 관원(關元)이 있으니 장정(藏精)의 곳집(府)이다'했다.

천곡(天谷)은 원궁(元宮)이니 곧 원신(元神)의 방(室)이요, 영성(靈性)이 있는 곳이니 이것이 신(神)의 중요함(要)이다.

머리에는 9궁(九宮)이 있고 뇌(腦)에는 9판(九瓣)이 있다. 1은 쌍단궁(雙丹宮)이요, 2는 명당궁(明堂宮)이요, 3은 니환궁(泥丸宮)이요, 4는 유주궁(流珠宮)이요, 5는 대제궁(大帝宮)이요, 6은 천정궁(天庭宮)이요, 7은 극진궁(極眞宮)이요, 8은 현단궁(玄丹宮)이요, 9는 태황궁(太皇宮)이다. 각기 신(神)이 있어서 주관하니 원수9궁진인(元首九宮眞人)이라 한다.

묻기를 '니환궁(泥丸宮)은 바로 어느 곳에 있습니까?' 하니 답하기를 '머리에는 9궁(九宮)이 있으니 가운데를 니환(泥丸)이라 하는데 9궁(九宮)이 나열하고 9규(九竅)가 응해서 니환(泥丸)의 궁(宮)에 통하니 혼백(魂魄)의 혈(穴)입니다' 했다.

뇌(腦)는 골수(髓)의 바다(海)입니다. 수해(髓海)가 남음이 있으면 힘씀이 가벼워도 힘이 많아서 스스로 그 도(度)를 넘칩니다. 수해가 부족하면 뇌가 어지럽고 귀에 소리가 나며 정강이가 시큰거리고 눈이 아찔합니다. 눈이 잘 보이지 않습니다.

뇌(腦)는 골수(髓)의 바다이다. 모든 골수는 다 뇌(腦)에 속하므로 위로는 뇌(腦)에 이르고 아래로는 미저골(尾骶骨)에 이른다. 모두가 다 정수(精髓)의 오르내리는 도로(道路)이다.

골수(髓)는 뼈의 채움(充)이다. 골수가 상하면 뇌수(腦髓)가 녹아 없어지고(消爍) 신체가 풀려서 가지 않는다. 주석(註)에 이르기를 '가지 않는다(不去)는 것은 운행하지 못한다는 뜻이다'고 했다.

뇌란 머리의 덮개 뼈이다. 백회혈(百會穴)을 나누는 것이 이것이다."고 했다.

29 탕액서례(湯液序例)

탕액서례(湯液序例)에서 보면

　"대체로 채약(採藥)의 시기를 흔히 2월과 8월에 하는데 이는 초봄에는 진액(津)이 윤기(潤)가 나서 싹이 트기 시작하고(始萌) 가지와 잎에는 덜 차나(未充) 세력이 맑고 진하기(淳濃) 때문인 것이다. 가을에 이르러서는 가지와 잎이 마르고 진액의 윤기가 아래로 돌아와 흐리니, 이제 목전의 일을 경험하건데 봄에는 차라리 일찍이 채취하는 것이 좋고, 가을에는 차라리 늦게 채취하는 것이 좋다. 꽃(花), 열매(實), 줄기(莖), 잎(葉)은 곧 각기의 성숙에 따라서 채취하는 것이 좋다. 또한 세월이란 이름(早)과 늦음(晏)이 있으니 반드시 모두를 본문(本文)에만 의존할 필요는 없는 것이다.

　폭건(暴乾)이란 낮에(日中) 햇볕에 쬐어 말리는 것(晒乾)이요, 음건(陰乾)이란 햇볕에 들어내려 쬐지 않고 그늘진 곳에서 말리는 것이다. 요새 채약(採藥)과 음건을 살펴보니 모두가 잘못됨이 많다. 가령 녹용은 음건한다고 일컫지만 문드러지면(爛) 썩으니(壞) 지금은 불에 말리는 것(火乾)이 손쉽고 또 좋은 초목근묘(草木根苗)를 음건(陰乾)하면 품질이 나빠진다는 것(惡)을 모두가 아는 사실이다. 9월 이전에 채취한 것은 햇볕 말리는 것(日乾)이 좋고, 10월 이후에 채취한 것은 음건(陰乾)하는 것이 좋다는 것을 알 수 있다.

모든 약은 8월 이전에 채취한 것은 모두 햇볕에 말리고(日乾), 불에 말리는 것(火乾)이 좋고 10월에서 정월까지 채취한 것은 음건(陰乾)하는 것이 옳다.

모든 근(筋)과 육(肉)은 12월에 채취한 것이 아니면 아울러 불에 말리는 것(火乾)이 좋다.

상품(上品) 120종은 임군약(君)이 된다. 양명(養命)을 주관해서 하늘에 응한다.(應天) 독이 없는 것은 많이 복용하거나 오래 복용해도 사람을 상치 않는다. 몸이 가볍고(輕身) 기를 더해서(益氣) 늙지 않고(不老) 오래 살고자 하는(延年) 사람은 상품(上品)에 근본(本)해야 한다.

중품(中品) 120종은 신하약(臣)이 된다. 양성(養性)을 주관해서 사람에 응한다.(應人) 무독(無毒), 유독(有毒)은 그 마땅함을 잘 헤아려서 (斟酌) 쓰고 병을 막고(遏病) 허(虛) 하고 파리함을 보(補)하는 것은 중품(中經)에 근본해야 한다.

하품(下品) 125종은 좌사(佐使) 약이 된다. 병의 치료를 주관해서 땅에 응한다.(應地) 독이 많은 것(多毒)은 오래 복용해서는 안 되니 한열사기(寒熱邪氣)를 없애고 적취(積聚)를 없애고 고질(疾)을 없애고자 하면 하품(下經)에 근본해야 한다. 하품약(下品藥)의 성질은 오로지 독열(毒熱)이 기(氣)를 공격하여 중화(中和)가 기울어 손상되니 상복(常服)해서는 안 되고 병이 나으면 곧 그쳐야 한다."

고 했다.

30 침과 뜸(鍼灸)

침과 뜸(鍼灸)에 보면

"내경(內經)에 이르기를 '허실(虛實)의 요점에 있어서 9침(九鍼)의 가장 묘한 것은 그것들이 각기 마땅한 바가 있기 때문이다' 했다. 주석(註)에 이르기를 '열이 머리와 몸에 있으면 마땅히 참침(鑱鍼)을 사용하고, 분육 사이에 기(氣)가 가득하면 마땅히 원침(圓鍼)을 사용하고, 맥기(脈氣)가 허하고 적으면 마땅히 시침(鍉鍼)을 사용하고, 열(熱)을 사(瀉)시키고 출혈발설(出血發洩)하는 고질병(痼病)에는 마땅히 봉침(鋒鍼)을 사용하고, 옹종(癰腫)의 고름과 피를 내는데는 마땅히 피침(鈹鍼)을 사용하고, 음양을 조절하여 폭비(暴痺)를 치료함에는 마땅히 호침(毫鍼)을 사용하고, 비(痺)가 깊어 뼈에 머물러 허리와 척추의 절주(節腠) 사이를 푸는 데는 마땅히 장침(長鍼)을 사용하고, 허풍(虛風)이 뼈에 머물러 피부 사이를 푸는 것은 마땅히 대침(大鍼)을 사용한다. 이것을 각기 마땅한 바가 있다고 하는 것이다.
병을 치료하는 대략의 법(大法)은 겨울에 마땅히 따뜻해야 하므로 뜸을 뜨는 것이다.

모든 병에 약이 미치지 못하고 침이 이르지 못하면 반드시 뜸을 떠야 한다.

영추경(靈樞經)에 이르기를 '함몰해 내리면(陷下) 뜸을 뜨라'고 했다. 동원(東垣)이 이르기를 '함몰해 내리는 것(陷下)은 거죽의 털(皮毛)이 풍한(風寒)을 견디지 못하여 양기(陽氣)가 아래로 함몰한(下陷) 것을 아는 것이다'고 했다.

또 이르기를 '함몰해 내리는 것(陷下)은 뜸만 뜨라(徒灸)'고 한 것은 천지 사이에는 다른 것이 없고 오직 음(陰)과 양(陽)의 2기(二氣)뿐인데 양(陽)은 밖에 있고 위에 있으며 음(陰)은 안에 있고 밑에 있으니, 이제 함몰해 내린다는 것(陷下)은 양기(陽氣)가 내려와 함몰하여 음혈(陰血) 속에 들어가는 것이다. 이 음(陰)이 도리어 위에 있어서 양맥(陽脈)을 덮는 증세가 함께 나타나 한기(寒)가 바깥에 있는 것은 뜸을 떠야 한다. 내경(內經)에 이르기를 '북방(北方)에 있는 사람은 마땅히 뜸을 사르러야(灸焫)한다'고 했다. 동한(冬寒)이 크게 왕성해서 엎드린 양기가 속에 잠복해 있기 때문이니 모두 뜸을 뜨는 것이 좋다고 했다.

허(虛)한 것을 뜨는 것은 화기(火氣)로 하여금 원양(元陽)을 돋우게 하는 것이요, 실(實)한 것을 뜨는 것은 실사(實邪)로 하여금 화기(火氣)를 따라서 발산(散)케 하는 것이요, 차가운(寒) 것을 뜨는 것은 그 기(氣)가 따뜻함을 회복케 하는(復溫) 것이요, 뜨거운 것(熱)을 뜨는 것은 울열(鬱熱)한 기(氣)를 이끌어 밖으로 발화(發火)케 하여 메마르게 한다는 뜻이다.

머리와 얼굴(頭面)은 모든 양(陽)이 모이는 것이요, 가슴(胸膈)은 2화(二火)의 땅(地)이니 많이 뜨지 말 것이며, 등과 배(背腹)는 비록 많이 뜨라고 하나, 음(陰)이 허(虛)하고 화(火)가 있는 사람은 마땅하지 않고 오직 4지혈(四肢穴)에 들면 가장 신묘(妙)하다.

무릇 뜸(灸)은 응당 선양후음(先陽後陰)이니 머리로부터 왼쪽을 향하여 점차 내려가고 차후에는 머리로부터 오른쪽을 향하여 점차 내려간다. 곧 선상후하(先上後下)이다.

　　먼저 위를 뜨고, 뒤에 아래를 뜨고, 먼저 장수(壯)가 적은 것을 뜨고, 뒤에 장수(壯)가 많은 것을 뜬다.

　　뜸(灸)은 선양후음(先陽後陰)이고, 선상후하(先上後下)이고 선소후다(先少後多)이다."

고 했다.

31 잡병편의 천지운기(天地運氣)

잡병편의 천지운기(天地運氣)에는

"내경(內經)에 이르기를 '그해의 더해지는 바(年之所加)와 그해의 기(氣)의 성쇠(盛衰)와 허실(虛實)의 일어나는 바를 알지 못하면 의원이 될 수 없다'고 했다. 왕빙(王氷)이 이르기를 '천진(天眞)의 기운(氣運)을 오히려 널리 통효(該通)하지 못하고서 병의 원인을 어떻게 정달(精達)할 수 있겠는가'했다. 곧 옛 성인들의 깊이 경계하는 바이니 의원의 무리가 반드시 알아야 되는 것이다.

소자(邵子)의 황극경세서(皇極經世書)에 '일원(一元)은 12회(會)를 거느리고(統) 1회(會)는 30운(運)을 거느리고 1운(運)은 12세(世)를 거느린다. 이는 1년에 12월이 있고 1월에 30일이 있고 1일에 12시가 있는 것과 같다'고 했다. 그러므로 서산채씨(西山蔡氏)가 말하기를 '1원(元)의 수(數)는 곧 1년의 수이다. 1원(元)에는 12회(會), 360운(運), 4320세(世)가 있다. 1세(歲)가 12월(月) 360일(日) 4320진(辰)이 있는 것과 같다. 전 6회(前六會)는 식(息)이 되고, 후 6회(後六會)는 소(消)가 되니, 곧 1세(歲)는 자(子)에서 사(巳)에 이르기까지 식(息)이 되고, 오(午)에서 해(亥)에 이르기까지가 소(消)가 된다. 인(寅)에서 사물이 열리는 것(開物)은 한 해(歲)의 경칩(驚蟄)과 같고, 술(戌)에서 닫아 감추는 것(閉藏)은 한 해(歲)의 입동(立冬)과 같다.

1원(元)은 12만 9600세(歲)가 있고, 1회(會)는 12만 9600월(月)이 있고, 1운(運)에는 12만 9600일(日)이 있고, 1세(世)는 12만 9600진(辰)이 있는 것은 모두 자연(自然)의 수(數)이고 억지로 꾸며 맞춘(牽合) 것이 아니다 했다.

10간(十干)은 동방(東方)의 갑을(甲乙), 남방(南方)의 병정(丙丁), 서방(西方)의 경신(庚辛), 북방(北方)의 임계(壬癸), 중앙(中央)의 무기(戊己)인 5행(五行)의 자리인 것이다. 대개 갑을(甲乙)은 그 자리가 목행(木行)이니 봄의 시령(令)이고, 병정(丙丁)은 그 자리가 화행(火行)이니 여름의 시령(令)이고, 무기(戊己)는 그 자리가 토행(土行)이니 4계(四季)를 주행(周)한다. 경신(庚辛)은 그 자리가 금행(金行)이니 가을의 시령(令)이고, 임계(壬癸)는 그 자리가 수행(水行)이니 겨울의 시령(令)이다. 경(經)에 이르기를 '하늘에 10일이 있으니, 일(日)이 여섯 번 끝나 주갑(還甲)함이 이것이다'고 했다. 곧 천지(天地)의 수(數)이다. 그러므로 갑병술경임(甲丙戌庚壬)은 양(陽)이요, 을정사신계(乙丁巳辛癸)는 음(陰)이 되고 5행(五行)은 각기 1음1양(一陰一陽)인고로 10일(日)이 있는 것이다.

12지(支)는 자(子), 축(丑), 인(寅), 묘(卯), 진(辰), 사(巳), 오(午), 미(未), 신(申), 유(酉), 술(戌), 해(亥)이다. 자(子)는 1양(一陽)이 처음 생기는(肇生) 시작始이요 11월의 진(辰)이다. 축(丑)은 12월의 진(辰)이다. 인(寅)은 정월의 진(辰)이다. 묘(卯)는 해가 떠오르는 시(時)이며 2월의 진(辰)이다. 진(辰)은 3월의 진(辰)이다. 사(巳)는 4월의 진(辰)이다. 오(午)는 1음(一陰)이 처음 생기는(肇生) 시작이요, 5월의 진(辰)이다. 미(未)는 6월의 진(辰)이다. 신(申)은 7월의 진(辰)이다. 유(酉)는 해가 들어가는 시(時)이며 8월의 진(辰)이다. 술(戌)은 9월의 진(辰)이다. 해(亥)는 10월의 진(辰)이다. 갑(甲)의 간(干)은 곧 하늘의 5행 1음(一陰) 1양(一陽)을 말하는 것이요, 자(子)의 지(支)는 땅(地)의 방우(方隅)로써 말한 것이다. 그러므로 자(子), 인(寅), 오(午), 신(申)은 양(陽)이 되고, 묘(卯), 사(巳), 유(酉), 해(亥)는 음(陰)이 되고, 토(土)는 4유(四維)에 머물러 왕성함(旺)는 4계절의 끝(末)에 있고, 토(土)에는 4진(四辰)이 있으니, 술(戌)은 양(陽)이 되고, 축미(丑未)는 음(陰)이 된다. 그러므로 그 수(數)는 같지 않은 것이다. 합(合)해서 말하면 10이 12와 짝(配)해서 모두 60일을 이루고 66(36)으로 한 해(歲)를 이룬다. 그러므로 경(經)에 이르기를 '하늘이 66의 절후(節)로써 한 해(歲)를 이룬다'는 것이 이를 말하는 것이다."

고 했다.

32 잡병편의 사수(邪祟)

잡병편의 사수(邪祟)에는

　"보고, 듣고, 말하고, 행동하는 것(視聽言動)이 모두 망령된 것(妄)을 사수(邪祟)라고 하는데 심하면 평생에 듣도 보도 못한 것 및 5색 귀신(五色鬼神)이 보인다고 하는데 이는 곧 기혈(氣血)이 지극히 허(虛)하고 신광(神光)이 부족하거나 혹은 담화(痰火)를 낀 것이다. 참으로 묘사(妙邪)와 귀수(鬼祟)가 있는 것이 아니다.

　사수(邪祟)의 증세는 미친 것(癲) 같으면서 미친 것(癲)이 아니고, 때로는 명랑하고(時郞) 때로는 정신이 흐리멍덩(時昏)하다.

　사기(邪)의 병됨은(爲病) 혹은 노래하고(歌), 혹은 곡(哭)하고, 혹은 시(詩)를 읊고, 혹은 웃고(笑), 혹은 도랑(溝渠)에 잠자고 앉아(眠坐), 분예(糞穢)를 먹거나, 혹은 옷을 벗고, 몸을 들어내고(露形) 혹은 밤에 놀러 다니고, 혹은 성내고 꾸짖음(嗔罵)이 도(度)가 없다.

　사람이 귀물(鬼物)에 홀리면(魅) 슬퍼하기를 잘 하고, 스스로 요동하거나(自動) 혹은 심란(心亂)하여 취한 듯 하고, 미친 소리를 하고,

놀라며 벽을 향해 슬피 울고, 자나깨나(寤寐) 가위눌리고(魘) 혹은 귀신과 더불어 교접하고(交通), 병고(病苦)로 잠깐 춥다가 잠깐 열이 나며 심장과 배(心腹)가 그득하고 기가 짧고(短氣) 음식을 먹지 못한다.

사람의 정신이 온전치 못하면 심지(心志)가 두려움이 많아서 마침내 사귀(邪鬼)의 공격을 받고 비방(誹謗)하고 꾸짖어 욕하고(罵詈) 인사(人事)를 들추어내고(訐露), 헐뜯고 싫어함을 피하지 않고, 입 안의 좋은 말로 미연(未然)의 화복(禍福)을 미리 언급하여 조금도 차이가 없고, 남의 마음먹는 것(趣心)의 연고(故)를 알며, 높은 곳을 건너기를 평지 밟듯 하고, 혹은 슬퍼서 울고 신음하여, 사람을 보지 않으려 함이 취한 듯 미친 듯 하니 그 형상이 여러 가지(萬端)이다.

사람이 다섯 가지 색깔의 이상한 귀신이 보인다는 것은 다 스스로 정과 신(精神)을 지키지 못하여 신광(神光)이 불완전할 때문일 따름이니 실지로 외사(外邪)가 업신여긴 것이 아니다. 즉, 원기(元氣)가 지극히 허(虛)한 징후(候)이다.

꿈자리가 사납고 두려움이 많은 것은 사수가 호린(焄惑) 증후이다."

고 했다.

33 선도(仙道)와 의도(醫道)의 길라잡이

선도 이론이 장생불사(長生不死), 연년익수(延年益壽)를 위한 성명
쌍수(性命雙修)라는 점에서 예부터 선인(仙人) 중에는 명의(名醫)가
많다. 우리나라에서는 임진왜란이 끝난 이듬해인 1596년 선조의 명
에 의하여 허준(許浚)(1546~1615)이 정렴의 동생인 정작(鄭碏) 등과
더불어 동의보감(東醫寶鑑)을 간행코자 했다. 그러나 곧 전쟁이 다시
터져 허준 혼자의 힘으로 1613년에 초간했다.

또한 단군의 넷째 아들 부우(夫虞)가 의약에 능하다고 했다. 곽여
(郭輿)도 의술에 능하다고 했다. 해동명신록(海東名臣錄)에는 정렴(鄭
礦)의 의학에 대한 기록이 상세하다. 1506년에 태어나 1549년에 진
사시에 합격하고 장악원주부가 됐다.

공은 충허하고 고명하여 상지의 자질이 있었다. 유·불·도에 관
통하고, 천문, 지리, 의약, 복서, 율려, 한어까지도 스승없이 능했다

고 했다. 술수는 소강절 같고, 의술을 유부, 편작 같아 고질병이 있
는 자 그의 힘으로 치유된 자가 많았다. 언제나 "의(醫)란 의(議)이기
때문에 음양과 한열(寒熱)을 조사하여 증세에 맞게 약을 쓰면 거의
다스릴 수 있는데, 세속 의원들은 옛 문서만 의존하여 한 가지 방법
에만 고착되어 변통할 줄을 모른다. 증세를 모르니 무슨 약이 효험
이 있는가"했다. 공은 본디 몸이 약했으나 항상 그 병을 진찰하여
종을 시켜 아침, 저녁으로 약을 달리 썼다.

정렴의 수련선도에 대한 관심은 의도(醫道)와 직결된다. 이는 그의
용호결(龍虎訣) 신실한 의도임을 증명하는 것이다. 그의 동생인 정작
(鄭碏)은 도서(道書) 읽기를 좋아하고 형인 북창(北窓)을 따라 진결
(眞訣)을 전수받았다고 했다.

정작과 허준의 동의보감 집례는 황정경(黃庭經)에서 비롯된다. 그
리고 「신현장부도(身形藏府圖)」에서는 손사막의 말을 빌려 천지 안
에는 여덟 개의 귀한 것이 있다고 했다. 그는 당대의 도사로서 도교
의 양생(養生) 이론과 의학을 결합한 사람이다. 주은 의서로 천금요
방(千金要方), 침중소서(枕中素書) 등이 있다. 이 손진인에 대한 관심
은 특히 정작과 같은 민간 의원에게 큰 귀감이 되었던 것이다. 그는
7세에 매일 천언(千言)을 외우고 약관에 장자, 노자를 얘기하기를 좋
아하더니 독고신(獨孤信)이 보고 감탄하여 "이 아이는 성스러운 아
이니라. 단지 그릇은 크나 아는 것이 적으니 한스럽다"고 했다. 수나
라 문제(文帝)가 국자 박사로 불렀으나 병을 핑계로 나오지 않고 그

의 어머니에게 '과시 50년 안에 반드시 성인이 나올 것이니 내가 도와 사람들을 구제하리라' 했다. 당태종이 즉위해서 불러 보니 용모와 안색이 너무 초라했다. 벼슬을 주려하니 굳이 사양했다. 고종이 또 불러서 간의대부를 시키려 하니 또 병을 핑계로 돌아가버렸다.

「형기지시(形氣之始)」조에는 참동계(參同契)의 주석을 인용했다. 권극중(權克中)의 참동계주해(參同契註解)에는 형기(形氣)를 갖추기 이전은 혼몽(混濛)이요, 갖추면서도 떨어지기 전은 혼륜(混淪)이라 했다. 역(易)에서 말하기를 역(易)에는 태극(太極)이 있고, 태극은 양의(兩儀)를 낳으므로 태국은 혼륜과 같다. 건곤은 태극이 변한 것이다. 합하면 태극이 되고 나누면 건곤이 되는 고로 건곤은 합해서 말하기를 혼륜이라 하고, 건곤을 나누어서 천지(天地)라 하니 열자(列子)가 말한 태초(太初)는 기(氣)의 시작이요, 태시(太始)는 형(形)의 시작이라 한 것이 이것이다라고 했다.

「인신유일국(人身猶一國)」조에서는 포박자(抱朴子)를 인용했다. 호가 포박자이고 갈홍의 책명이기도 한 포박자에서는 산 사람의 몸을 한 나라와 같다고 했다. '몸을 다스릴 줄 알면 백성을 다스릴 줄 안다. 대저 백성을 사랑하기 때문에 그 나라가 평안하고, 그 기(氣)를 아끼기 때문에 그 몸이 온전하다'고 했다.

「단전유삼(丹田有三)」조에서는 선경(仙經)에 이르기를 뇌(腦)는 수해(髓海)이며 상단전(上丹田), 심장(心)은 강궁(絳宮)이며 중단전(中丹田)이고, 배꼽(臍) 아래 세 치(三寸)는 하단전(下丹田)이고 하단전은 정을 감추는 곳(藏精之府)이다. 중단전은 신을 감추는 곳(藏神之府)요, 상단전은 기를 감추는 곳(藏氣之府)이라 했다. 이는 황정경(黃庭經)을 인용한 것이다. 또 오진편(悟眞篇)의 주석을 인용하여 '사람의 몸은 천지의 빼어난 수기(秀氣)를 타고 태어나서는 음양(陰陽)에 기탁하여 빚어내어(陶鑄) 모양을 만든다.(成形) 몸 안에는 정(精), 기(氣), 신(神)이 주체이고, 신(神)은 기(氣)에서 생기고, 기(氣)는 정(精)에서 생기는 고로, 단을 수련하는 사람(修眞之士)이 자신의 몸을 닦는다는 것은 정(精), 기(氣), 신(神)을 수련하는 것에 불과하다고 했다.

「배유3관(背有三關)」조에서는 황정경(黃庭經)을 인용해서 삼관(三關)을 설명하고 참동계(參同契註釋)을 인용하여 '사람 몸의 기혈(氣血)이 상하로 주야에 멈추지 않는 것은 강과 냇물이 동쪽으로 흘러 바다에 이르러 마르지 않고 특히 명산대천 공혈을 알지 못하는 것 같다.'고 했으며 「고유진인지인성현인(古有眞人至人聖人賢人)」조에서는 황제(黃帝)의 말을 인용하고, 「허심합도(虛心合道)」조에서는 백옥섬(白玉蟾)을 인용하고, 「학도무조만(學道無早晚)」조에서는 오진편(悟眞篇)을 인용하여 여순양(呂純陽)은 64세에 정양진인(正陽眞人)을 만났고, 갈선옹(葛仙翁)도 64세에 정진인(鄭眞人)을 만났고 마자연(馬自然)도 64세에 유해섬(劉海蟾)을 만나 모두가 금단도(金丹道)를 수련하여 신선이 됐다고 했다.

또 「인심합천기(人心合天機)」조에서는 「참동계(參同契)」와 「황정경(黃庭經)」의 주석을 통하여 인심(人心)과 천기(天機)가 4시의 절기에 순응하고 5행의 차례로 순행함을 설명했다. 「섭양요결(攝陽要訣)」조에서는 「태을진인7금문(太乙眞人七禁文)」을 인용하여 ①말을 적게 하여 내기(內氣)를 기르고 ②색욕을 경계하여 정기(精氣)를 기르고 ③맛있는 음식을 적게 먹어 혈기(血氣)를 기르고 ④정액(精液)을 삼켜 장기(藏氣)를 이루고 ⑤성내지 않음으로써 간기(肝氣)를 기르고 ⑥음식을 잘 먹음으로써 위기(胃氣)를 기르고 ⑦적게 생각하여 심기(心氣)를 길러야한다고 했다. 또한 이어 「황정경」을 인용하여 '그대가 불사(不死)하려면 곤륜(崑崙)을 닦으라'고 했다. 이 부분은 「황정내경(黃庭內經)」의 제19장 「약득장(若得章)」의 둘째 행 '太一流珠安崑崙'의 주석인데 '태일유주(太一流珠)는 눈의 정기(目精)'라 했다. 동신경(洞神經)에 이르기를 '머리는 삼태군(三台君)이 되고 곤륜(崑崙)이라고도 하니 상단전을 가리킨다. 또 배꼽을 일러 태일군(太一君)이라고 하고 또 곤륜이라고도 하니 하단전을 가리킨다. 마음이 삼단전을 보존하면 여러 신이 눈앞에 있다.'고 말한다.

이어 갈선옹(葛仙翁)의 「청정경(淸淨經)」을 인용하여 '사람이 욕심을 쫓아 보내면 마음이 스스로 고요하니 그 마음을 걸러서 정신이 절로 밝아지고 자연히 육욕이 생기지 않고 3독(三毒)이 없어지며, 대저 사람의 마음을 비우면 깨끗해지고 좌정(坐定)하면 고요해진다'고 했다. 또 「환단내련법(還丹內煉法)」조에서는 「금단문답(金丹問答)」에서 말하기를 '금액(金液)은 금수(金水)이다. 금은 수모(水母)이고 모(母)는 자태(子胎)를 감추고 있으므로 환단(還丹)이라 부른다'고 했다.

또 '앞 신(腎)에 있는 것이 단(丹)이고 단전(丹田)이라 한다'고 했다. 또 「신침법(神枕法)」조에서는 옛날 태산(泰山) 아래에 늙은 노인이 있었는데 그 이름은 알 수 없다. 한무제(漢武帝)가 동으로 순시하는데 그 노인이 길가에서 호미질을 하고 있었다. 동에는 흰빛이 몇 자 높이로 빛났다. 무제는 괴이히 여겨 도술이 있느냐고 물었다. 늙은 노인이 대답하기를 "신은 옛날 85세 때 늙어 다 죽게 되어 머리는 희고 이는 빠졌었는데 도사가 저에게 복조음수(服棗飲水)와 절곡(絶穀) 및 신침법(神枕法)을 가르쳐주어 백발이 검은 머리가 되고 빠진 이가 다시 나며 하루에 300리를 가니 지금 나이 180입니다"했다.

「태식법(胎息法)」조에서는 진전(眞詮)을 인용하고 「조기결(調氣訣)」조에서는 팽조(彭祖)의 고사를 인용했다.

34 열선전의 팽조(彭祖)

　성은 전(錢)이요, 이름은 견(鏗)이니 전욱(顓頊)의 현손이다. 염정(恬靜)을 통하여 양생(養生)으로 몸을 다스리니 은왕이 듣고 대부(大夫)로 불렀으나 병을 빙자하여 나가지 않았다. 선술을 좋아했으며, 성품이 침중하여 스스로 도가 있음을 말하지 않았다. 왕은 스스로 가서 문안하고 수만 금을 갖다 주었으나 가난하고 어려운 사람들에게 나누어주고 그는 갖지 않았다.

　타녀(朶女)라는 여인이 있었는데 양생(養生)과 득도(得道)에 입문한 정도였는데 나이 270세인데도 50~60대로 보이고 궁중에서 봉사하고 있었다. 왕이 타녀(朶女)를 시켜서 팽조(彭祖)에게 가서 득도에 대하여 물어 오라고 했다. 팽조(彭祖)가 말했다. 입도함에는 음식을 먹고, 가볍고 깨끗한 옷을 입고 음양(陰陽)에 통하는 것이니 뼈마디가 건강하고, 얼굴이 부드럽고 윤택하여 나이 들어도 연년구시(延年

久視)하여 오랫동안 세간(世間)에 있다. 추위와 더위, 바람과 습도에 몸을 상치 않게 하고, 귀신과 정령이 범치 못하게 하고, 5병백충(五兵百蟲)이 가까이 못하게 하고, 성내지 않고 기뻐하며, 영예를 훼손하는 누를 끼치지 않도록 해야 귀한 사람이라 할 것이다.

사람의 기(氣)를 받음은 방술(方術)에는 못 미치니 양생을 적절히 하면 언제나 120세에는 이르게 되고, 그에 이르지 못함은 상한 것이요, 밝은 도를 조금 회복하면 240세, 더하면 480세, 그 이치를 더한 사람은 불사(不死)할 수가 있느니라. 양수(養壽)하는 도는 다만 자신의 몸을 상치 않는 것이요, 대저 겨울에 따스하고 여름에 시원하게 하여 사시를 부드럽게 하는 것을 몸을 알맞게 하는 것이요, 미색(美色)하고 숙자(淑資)하고 유한(幽閑)하고 오락(娛樂)하여 사욕(思慾)의 유혹에 빠지지 않는 것은 통신(通神)한 바이요, 거복(車服), 위의(威儀), 지족(知足), 무구(無求)는 한 뜻으로 될 것이요, 8금 5색을 기쁘게 보고 듣는 것은 도심(導心)한 바이니, 대체로 이 모두로 양수(養壽)하여도 능히 짐작하지 못하는 사람은 반환(返患)에 되돌아가나니, 옛날의 지인(至人)이 하재(下才)니 사람이 일의 적당함을 모르고 세상에서 숨어 돌아오지 않는 고로, 그 근원을 끊어 상사(上士)는 다른 자리에 있고 중사(中士)는 약을 먹어 백 번을 싸서 혼자 누운 것만 같지 못하다.

5음(五音)이 사람의 귀를 멀게 하고, 5미(五味)가 사람의 입을 멀게 하니, 참으로 그 뜻을 절제하고, 적절히 하며 그 통하고 막힘을 억제하고 들어올리면, 그로써 나이를 감하거나 보탤지니라. 대체로 이런 류는 물과 불에 비유되어, 지나치게 사용되면 도리어 해로우니라.

그 경맥의 손상함과 혈기 부족과 내부이치의 텅 빔과 주색(酒色)으로 일어난 것이다. 만약 근본이 충실하면 어찌 병이 있으리요. 대저 멀리 생각하고 기억력이 좋은 것은, 사람을 상케 하나니 음양이 불순함도 사람을 상케 하나니 상황자를 두고 방중에서 여러 계율을 가르침이 어찌 잘못된 것이 아니겠는가? 남녀가 서로 교합함은 천지가 상생하는 것과 같으니, 신기도양(神氣導養)으로 사람이 화합(和)함을 잃지 말아야 하느니라. 천지(天地)가 이미 교접(交接)하는 도를 얻은 고로, 마지막 끝나는 시한이 없고, 사람은 이미 교접(交接)하는 도를 잃은 고로 상함이 남는 것이니, 여러 상(傷)하는 일을 피하고 음양지술(陰陽之術)을 얻으면 그것이 곧 불사(不死)의 도(道)니라'했다.

타녀(朶女)가 여러 요점들을 구체적으로 전수받아 왕을 가르치니 왕이 이를 시험해 보았다. 그리고 이를 비밀로 하고자 나라 안에 명령을 내려, 팽조(彭祖)의 도를 전하는 자는 극형에 처한다고 하고, 팽조를 죽여 그의 도의 맥을 끊으려 했다. 팽조를 이를 미리 알고 어디론가 가 버렸다. 그는 나이 300세인데도 기억력이 50세 같더니, 음탕한 정녀(鄭女)를 얻어 도를 잃고 죽었다. 세속에 전하기를 팽조의 도를 죽인 것은 왕이 금지시켰기 때문이라 했다.

열선전에 나타난 팽조(彭祖)의 선술은 교접의 도인 것이다. 이에

대해서는 다름에 소개할 황제소녀경(黃帝素女經)에서 상세히 설명될
것이다.

『황제내경소문』은 이미 신라 때에 들어왔고, 수·당대에 도교적
의학서가 동의학계에 큰 영향을 미쳤다. 1442년에 간행된 의방유취
(醫方類聚) 또한 동의보감의 참고문헌으로 소개되는데 이는 당·
송·명대의 의서를 발췌한 것으로 이 중에도 선도와 의도에 관한 길
라잡이의 이론이 많다.

35 동의수세보원(東醫壽世保元)

　H일보사의 M논설위원이 동의수세보원에 대해서 알고 있으면 그 번역과 연구에 관해서 관심있는 제의를 해왔다. 동의보감 번역본을 간행하고 피로가 쌓여 있던 터라 그 제의를 받고도 착수가 차일피일 하는 중에 채종구 한의원 원장을 통해 자료를 구하고, 워드작업을 마치고 나서 선(善) 출판사에서 내기로 했다. 그 책명을 『동의학 산책』이라 했다. 그 서문을 소개한다.

　이제마(李濟馬)와 허준(許浚)은 우리 동의학의 선구자다. 동의보 감의 허준은 의성(醫聖)이라 일컫고, 이제마의 평가 또한 그에 못지 않다. 더욱 4상의학(四象醫學)은 주체적 동의학이라 한다.
　4상의학(四象醫學)은 체질분류론(體質分類論)이다. 왜 체질을 분 류하는가? 치료를 위해서 서로 다른 약이 있음을 알아야 하기 때문 이다. 이제마(李濟馬)는 여러 가지 궁리 끝에 인간의 5종 유형을 네 가지 유형으로 한정시켰다. 그는 기왕의 5분법(五分法)에서 4분법(四分法)을 제시했다. 4분법은 모든 유형을 넷으로 구분한다. 그것은 태소음양론(太少陰陽論)이다. 영추(靈樞)의 통천편(通天)에서는 사람의 타고난 체질을 통천이라 했다. 황제가 그의 신하인 소사(少師)에게 물었다. '내가 듣기로는 사람에게 음양(陰陽)이 있다고 했는데 어떤 사람을 음인(陰人)이라 하고 어떤 사람은 양인(陽人)이라 하는가?' 하여 2분법에서 출발했다. 그런데 소사(少師)의 답은 '천지(天地) 사이, 육합(六合)의 안에 5행(五行)을 벗어난 것은 없습니다'했다. 음양 2분법은 4분법으로 발전하니 다시 5분법이 등장한다. 음양과 5행은 동양인의 기본 철학이다. 그러나 음양론과 5행론은 병행하는 것이지 합치되기는 어렵다. 이제마의 고민도 여기에 있었던 것이다. 5행에 입각한 5종유형(五種類型)의 체질을 8종이나 10종이 아닌 넷으로 줄여야 하는데에 고민이 있었던 것이다. 다분히 인위적인 꿰맞춤이 되는 무리가 엿보이는 것이다. 이것이 이제마의 무리수인지 혜안인지를 따져봐야 하는 것이다.

　동의수세보원(東醫壽世保元)은 이를 명쾌히 풀고자 했다. 그런데 5종 유형을 넷으로 구분하는데 고심해 놓고 3음 3양(三陰三陽)의 6경론(六經論)이 또 등장했다. 이는 소문(素問)의 열론편(熱論)이 이론적 기초가 된다. 이것은 일종 증후의 분류 방법이다. 이제마는 영추(靈樞)와 소문(素問)을 근거로 하면서도 이를 극복하고자 노력 흔적이 행간마다 보인다. 전반부의 이론과 그 임상 경험이 그것이다. 후반부에는 항상 그를 짓눌렀던 장중경(張仲景)의 상한론(傷寒論)을 갖다 놓았다. 그것은 극복해야 할 대상이었다. 그러나 그 이론과 임상 경험은 엄청난 것이었다. 6경의 전도이론도 그를 짓눌렀지만 장중경의 풍부한 임상경험은 그를 압도하고 있었다. 그러므로 그는 장중경을 의성(醫聖)이라 불렀다. 그가 받드는 의성(醫聖)에는 또한 허준(許浚)이 있었다. 허준의 동의보감은 그의 스승이었다. 그런데 임상경험은 스스로 노력하여 쌓아 올리면 되는데 태양(太陽), 양명(陽明), 소양(少陽), 태음(太陰), 소음(少陰), 궐음(厥陰)의 6개 증후 유형을 어떻게 4분법으로 귀납시키느냐가 고민이었다. 이를 극복하는 이론은 그이 풍부한 임상경험에도 불구하고, 상한론을 선택적으로 인용해야 하는 한계에 부딪쳤다.

그는 상한론도 4상의학으로 풀어갔다. 그는 여러 문헌을 통해 4상의학을 깨달았다고 했다. 후학들은 이를 계승발전시켜야 할 책무가 있었다. 그러나 논리의 비약이 있고 모순이 있었던 게 아닌가? 오히려 그런 연유에서 4상의학론의 발전적 계승이 필요한 것이 아닌가? 이러한 관점에서 이제마의 동의수세보원의 진수를 파악코자 여러 사람에 의해 책이 쓰여지고 임상실험이 있었다. 그는 6경은 병증세의 명목이라 했다. 4상인(四象人)의 구분은 인물의 명목(名目)이라 했다. 이제마는 소문과 영추, 상한론에서의 번거로움에 매이지 말고 4상인의 이론에 귀기울여야 한다고 했다. 이제마는 허준에 이어 민족의학의 전통을 확립했다는 평가를 받는다. 이제마는 6경(六經)의 이론을 받아들이되, 그 위에 사람의 특수 체질이 네 가지가 있음을 문득 깨달았다고 했다. 맥상(脈象)의 이론이나 경락(經絡)의 이론에 너무 매이지 말라고 했다. 과연 그의 이론에는 허점이 없는가? 민족 의

학의 탄탄한 기반을 확립하자면 후학들의 새로운 도전의식이 필요
하다.

36 4상인(四象人)의 변증

광무 5년 신축(辛丑) 6월에 율동계(栗洞契)에서 새로 간행한 동의
수세보원(東醫壽世保元)에서 '영추경(靈樞經)에는 태소음양 5행인론
(太少陰陽五行人論)이 있으니 외형(外形)을 대강 터득하고 장의 이치
(臟理)는 터득하지 못했다. 대개 태소음양인(太少陰陽人)은 일찍이
고석(古昔)에 보이지만 자세한 탐구가 다 이루어지지 않았다'고 했
다. 이는 영추경(靈樞經)에서 음양유형(陰陽類型)의 같지 않음을 깨
달았으나 그 이론이 만족하지 못했음을 진단했다. 나아가 이제마는
이를 더욱 깊이 탐구하여 4상의학(四象醫學)이라는 새로운 아젠다
(agenda)를 발전시켜 우리나라 의성(醫聖)의 첫걸음을 내디디게 된 것
이다. 이 책의 말미에는 4상인변증론(四象人辨證論)이 있으니 이는
다분히 당대의 실학자인 이규경(李圭景)의 영향을 받은 것 같다.

'역(易)의 4상(四象)은 곧 원형이정(元亨利貞)이요, 춘하추동은 동

서남북(東西南北)이다. 소자(邵子)의 황극경세연역도(皇極經世衍易圖)에 비로소 태음(太陰), 태양(太陽), 소양(少陽), 소음(少陰)이 하늘(天)의 4상(四象)으로 동(動)에 속하고 소강(少剛), 소유(少柔), 태강(太剛), 태유(太柔)는 땅(地)의 4상(四象)으로 정(靜)에 속한다.

여기서 하늘의 4상(四象)인 태음(太陰), 태양(太陽), 소양(少陽), 소음(少陰)의 4상으로 4상의학(四象醫學)의 기본 분류를 삼고 있다.

태소음양인(太少陰陽人)을 오늘날 눈짐작으로 보면 한 고을을 만 명을 헤아린다면 대략 말해서 태음인(太陰人)이 5000이요, 소양인(少陽人)이 3000이요, 소음인(少陰人)이 2000이요, 태양인(太陽人)의 수는 지극히 적어서 한 고을 안에 3~4 인이나 10여 인이 있을 따름이다.

태양인(太陽人)의 체형과 기상은 뇌추(목덜미)의 일어나는 자세(起勢)가 의기가 왕성(盛壯)하고 허리 둘레의 선 자세가 외롭고 약하다.

소양인(少陽人)의 체형과 기상은 흉금의 감싸는 형세(包勢)가 의기가 왕성(盛壯)하고 방광의 앉은 자세가 외롭고 약하다.

태음인(太陰人)의 체형과 기상은 허리 둘레의 선 자세가 의기가 왕성하고(盛壯) 뇌추(목덜미)의 일어나는 자세(起勢)가 외롭고 약하다.

소음인(少陰人)의 체형과 기상은 방광의 앉는 자세(坐勢)가 의기가 왕성(盛壯)하고 흉금의 감싸는 형세(包勢)가 외롭고 약하다.

이는 4상인(四象人)의 외형을 설명했다. 태양인은 본래 내장의 폐(肺)가 크고 간(肝)이 작기 때문에 뇌추(목덜미)가 발달되고 간(肝)의 부위인 허리가 약하다고 했다.

소양인(少陽人)은 본래 내장의 비장(脾)이 크고 신장(腎)이 작기 때문에 비장(脾)의 부위인 흉곽이 발달되고 신장(腎) 부위인 엉덩이 방광 부위가 약하다고 했다.

태음인(太陰人)은 본래 내장의 간(肝)이 크고 폐(肺)가 작기 때문에 간(肝)의 부위인 허리(腰)가 발달되고 폐(肺) 부위인 뇌추(목덜미)가 약한 것이라 했다.

소음인(少陰人)은 본래 내장의 신장(腎)이 크고 비장(脾)이 작기 때문에 엉덩이 방광 부위가 발달하고 흉곽(胸廓)이 좁고 약하다고 했다.

태양인(太陽人)의 성질은 소통하는데 능하고 재간은 사람을 만나 사귀는데 유능하다.

소양인(少陽人)의 성질은 굳세고 씩씩하고 재간은 사무에 유능하다.

태음인(太陰人)의 성질은 일을 성취하는데 능하고 재간은 머물러 기거하는데 유능하다.

소음인(少陰人)의 성질은 단정하고 신중한데 능하고 재간은 더불어 무리짓는데 유능하다.

태양인(太陽人)의 체형은 원래 분별하기 어렵지 않은데 워낙 그 수가 드물기 때문에 가장 분별하기 어렵다.

그 체형은 뇌추(목덜미)의 일어나는 자세(起勢)가 의기가 왕성하고 성질이 화통하고 과단성이 있다.

그 병은 열격(噎膈 <식도암>), 반위(反胃), 해역증(解㑊)이니 또한 스스로 분별하기 쉽다. 병세가 중하고 위험하기(重險) 전에는 별로 큰 증세가 없으니 완전히 병이 없고 건강한 사람 같다.

또 소음인의 늙은이(老人)에게도 또한 열증(噎證)이 있으니 태양인으로 잘못 알고 치료해서는 안 된다.

태양인의 여자(太陽女)는 체형이 건장하고 실하나(健實) 간(肝)이 작고 옆구리(脇)가 협소하여 자궁이 넉넉하지 못하므로 생산하는 능력이 부족하니 6축(六畜)으로써 이치를 따지더라도 태양암소나 말(太陽牧牛馬)은 체형이 건장하고 실(壯實)하나 또한 새끼를 낳는 것이 드무니 그것으로 그 이치를 알 수 있다.

소양인(少陽人)의 체형은 위는 넓고 크고(上盛) 아래는 허하며(下虛) 가슴이 발달하고(胸實) 다리가 약하다(足輕). 날래고 예민하며(剽銳) 용맹을 좋아하니(好勇) 그 수(數)가 또한 많아서 4상인(四象人) 중에서 가장 분별하기가 쉽다.

소양인(少陽人)에게 혹은 키가 작고(短小) 조용하고 아담하여(靜雅) 외형(外形)이 소음인(少陰人)과 비슷한 사람이 있으니 그 병세(病勢)와 한열(寒熱)을 살펴서 자세히 증세를 파악하여(執證) 소음인(少陰人)으로 잘못 치료하지 않게 해야 한다.

고 했다.

37 음양5종유형(陰陽五種類型)

영추경(靈樞經) 통천편(通天)에는 사람의 타고난 체질(稟賦)이 서로 다름을 근거로 하여 태음(太陰), 소음(少陰), 태양(太陽), 소양(少陽), 음양화평(陰陽和平)의 5종의 서로 다른 유형(類型)으로 나누었다. 아울러 그들의 의식(意識)과 성격상의 특징을 분별하여 묘사하고 기술하여 사람을 치료하는 법칙을 제시했다.

황제(黃帝)가 말한다. "그 5종의 유형을 들려줄 수 있는가?" 소사(少師)가 답한다. "태음인(太陰人)은 탐욕(貪)하여 어질지 못하고 겉으로는 겸손하고 품행이 올바른 것으로 가장하면서 득되는 것을 좋아하고 손실을 싫어하고, 기뻐하고 성냄을 얼굴에 드러내지 않습니다. 힘써 일할 줄을 모르고 단지 이기(利己)만을 알고 행동은 뒤에 하고 먼저 솜씨만을 나타내지 않습니다. 이것이 태음인(太陰人)의 특징입니다.

소음인(少陰人)은 적은 것을 탐(貪)하고 사악(邪惡)한 생각을 숨기고 있습니다. 손실을 보고 불행하게 된 사람을 보면, 마치 자기가 무슨 득(得)이 있는 듯이 상하고 해로움을 좋아합니다. 영예롭게 된 사람을 보면 곧 도로 화(慍怒)를 내고, 마음이 급하고 은혜(恩)가 없습니다. 이것이 소음인(少陰人)의 특징입니다.

태양인(太陽人)은 득의 자족한 모습으로 살고 큰 소리를 좋아합니다. 그러나 헛소리를 할 줄 모르고, 높고 멀리 달려가는 것을 좋아하고 태도가 경솔하고 시비(是非)를 원치 않으며 일을 함에 있어서는 언제나 일시적 기분으로 일을 처리하고, 비록 일을 실패해도 항상 후회가 없습니다. 이것이 태양인(太陽人)의 특징입니다.

소양인(少陽人)은 일을 정밀하게 살피고 스스로 귀하게 여기기를 좋아합니다. 조그만 관직에 있어도 높이 자신을 선전하고, 대인관계에서 교제를 잘 하고 묵묵히 남의 말을 듣지 않고 일에 몰두하기를 좋아하지 않습니다. 이것이 소양인의 특징입니다.

음양화평인(陰陽和平人)은 생활 안정을 자처하고, 개인의 명리(名利)에 개의치 않습니다. 마음이 편안하여 두려워하는 바가 없습니다. 욕심이 적어서 모든 사물의 변화에 순응하고, 일을 만나서 남과 다투지 않고 형세의 변화에 잘 적응합니다. 지위가 높아도 겸손하고 설복적인 방법으로 다스리고, 덕(德)으로써 사람을 감동시킵니다. 이것이 음양화평인의 특징입니다.

황제(黃帝)가 말한다. "5종형태의 사람에 대한 치료는 어떻게 하는가?" 소사(少師)가 답한다. "태음인(太陰人)은 음(陰)이 많고 양(陽)이 없으며, 그 음(陰)의 혈(血)은 윤택(澤)하고 그 위기(衛氣)는 막혀서(澀) 음양이 조화되지 못합니다.(不和) 그러므로 힘줄이 느슨하고(緩筋) 피부가 두꺼워서(厚皮) 음분(陰分)을 빨리 사(疾瀉)시키지 못하면 병의 정황이 호전되기 어렵습니다.

소음인(少陰人)은 체질이 음(陰)이 많고 양(陽)이 적습니다. 위(胃)는 적고 장(腸)은 커서 6부(六腑)가 조화롭지 못합니다. 그 양명맥(陽

明脉)은 적고 태양맥(太陽脉)은 크니 반드시 살펴서 조절하고 치료해야 합니다. 그런 사람은 그 혈(血)이 쉽게 허탈(易脱)하고 기(氣)가 쉽게 망가집니다.(易敗)

태양인(太陽人)은 체질이 양(陽)이 많고 음(陰)이 적으니 이러한 병인에 대해서는 반드시 근신하고 조절하여 치료합니다. 그 음(陰)을 허탈케 하지 않고 그 양(陽)을 사(瀉)시킵니다. 양(陽)이 거듭 허탈(重脫)하면 쉽게 미칩니다. 음양(陰陽)이 모두 허탈하면 갑자기 죽거나(暴死) 인사불성하여 사람을 알아보지 못합니다.

소양인(少陽人)은 체질이 양(陽)이 많고 음(陰)이 적습니다. 경맥(經脉)이 적고 낙맥(絡脉)이 큽니다. 혈맥(血脈)은 깊이 속(裏)에 있고 기락(氣絡)은 얕아서 밖(表)에 있습니다. 이미 양(陽)은 실(實)하고 음(陰)이 적으니, 치료시에는 음경(陰經)을 충실히 하고 단지 양락(陽絡)은 사(瀉)시켜야 건강을 회복할 수 있습니다. 다만 이 소양(少陽)의 사람이 기(氣)를 위주로 해서 가령 단독으로 그 낙맥(絡脉)을 지나치게 사(瀉)시키면 양기(陽氣)의 소모가 매우 빨라서 중기(中氣)가 부족하게 되어 병을 치료하기 어렵습니다.

음양화평인(陰陽和平人)은 그 체질이 기(氣)가 조화롭고 혈맥이 화순(和順)합니다. 병을 치료함에 있어서는 마땅히 근신하여 그 음양(陰陽)의 성쇠와 사정(邪正)의 허실(虛實)을 진찰해야 하며 아울러 그 얼굴에 나타남을 자세히 보아서 장부(臟腑), 경맥(經脉), 기혈(氣血)의 남음이 있고 부족(不足)함을 추단하고 난 연후에 조절하고 치료함을 진행합니다. 사기(邪氣)가 왕성하면 사법(瀉法)을 쓰고 정기(正氣)가 허하면 보법(補法)을 씁니다. 왕성하지 않고 허하지 않으면 경(經)을 취합니다. 이상의 음양을 조절하여 치료할 때에 5종 유형의 사람의 같지 않은 특징을 근거로 하여 분별해서 치료함을 설명했습니다.

38 한의학(韓醫學) 서적 펴낸 국문학자

2004년 조선일보 영남판에서는 「이제마, 허준과의 동의학 산책」을 소개하면서 2003년에 간행된 동의보감을 아울러 소개했다.

"이 책을 계기로 민족 의학의 탄탄한 기반을 확립하기 위한 후학들의 새로운 도전 의식이 있었으면 합니다"

고희의 노학자가 한의사들도 접근하기 어렵다는 전문 한의서를 펴냈다. 주인공은 최창록 대구대명예교수다. 그는 '이제마, 허준과의 동의학 산책'을 최근 도서출판 선에서 펴냄으로써 지난 해 국내 최초로 펴낸 동의보감(東醫寶鑑) 완역본에 이어 또 한 번 한의학에 대한 끊임없는 애정을 과시했다.

이 책은 이제마(李濟馬) 선생이 창안해 사람의 체질을 네 종류로 나누는 4상의학(四象醫學)이 음양오행에 입각해 5종의 유형으로 나누는 5분법과 6경의 이론과 어떻게 다른 지를 풍부한 학문 지식과 한의학 지식을 이용해 풀이하고 있다. 즉, 4상의학의 전개과정을 설득력있게 제시하고 있는 것이다.

"4상의학이 논리의 비약과 모순에도 불구하고 이제마의 주장을 파악하기 위해 여러 사람들이 책을 쓰고 임상실험을 했으며, 앞으로도 이를 계승발전 시켜야 합니다"

그가 이 책을 쓴 목적이고 하다. 국문학이 전공인 국문학자가 한의서의 번역에 매달린 것은 무엇 때문일까?

평생을 두고 천착해 온 우리 것에 대한 사랑 때문이다. 한국어문학회장, 우리말글학회장 등을 역임한 것에 볼 수 있듯이 그는 우리말과 글에 대한 사랑으로 학계에서 활동했지만 고전에 대한 관심도 병행해 왔다. 그러던 것이 도교문학 쪽으로 관심이 옮겨져 『한국도교문학사』, 『한국의 선도문화』, 『여동빈 이야기』, 『참동계 이야기』, 『청학선인 이야기』, 『한국의 풍수지리설』 등의 책을 펴내면서 국내 도교문학 분야에서는 최고봉을 이루기도 했다.

그러나 도교관련 서적의 번역이나 관심은 한의학으로 건너가기 위한 징검다리였다. 한의학에 대한 지식은 방대한 한문 지식이 필요했는데 도교문학은 안성맞춤이었던 것이다.

그리고 대구대를 정년 퇴직하기 바로 전 해인 2000년 10월 필생의 사업이라고 벼르던 동의보감 완역에 들어갔다. 매일 평균 10시간의 강행군 끝에 지난 해 2월 마침내 번역이 완료됐다. 3년 가까이 걸린 노장(勞作)인 셈이다.

책 한 권의 분량이 700~800페이지로 총 5권의 『완역동의보감』은 4×6배판 총 3,600페이지의 엄청난 분량인 것을 봐도 짐작할 수 있는 부분이다.

이로써 국내 한의학계의 숙원이었던 동의보감이 완역됨으로써 한의학 발전에 큰 기여를 하게 됐다. 북한에서 완역본을 낸 적이 있지마는 문어체인데다 일부 도경의 번역이 매끄럽지 못하다는 지적을 받아왔다. 더욱 이 책은 중국도경인 『황정경』, 『황제내경소문』, 『황제내경영추경』 등을 완역해서 인용된 부분마다 각주로 처리해서 학자들의 연구에 크게 기여할 뿐 아니라 각 권마다 수십 페이지에 이르는 '찾아보기'를 만들어 붙여 두었다.

"동의보감을 우리말로 번역해야 한다는 생각에 여유를 부릴 엄두가 나지 않았습니다. 그 와중에도 저녁이면 술친구들과 반주를 즐기는 재미를 빠뜨리지 않았습니다."

그런 유유자적과 도인(導引) 체조가 번역 과정에서의 어려움을 극복하게 한 원인이라고 했다.

그가 즐겨 인용하는 말은 '염담무욕(恬淡無慾)'이다.

"마음을 깨끗이 하고 욕심을 부리지 않으면 건강하게 살 수 있습니다."

이 글은 조선일보의 박원수 기자가 썼다.

39 소녀진경(素女眞經)을 만나다.

나이 70이 되어 간도를 통해 백두산 등정의 기회가 있었다. L교수와 동행했다. 감동이 없는 평범한 동행의 길일 것이라고 생각했으나 천지(天池)의 장관을 백일에 참관한 것은 행운이었다. 용정에서 백두산 입구로 가는 길목에서 집어든 소녀진경(素女眞經)은 오랫동안 원본을 찾고 있던 그 책이었다. 선출판사와 진작에 간행이 약속됐으나 출판사의 형편상 예정보다 6개월 가량 지연되어 출간되었다. 이 책은 한국도교문학회 이름으로 출간했다. 그 서문은 다음과 같다.

"황제소녀경(黃帝素女經)이라 했다. 소녀진경(素女眞經), 소녀비도경(素女秘道經)이 아니라 황제소녀경이라 했다. 황제소문경(黃帝素問經), 황제영추경(黃帝靈樞經)과 아울러 도경의 3대 시리즈이다. 이 책은 경서체(經書体)로 쓰여져서 한층 품위를 높이고자 했다. 그러므로 도경 3대 시리즈는 줄곧 황제와의 문답체이다.

이 책은 남성에 의한 페미니즘 문학이다. 퇴직자 모임에서 K모 교수는 세계를 배낭 여행하고 와서는 인생의 귀결점은 바로 이것이 더라 했다. 이러한 남녀교합이 인생 역정이다.

우리는 여러 도교 경전을 읽고 인생을 논했다. 그것은 선도(仙道) 였고 의도(醫道)였다. 황제소녀경은 언젠가는 원본과 만나야 하리라 는 예감이 있었다. 필자는 고희(古稀)를 지나서야 백두산 등정의 길 목에서 용정의 윤동주를 뒤로하고 장백산으로 들어가는 길목에서 인삼과 상황 버섯, 그리고 이과두주의 깔끔한 맛을 느끼던 중 L교수 가 내민 한 권의 책, 이는 여태까지 만나고 싶어했던 바로 그 원전 이었다. 일본판이나 국내판도 있으나 역자에 의해 군데군데 짜깁기 하고 얼버무려진 것이 대부분이었다. 이 책은 각 장마다 그 중심어 들(keyword)을 머리글로 삼고는 남녀교합의 담론을 맛깔스런 예술 표현으로 엮어놓았다. 황제, 팽조, 소녀, 타녀(柒女)들은 음양술을 터 득한 노철인과 음양지도를 터득한 여인상으로 묘사되었다.

그런데 이 책에는 서문이 없다. 기왕의 영인본(影印本)을 통해 그 대강을 살펴본다.

수서경적지(隨書經籍志), 자부의가류(子部醫家類)에 소녀비도경 (素女秘道經) 1권이 있다.

"주석(註)에 이르기를 '나란히 현녀경(玄女經)과 소녀방(素女方) 1 권이 있는데 신구당지(新舊唐志)에는 고루 저록(著錄)되어 있지 않 다. 오직 일본 관평(寬平) 시대에 서목(書目)이 있는 것을 봤는데 소 녀경(素女經) 1권만 있고, 현녀경(玄女經), 소녀방(素女方)은 없다. 그 때 합쳐서 1권이 됐는지 의심이 간다."

이는 이 책이 간행되기 전의 중국 방술서를 처음 서명 간행한 저 간(這間)의 사정을 설명했다. 도교의 염담무욕(恬淡無慾)과 연년익수

(延年益壽)와 깊이 연관시켜 품위를 유지했다. 그들은 도서와 삶의 철학이 한 줄로 엮어져 있다. 그들은 음식과 침상이 하나라고 했다. 인생의 환락(歡樂)과 장수와 건강을 겸비하는 것이 행복을 누리는 바탕이 된다고 했다. 또한 이 책은 당황도외대비(唐往導外臺秘)에도 실려 있다고 했는데 앞서의 「황제소문경」, 「황제영추경」과 같이 선도이면서 의도임을 증명해 주고 있다.

또한 부록편에는 옛날의 건강 체조인 도인법(導引法)을 집중 소개하고, 보익(補益)하는 약제(藥劑)를 소개하여 원만한 남녀교합을 영위하는데 도움이 되게 했다.

40 방중술(房中術)은 장생술이다

　　타녀(朶女)는 연이어 팽조(彭祖)를 찾아가 심도 있는 교도(敎導)를 청했다. 팽조는 답했다. '이 가운데 이야기(此中說)는 간단하고 쉽게 이해되는 것 같다. 다만 이 일반인은 믿는 마음(信心)이 부족하다. 혹은 실지로 착실하게 받들어 행하지 못할 따름이다. 지금의 황제(黃帝)는 날로 각종 업무를 다스리고 천하 대사를 처리하여, 몸은 피로하고 힘은 빠져 마음이 번거롭고 무거워서 자연히 각종 양생(養生)의 이치를 깊이 이해하지 못한다. 참으로 황제(黃帝)에 있어서 다행한 것은 왕비(妃)가 많다는 것이다. 다만 교합(交合)의 요령만 파악하면 되는 것이다. 곧 스스로 잘 섭취하고 양생하면 되었다. 이 요령은 곧 많은 젊은 여자와의 교접이 필요한 것이었다. 아울러 교접하면서 배설하지 않고, 사정의 횟수를 줄여서 곧 신체가 가벼워지고 백병(百病)이 생기지 않게 할 수 있는 것이다.'

　　팽조(彭祖)는 심리 치료를 매우 중시했다. 그가 알고 있는 것은 황제(黃帝)가 종일 다스림에 휘둘려서 몸과 마음이 피로하며 쉽게 연로(養老)하여 느리니(遲滯) 청춘에 가장 해로웠다. 이로 인하여 황제(黃帝)에게 설명하기를 추궁 비빈 중에 가능한 한 나이 젊은 여자를 선택하여 교합 대상으로 삼으라고 했다. 또 접촉을 유지하면서 배설하지 않도록 하여 될 수 있는 대로 정액의 배설 횟수를 줄여야 한다고 했다. 이렇게 하면 몸이 가볍고 육체가 유쾌하고 마음이 즐거울 것이라 했다.

구약성서 중의 '열왕기(列王記)'편에 소녀가 일찍 연로하여 힘이 쇠약해진 다윗왕(皮德大帝)의 생기를 왕성하게(逢勃) 일으켰음을 언급했다. 이로써 보면 동서(東西)의 방중술(房中術)의 비결은 결국은 의견이 합치되고(謀而合) 방향이 일치함(趨于一致的)을 볼 수 있다. 황제(黃帝)와 다윗왕(皮德大帝)은 모두 나이 젊은 여자를 교합 대상으로 삼아(做) 확실하게 늙음에서 젊음으로 돌아오게 하여(返老還童) 항상 청춘을 간직하는 비법(秘法)으로 삼았다. 주요한 것은 여전히 심리의 영향이 주요한 원인을 차지하는 것이다. 근대 성심리학자는 모두가 주장하기를 부부(夫婦) 쌍방이 다 청춘활력을 유지할 것을 요구되고 피차에 영향을 준다고 했다. 매우 친밀한 정취(魚水情趣)를 높여야 한다고 했다. 남자는 물론 천생적으로 주동(主動)하여 침략하는 성향이 많다. 쉽게 바깥을 향해 발전하고 자극을 구하여(尋 刺激) 아내 이외의 여성을 접촉하려 한다. 여자도 같은 것이다. 유사함이 있지만 정도의 깊고 얕은 경향이 있다. 남편(丈夫) 이외의 남성을 접촉하고자 한다. 다만 이런 충동은 쉽게 밖에서의 각종 도덕적 모범적 압력을 입어, 맡은 바 임무(所任)에 억제되어 단념한다. 이로 인해서 심리학자들은 모든 부부(夫婦)가 마음이 유쾌하고 생기발랄(朝氣)을 최대한 유지토록 노력해야 한다고 했다.

더욱이 문제 있는 가정에서는 의원이 말하기를 아내(太太)가 집에 있을 때는 특별한 홑옷을 아무렇게나 입지 말고, 분장하여 남편의 환심을 얻으라고 권장했다. 또 그녀들이 남편이 비록 온종일(整日) 공무(公務)로 피곤해도 곧 정신을 일깨워(打起) 처자와 함께 가정이 화목한 정취를 기르기를 권했다.

부부(夫婦)의 성생활의 원칙은, 위에서 언급한 바와 같이, 결혼 초기에는 서로가 균등하게 즐기면 피로하지 않다. 그러나 시간은 길고 해는 지지 않는 가운데 피차가 때로는 무미건조하게 된다. 대상을 생각해 보면 서로 같은데 무엇이 견딜 수 없이 지루하게 할까? 이는 해는 길고 삶이 짜증나는 마음이 훼방을 놓는(作祟) 두려움일 것이다.

현대의 부부가 성의 대상을 자주 바꿀 수는 없다. 젊은 여자와의 교합의 필요성은 부부관계에 있어서의 기본 뜻이 본 장에 기술한 원칙에 부합할 필요가 있다는 것이다. 부부가 서로 합작해서 청춘의 활력을 유지하고 서로가 유쾌해야 한다는 원칙을 강조하고 있는 것이다.

팽조(彭祖)가 설명한 그 밖의 한 가지 비결은 몸의 정액을 항상 간직하는 것으로, 이른바 접촉하면서 배설하지 않는 것(觸而不泄)이라 했다. 이는 이후의 각 편 중에 상세한 소개가 있을 것이다.

총괄적으로 말하면, 팽조(彭祖)의 주장은, 착안점이 정신의 유쾌함 몸과 마음의 홀가분함(身心輕松), 청춘활력의 일상적 유지(常保靑春活力)에 있다.

이는 현대의학의 원리에도 완전히 부합한다. 더욱 현대인은 생활이 긴장되고 또 다채롭고 아름다운 모습의 생활환경이므로 전체적인 느낌이 어느 정도의 정시불안, 심리위협 등으로 자연히 정서 불안에 의한 질식이 일어난다. 이 때문에 소녀경의 이 편의 기록은 독자들이 재삼 등한시해서는 안 되는 것이다.

41 마음을 편안히 먹고 기분이 좋아야

　황제(黃帝)가 물었다. "나는 매우 방사를 행하고 싶은데(行房) 단지 여자를 만나면 남자의 그것(陽具)이 발기되지 않아서 부끄러워 땀만 흘릴 뿐이다. 저절로 발기되지 않아 손을 사용하여 억지로 여자의 그것(陰戶)에 집어넣으려 하지만(塞進) 아무런 도움이 안 된다. 사정이 이러니 어떤 방법으로 빳빳하게 만들겠는가? 바라건대 그 비결을 알려주구려!"

　소녀(素女)가 답했다. "황제(黃帝)의 무서워함은 대부분의 남자들이 일반적으로 겪는 병(通病)입니다. 여자와의 교합에는 마음이 편안해야 합니다. 모두 마음의 준비가 돼 있어야 합니다. 생각건대 남녀 교접의 길이 일정(一定)한 데는 마음이 편안하고 기(氣)가 조화로워야 합니다. 오직 이와 같이 하면 남자의 그것(陽具)이 저절로 딴딴하게 일어섭니다. 남자가 만약 5상(五常)의 도(道)를 지켜서 행하면 반드시 여자는 9종의 변화가 있습니다. 이때는 남자의 입과 여자의 침(唾液)을 사용합니다. 곧 정기(精氣)가 자기 몸 안으로 도로 돌아오고, 뇌수(腦髓)에 꽉 차게 됩니다. 이에 곧 7손(七損)의 금기를 피

하고, 8익(八益)의 법으로 자연히 삽입을 운행(揷行)하여 5상(五常)의
도를 거스르지 않으면, 스스로 신체의 건강을 유지 보존하고, 세찬
기운(罡氣)이 충만하면 어떤 질병인들 없어지지 않겠습니까?"

소녀(素女)가 이어서 또 말했다. "5장 6부가 안으로 건강하면 밖
의 형상은 반드시 윤기 있고 부드럽지 않겠습니까? 매번 성교할 때
남자의 그것(陽具)이 쇠처럼 빳빳하고 (堅挺) 기력이 백 배로 더할
것입니다. 어떤 여자를 상대하더라도 항복이 손쉬우며, 다시는 성교
불능증(陽痿)으로 부끄러움이 얼굴에 가득한 일은 없을 것입니다."

소녀(素女)가 지적하기를 남자의 조루증(早泄)은 보편 현상이라 했
다. 다만 이는 마음을 편안히 먹고 기분이 좋으면(心平和氣) 교합을
오래 지속할 수 있다는 것을 깨닫는 주요한 비결(要訣)이라 했다. 저
절로 일찍 배설하는 모병(早泄的毛病)을 치료할 수 있다고 했다. 조
루증의 생리적 고질을 차라리 생리적 적취(理的征結)본다는 것이다.

마음을 편안히 먹고 기분이 좋은데(心平氣和) 이르는 것 외에 실
제 교합에서 더욱 자상한 주의 사항은 무엇인가? 남녀간의 성적 반
응은 일정한 순서가 있다. 교합시에는 조금이라도 범해서는 안 될
타부(忌諱)가 있다. 가령 주의해서 5상(五常), 9기(九氣), 5색(五色), 7
손(七損)과 8익(八益)의 법에 이르는 것이다. 이를 아울러 능수능란
(純熟)하게 운용하면, 남자는 몸이 강하고 씩씩해져서(强氣壯) 여자
를 정복하는데 아무 어려움이 없는 것이다.

본장에서 각기 설명한 것은 이후 각 장에서 상세히 설명될 것이
다.

중의학(中醫)에서는 줄곧(一向) 5장을 중시하고 신장 기관을 검진했다. 신장은 영양을 저장하고 정기(精氣)가 있는 곳이다. 많은 의사들(醫家)은 한결같이 마늘(大蒜)을 먹기를 권장(推崇)했다. 마늘은 신장을 강하게 한다(强腎)고 믿고 있다. 마늘을 먹는데 습관이 된 중국인에게는 큰 비중(比例)을 차지한다.

이집트(老埃及)의 피라미드를 완성시킨 노동자들(工人)은 항상 마늘(大蒜)을 먹어서 체력을 보충했다. 가령 마늘과 콩을 함께 먼저 삶아서(先煮) 먹으면 정력을 강하게 하고(强精) 몸을 튼튼하게(壯身) 하는데 효험(功效)이 있을 것이다.

신장(腎)의 기능(功能)은 몸의 진액(體液)에 있다. 교합할 때 골수와 섞여서 배설(排泄)된다. 흡정법(吸精法)과 채음(采陰), 보신(補腎) 등 여러 양기부문(陽門)은 그러한 원리가 도인(導引)해서 나온다. 무릇 이 방중술(房中術)에서의 정액(精)이란 것은 모두가 이 환정(還精)의 방법을 이용해서 도로 흡수(吸回)하고 방출하는 부분의 분비액(分泌液)이다.

고대의 제왕(帝王)은 모두 궁 안(宮內)에서 한 어린 채보도사(采補道士)가 봉양(供養)했다. 이들 도사는 황제(黃帝)로 하여금 백 명의 부인을 사랑하고도 피로하지 않게 할 수 있었다. 3궁6원(三宮六院)의 72비(妃) 중 의연한 전문가(大方)를 웅상제(雄床第)라 했다. 이 도(道)에 정통한 많은 술사(術士)들은 그 채음보양(采陰補陽)의 공력에 조예(造詣)가 매우 깊다.

남자의 그것(陽具)을 잡고 술잔 속(杯中)에 집어넣어(伸入) 술잔 속의 홍건한 물(盛水)을 빨아들이고(吸取) 그런 연후에 다시 힘을 모아 수분(水份)을 울러 나오게 하여 다시 잔 속에 넣는다. 이와 같이 하면 교합할 때의 내음보양지술(來陰補陽之術)로 능숙하게 쓸 수 있다 (熟用)고 했다.

인도의 요가(瑜加行者)는 실제로 그러한 도행(道行)을 능가하는(過) 연출(表演)을 했다. 그들은 항문(肛門)을 이용하여 자유로 방수(放水)하고 흡수(吸收)한다. 물이 가득한 잔을 잡고 땅 위에 놓아두고는(放在) 한편으로는 잔의 허리 부분을 가벼이 흔들고, 한편으로는 기를 움직여 물을 빨아들인다.(運氣吸水) 단지 2~3분이면 물을 다 빨아들이고 다시 원자리에 쏟아낼 수 있다고 했다. 다만 이 일에는 확신이 있어야 한다. 수련하는 사람이 의지를 집중하여 생리적 목적을 제압하는데 이르면 어려운 일이 아니다. 일반인도 만일 의지를 집중하면 어느 정도의 억제(控制)가 가능한 것이다.

소녀경(素女經)의 요지(要旨)는 억제하여 얻는 법(控制得法)이다. 아울러 자율신경의 훈련이 합해져 있다. 그것은 조루증(早泄)을 만나지 않게 하는 것이다.

42 선시(仙詩)의 어제와 오늘

　문학의 갈래를 서정, 서사, 교술, 희곡으로 구분하면 동양에서는 교술이 이상 비대하고 있다. 글 모음의 집대성인 '文選'은 '당대의 대표적 문학 작품을 감정 정서의 뜻이 글의 문체와 안팎으로 아름다운 것을 가렸다.'는 것이 그 기준이다. '문선'의 갈래 구분은 앞 시대의 '文心雕龍'에 기초했는데, 詩의 갈래는 補亡, 述德, 勸勵, 獻詩, 公讌, 祖餞, 詠史, 百一, 遊仙, 招隱, 反招隱, 遊覽, 詠懷, 哀傷, 贈答, 行旅, 軍戎, 郊廟, 樂府, 挽歌, 雜家, 雜擬라 했다.

　그것은 작품의 주제에 의한 구분인데 遊仙은 仙詩란 뜻이다. 이 遊仙篇의 작품 예로 河敬宗의 1수와 郭景純의 7수가 실려 있다. 하경종의 시는 신선을 사모하고 지향하는 시이고, 곽경순의 시는 풍진 세상 밖에서 유선하는 자신을 노래하고 있는 것이다. 그런데 이 遊仙詩의 근원은 衛, 秦 시대의 葛玄의 遊仙詩 3수에 있다고 했다.

나 이제 가벼이 하늘로 나르게 됐고(吾今獲輕擧)
수행이 공을 세우게 됐으니(修行立功爾)
삼계가 모두 고개를 숙이고(三界盡稽首)
조용히 자미궁 속으로 들어가네(從容紫宮裏)
수레가 허무 중에 머물러 보니(停駕虛無中)
인생은 참으로 흐르는 물같구나(人生若流水)

葛玄의 유선시는 興仙同遊하고 興仙同功하는 시였으며, 郭璞의
시에 이르러서는 超脫世事로 나아갔으며, 신선전을 통한 풍부한 상
상력으로 仙風道氣나 仙界周遊하는 시가 됐다. 일찍이 '문심조룡'
明心篇의 仙詩에 대한 언급을 보면, '秦始皇은 고전 작품들을 불태
워 없앴으나 또한 仙詩를 짓게 하였다(秦皇滅典亦遊仙詩).' '張衡의
怨篇에 이르면 맑고 고와 음미할 만하며 仙詩와 緩歌는 아름다워 청
신한 맛이 있다.(至於張衡怨篇淸典可味仙詩緩歌雅有新聲)' '위나라
正始년간에는 청담함을 중히 여겼는데 시에는 仙心이 담겨있다(乃
正始明道詩雜仙心).' '東晋 시대의 작품들은 玄風에 젖어 정사에 대
한 성취의 뜻을 비웃었고, 세속의 허황한 이야기들을 잊어버리기 위
해 숭고함의 추구에 몰두했다. 遠宏과 孫綽 이하로는 각자가 자신의
문학적 양식을 새기고, 자기 나름의 문체를 지니고 있었으나, 그 내
용에서는 한결같아서 뛰어남을 다툴 자는 없었으며, 그 때문에 곽박
의 선시가 출중하며 훌륭하다(江左篇製溺乎玄風嗤笑徇務之志崇盛亡
機之談遠孫已下雖各有雕采而辭趣一揆莫與爭雄所以景純仙篇挺拔而

爲俊矣).'고 했으니 일찍이 仙詩는 서정시의 주류였던 것이다.

　이제 다행히 太尉를 만나 덕은 용처럼 이어졌고, 도는 깊이 빛남
이 있습니다. 黃石公의 묘결은 세칭 帝師라 일컬었고, 赤松子의 仙
遊는 仙友 맞기를 기다립니다. 그러므로 나가서는 六奇로써 적을 제
압하고 들어서는 九轉丹藥을 복식하면서 조용히 전쟁터의 티끌을
털어내리고 한가히 별천지의 일월을 마주합니다. 해, 달, 별의 삼광
을 존경하고 지키면서 一氣를 정성껏 수련하면 과연 眞人의 자리가
높은 데서 높이 옮겨짐이 보이고, 특별한 상서로움이 거듭내리며 채
색 구름은 조각조각 楚의 바람에 날아오고 玄鶴은 쌍쌍이 隋宮의
달을 향해 올 것입니다.

— 최치원, '求化修諸道觀疏'

　최치원이 당나라에 입국하여 太尉인 高騈을 대신하여 쓴 이 글
은, 道觀을 보수하는 호소문으로 당대의 문화가 도교 의식과 신선
사상에 젖어 있음을 나타내고 있다. 이 齋詞는 신라 말에 지어진 것
으로 하늘에 제사하는 모든 제천 의식의 문틀이었다. 그의 시 한 편
을 본다.

　마음 재계를 게을리 않으면 절로 眞人 만나리니
　어찌 신선 수련을 하고서야 사람을 제도(度人)하는가
　천상의 향기로운 바람 楚澤에 불어오니
　강남과 강북의 변방(鎭)에도 봄이 되었네

— 최치원, '朝上淸'

　이러한 사상이 고려를 거쳐 조선조에가지 이어졌는데 선도적인

사상과 불교적인 사상이 혼재된 가운데 면면히 이어졌었다. 이러한 감정과 정서는 시에 그대로 나타나게 된다. 고려 때의 '東文選'에는 醮禮靑詞로 나타났는데 金富軾 3편, 최유청 2편, 김극기 4편, 李奎報 37편, 李穀 3편, 정보 2편이 있고, 조선조 청사로는 權近 4편, 卞季良 12편, 윤회 2편, 徐居正 1편, 이승소 2편, 황계옥 1편이 있다. 이들은 유가이면서 제천 의식에서는 도교 의식을 숭상했으며, 이규보는 代仙人奇予書, 청사 3편, 그리고 '동문선'에 실리지 못한 '동명왕편'으로 우리 문학사의 거목임을 입증하고 있다.

> 약을 파는 異人이 있어 저자에 언제나 병을 매단다.
> 나에게 봉래산을 가리키니 아득한 하늘 구석이로다.
> 너는 마땅히 욕심을 경계하라 신룡이 오히려 도륙당하느니라.
> 靑玉訣을 전수하고 明月珠를 건네주네
> 이로부터 번화를 버리고 높이 于爲于를 노래부른다
> 새벽에 태산에 오르니 동해가 술잔만하네
> 굽혀서 옛사람 자취를 보고 輿地圖를 훑어보니
> 홍망이 한 궤도를 밟고 승부는 윷놀이로구나
> 해와 달은 수레바퀴와 같고 대개 유자의 파리함이 아니네
> 돌아와 玄牧을 지키니 한 근원이 만 갈래로 나뉘도다
> 푸르고 푸른 것은 찬 시내 소나무요 막막한 건 봄물가 갈대로다
> 천체가 만물을 감싸니 위반자는 혹여 벗어나리니
> 刀圭가 仙藥을 얻으면 학을 타고 청운길에 오르리
>   ─ 李穡, '復作遣興'의 일부

李穡이 신선전을 읽고 玄風에 젖어 본 시이다. 약을 파는 異人은

鍾離權이요 靑玉訣을 전수받아 수련하여 신선이 되는 이는 呂洞賓
이다.

李穡의 시는 '문선'의 유선시와 함께 해도 손색이 없다. 우리나라
의 유선시는 신선 전설을 소재로 하여 현풍에 젖어 선계를 傲遊하는
시이다. '동문선'에서는 이를 주제별로 구분하지 않고 형식이 五言
古詩라고 말했다.

> 달이 긴 바람을 타고 허공을 구르니
> 유리를 깎아내어 수레바퀴 만들었도다
> 광한전은 천리에 둥글었는데 옥녀들은 난새 타고 뜰 아래 늘어섰
> 다
> 하늘 높이 선악은 생황과 퉁소를 삼키고
> 바람은 움직여 예상곡이 옥고리 울리네
>
> — 이윤용, '游月宮'의 일부

이는 月宮, 玉女, 玉府, 仙眞, 淸都와 같은 도교 설화의 仙家語를
동원한 仙界 傲遊하는 시이다. 이밖에도 姜希顔, 진화, 성사달, 설손,
李仁老, 석굉연의 유선시가 있다.

> 봉래산 한 봉우리 바다 위에 우뚝 솟아
> 은궁 패궐이 신령한 자라 타고 앉았는데
> 蘭燈은 찬란하여 붉은 용의 알인 듯
> 새털 일산은 흩어져 푸른 봉의 털인가
> 서왕모 손에 복숭아는 이슬이 방울져서
> 저 보아라 밝은 달이 배회하며 있지 않은가!

응당 항아가 임금님 도로 바라보는도다

— 김구, '문기장자시'

이는 고려시대에 성행하였던 임금님의 長壽를 비는 唐樂呈才와 같은 맥락의 시이다. 서왕모의 등장은 蟠桃를 바쳐 장수를 빌며 춤추고 노래하니 獻仙桃라 했다. 신시의 소재이긴 하나 전통적인 선시가 아니고 仙界 傲遊와는 거리가 멀다.

이와 같이 헌선도하는 선시로는 최유선, 李仁老, 진화의 시가 있으니 한결같이 신선 소재나 仙家語로 된 선시이다. 이러한 헌선도의 선시 밖에도 예종의 시에 응한 곽여의 동산재응제시, 張良을 노래한 여러 교관의 시, 유선 바위를 노래한 석굉연의 선시, 교방의 소아를 노래한 이수의 선시, 매화의 4계절을 노래한 李仁老의 선시, 옥잠화를 노래한 李塏의 선시가 있다.

> 신선들의 삶은 자연 속에 있으니
> 깊은 산 푸른 하늘에 옷이 젖어 싸늘하고
> 건곤의 묘용함은 離와 坎이니
> 神水와 白雪이 오래이면 뭉쳐지니
> 나도 그때 나서 요동의 학이 되어
> 천세에 귀가하니 옛 얼굴 그대로일세
> — 姜希顔, '제실독황정내경' 1편 2째 구

姜希顔의 연단시는 '黃庭經' '參同契'를 읽고 그 長生久詩에 대해서 긍정적으로 수용하고 있다. 나름대로 황정경을 이해하며 수련하여 장생할 수 있다는 것은, 현실 세계에서 초탈하고 욕심을 버리는 데에 있다고 하여 景醇의 시에 답한다고 했다. 세상 사람들이 仙藥 공부를 비웃지만, 나는 미쳤다 해도 개의치 않고 선도를 수련하고 자연에 은둔해서 장생구시하겠노라고 했다. 구태여 갈래를 구분하면 煉丹詩라 하겠다. '동문선'에는 한 편이 보이지만 郭再祐나 徐花譚 의 시에서 이런 경향의 시를 볼 수 있다. 또한 도교 문학에는 천상 세계가 있는데, 그 천상에는 玉淸, 上淸, 太淸이 있으며, 그 3청 세계 에는 각기 신선 세계가 있다. 주로 제천 의식의 齋詞, 靑詞의 뜻을 이어 이 3청 세계에 기원하거나 道觀 중심의 경관을 노래한 시를 三 淸詩라 했다.

仙詩는 禪詩가 아니다. 참선하는 깨달음의 시가 아니다.(仙詩와 禪 詩의 대비적 논의는 다음 기회로 미루기로 한다.) 앞서 언급했지만 선시는 신선 소재나 仙家語로 노래한다고 했다. 또한 麗末, 鮮初에 는 齋詞, 靑詞의 도교적 伏願의 노래에 이어 樂人이 풍류에 맞추어 임금을 찬양하는 頌德의 노래가 있으니 이를 致語라 했다.

　　다시 선녀들이 춤추는 소매를 보옵고
　　상서를 실은 수레의 瑞氣가 仙府로부터 멀리 왔삽나이다.
　　왼쪽에는 난새 날개 펴고 오른쪽에는 봉황이 깃들게 됨에
　　팔정육합의 생황 소리는 양양하여 天樂이요
　　九光四照의 등그림자는 별빛같습니다.
　　저희들의 이름은 丹臺에 있삽고 몸은 降闕에 있습니다.
　　巫峽仙女는 아니오나 漢殿에 仙桃를 드리와

瓊縷珠殿이 三天에 벌려섰네
구중궁궐 봄빛에 신선이 취했도다.
天仙이 하늘에서 지상으로 내려와 황제의 자리를 인간에 속하게
하니
五帝를 합해서 1000년이라.
井鉞과 參旗를 九仙이 내리니
金母가 늙으니 우리 임금 다시 3000을 누리소서
— 이규보, '丁巳年上元燈夕敎坊致語'

이러한 獻仙桃의 致語에는 많은 仙語, 仙家語를 담고 있다. 이는
춤과 노래, 祝櫓의 고려 樂志와 관련이 있으며 서정 갈래의 시가에
많은 영향을 마쳤다. 이러한 仙詩의 흐름이 다음의 조선조 詩歌와
현대의 시조, 현대시에 어떤 영향을 미쳤는가에 대한 검토는 다음
기회로 미룬다.

이 글은 「한국시학」 봄호에 실렸다. 한국선시의 연구는 정동진,
황형식 두 박사가 오랜 동안 연구하였다.

43 조신몽(調信夢)의 구조분석

　이광수의 「꿈」은 해방 후의 작품이다. 더욱이 그것은 친일파인 자신을 변명하기 위하여 꿈에 가탁한 환몽구조로 쓰여진 작품으로 알려지고 있다. 그렇다. 과연 이 작품은 모든 연구자에게서 외면당해야 하는 형편없는 작품인가?

　이광수 문학을 집대성한 동국대학교의 한국문학연구소에서 편찬한 「이광수 연구」에는 400여 편의 자료와 59편의 논문이 소개되고 있는데 「꿈」에 관한 연구는 한 편도 없다. 그러나 필자가 아무도 관심이 없는 「꿈」에 주목하는 것은 그것이 「환몽소설 구조」를 지니고 있다는 것이다. 이를 밝히기 위해서는 구태여 서구이론의 구조론이나 시점이나 서술방법들을 원용하지 않아도 된다. 그것은 우리의 고전 속에서 환몽구조의 원형을 재발견할 수 있기 때문이다.

　환몽소설은 입몽 이전의 도입구조, 환몽구조, 각몽 이후의 결말구조로 되어 있다. 본고에서는 이 구조를 도입구조, 환몽구조, 결말구조로 하여 논의를 전개코자 한다. 환몽소설은 이 환몽구조의 성격에 따라서 소설의 성격이 규정된다고 보는 것이 일반적이다. 앞서 언급한 바와 같이 황량몽은 침중기라는 환몽소설에 영향을 미쳤으며, 침중기 자체가 환몽소설로 성립되는 과정에서 영향을 받은 것이다. 그런데 이 침중기의 환몽구조 자체가 황량몽의 줄거리가 아니고 한단몽의 내용이라는 사실은 이미 말한 바가 있다. 한편, 「삼국유사」의 조신몽에서도 일연은 이미 황량몽에 대해서 언급하고 있다.

　　이 전을 읽고 책을 덮어 놓고 미루어 풀어 보니 어찌 반드시 조신대사의 꿈만이겠는가? 오늘날 모두가 인간세상이 즐거운 줄만 알고 기뻐하고 골몰하니 다만 꿈을 깨지 못한 것이다. 이에 일연은 시를 지어 경계하여 노래한다.

　　쾌활함은 잠깐이요 마음은 이미 한가하고(快適須臾意已閑)
　　근심하는 가운데에 이미 젊던 얼굴이 늙는다(暗從愁裏老蒼顏)
　　반드시 황량이 익기를 다시 기다려서야 깨닫는 것이 아니니(不須更待黃粱熟)
　　바야흐로 피로한 삶의 한바탕 꿈을 깨달았구나(方悟勞生一夢間)
　　몸을 다스리는 데는 성의가 먼저 아니겠나(治身臧否先誠意)
　　홀아비는 미모의 여인 꿈꾸고 도적은 장물 꿈꾼다(鰥夢蛾眉賊夢藏)
　　무엇이나 가을 되어 맑은 밤의 꿈 같을니(何以秋來淸夜夢)
　　때때로 청량세계에 이름만 하겠는가?(時時合眼到淸凉)[3]

---

3) 「삼국유사」 권3, 調信.

일연은 이미 조신몽을 인용하면서 황량몽의 환몽구조를 머리에 떠올린 것이다. 이 환몽구조는 세속적 소망인 속(俗)의 세계를 제시하여 취생몽사하는 중생들을 경계함에 있어서 이를 논하여 비판하는 의(議)의 문체로 설명하고 작시(作詩)했다.

조신몽의 줄거리를 도입구조, 환몽구조, 결말구조로 나누어 본다.

옛날 신라가 서울이었을 때에 세규사(世逵寺)의 농장이 명주(溟州) 날리군(捺李郡)에 있었는데, 본사(本寺)에서 조신(調信)이라는 중을 농장감독으로 보냈다. 조신은 농장에 와서 태수 김흔공(金欣公)의 딸을 좋아했는데 그 사모함이 매우 깊었다. 누차 낙산사 대비관음(大悲觀音) 앞에 나아가서 그녀와 인연이 맺어지기를 몰래 빌었다. 그러기를 수년, 그녀는 이미 배필을 만나 결혼했다. 조신은 또 법당에 가서 대비보살이 자기의 소망을 들어주지 않았음을 원망했다. 이에 슬피 울며 날이 저물었다. 심사[情思]가 노곤하여 잠깐 잠이 들었다.

꿈에 갑자기 김씨 낭자가 조용히 문으로 들어왔다. 이를 드러내고 웃으면서 말했다.

"저는 일찍이 스님(上人)을 먼 낯으로 보고 마음으로 사랑했습니다. 일찍이 잊어 본 일이 없습니다. 부모의 강권에 못 이겨서 억지로 남을 따라갔습니다. 이제 바라기는 무덤까지 함께 가는 벗이 되고자 왔습니다."

조신은 곧 뛸 듯이 기뻤다. 그리고는 함께 고향으로 돌아왔다. 40

여 년을 함께 살면서 자식을 다섯 두었다. 너무 가난하여 가진 것이 아무 것도 없었다. 나물 먹고 물 마시는 것도 넉넉하지 못할 정도였다. 결국 조신은 실의에 빠졌다. 손을 잡고 사방으로 다니면서 겨우 생계를 유지했다. 10년을 이렇게 초야(草野)로 돌아다녔다. 옷은 메추리 깃이 되어 살을 가리지 못했다. 그러나 명주(溟州) 혜현령을 지나다가 열다섯 살 먹은 큰 아이가 갑자기 굶어 죽었다. 이에 통곡하면서 길에서 거두어 묻고, 남은 네 식구를 이끌고 우곡현(羽曲縣)에 이르렀다. 길가에 띠집을 짓고 머물렀다. 부부는 늙고 병들었다. 배가 고파서 일어나지도 못했다. 열 살 난 아이가 밥을 빌러 다녔다. 그러다 동네 개한테 물려 울면서 그 앞에 누워 있으니 부모들은 흐느끼며 눈물을 줄줄 흘렸다. 부인이 눈물을 닦으며 창졸 간에 말했다.

"내가 당신을 처음 만났을 때는 얼굴도 미남이고 나이도 젊고 의복도 깨끗하고 맛있는 음식을 나누어 먹고 여러 자(數尺)의 따뜻한 옷도 더불어 입으며 50년을 함께 살았으니 사랑함도 막역하고 부부간의 정도 끈끈했습니다. 가히 두터운 인연이라 하겠습니다. 그런데 근년에 와서는 병들고 더욱 늙었고 춥고 배고픔이 더욱 심합니다. 방 한 칸, 간장 한 병도 남이 빌려주지 않으니 문간마다의 부끄러움이 산보다 무겁고 어린 것들의 춥고 배고픔을 돌볼 겨를이 없으니 문간마다의 부끄러움이 산보다 무겁고 여가인들 가질 마음이 있겠습니까? 젊은 얼굴과 아름다운 웃음도 풀 위의 이슬이 되었고 돈독한 약속도 바람 앞의 버들가지가 됐습니다. 당신은 내가 있어 누(累)가 되고 나는 당신에게 많은 근심이 됐습니다. 생각건대 옛날의 즐

거웠던 일이 오늘에는 우환의 자취가 되었습니다. 생짝 잃은 난새
(鸞)에게 거울4)이 있을는지 압니까?

　추우면 버리고 더우면 따르는 것이 인정상 못할 일이요, 행지(行
止)는 사람같지 않으나 헤어지고 만남은 운수에 있으니 이로부터
서로 이별하기를 바랍니다."

　조신은 이 말을 듣고 크게 기뻐했다. 각기 두 아이씩 나누어 맡아
가려고 하자 여인이 말했다.

　"저는 고향(桑梓)으로 가겠으니 당신은 남쪽으로 가세요"

　막 헤어져 길을 가다 깨어 보니 꿈이었다.

　꺼져 가는 등잔은 희미하게 비추고 밤은 깊어갔다. 아침에 보니
수염과 머리카락이 하얗게 세었다. 실의에 빠진 듯 멍하니 세사에
뜻이 없고 피로한 삶에 염증이 났다. 마치 백년의 괴로움을 겪은 듯
이 탐욕에 물든 마음이 얼음 녹듯 하였다. 이 때 부끄러운 마음으로
대비관음의 성상[聖容]을 마주하여 한없이 참회하였다. 해현(蟹峴)
으로 돌아가 아이를 묻어 놓은 무덤을 파보니 곧 돌미륵이었다. 깨
끗이 씻어서 이웃 절에 봉안하고 서울로 돌아와 농장 감독을 사임했
다. 사재를 털어 정토사(淨土寺)를 짓고 선업[白業]을 부지런히 닦으
니 그 후 어데로 간지 아무도 몰랐다.

　이 조신몽은 도입구조, 환몽구조, 결말구조가 분명한 하나의 환몽

---

4) 난경(鸞鏡) : 난새는 부부애가 극진해 하나가 죽으면 거울에 비친 자기 모습을
　보고 슬피 울어 죽는다는 故事.

소설이다. 이는 대비관음(大悲觀音)이 이적을 나타낸 전기(傳奇)의 한 토막이다. 낙산사와 관련하여 의상대사와 원효대사의 2대 성인이 관세음보살의 이적을 만난 이야기와 연결되어 있다. 대비관음의 진신이 바닷가 굴속에 있으므로 낙산(洛山)이라 했다. 서역(西域)에는 보타낙가산(寶陀洛伽山)이 있는데, 이를 우리말로 하면 소백화(小白華)이다. 곧 백의대사(白衣大士)[관음]의 진신(眞身)이 있는 곳이다. 조신몽도 관음보살에게 김흔의 딸과 결혼하게 해 달라고 빌고 탐욕에 물든 마음을 대비관음을 마주하여 참회하고 씻어냈다. 그러므로 이 세 구조는 다음과 같다.

도입구조 : 세속의 소망이 이루어지기를 관음에게 빌다.(俗＋聖)

환몽구조 : 세속의 소망을 체험케 하다.(俗)

결말구조 : 탈속의 이념 속으로 귀의하다. — 백업을 부지런히 닦아서 대비관음에 귀의(聖)

도입구조에서 속인인 조신은 본사에서 농장 감독으로 파견된 중이면서도 세속적인 소망을 탈속한 성인인 관음보살에게 기원하자 관음보살은 그의 소마대로 꿈속에서 세속을 체험하도록 한다. 세속의 소망은 유가적 현실이다. 조신의 소망은 오직 태수 김흔의 딸과 결혼하는 것이므로 관음은 그에게 결혼한 후의 괴로운 삶을 체험하게 했다.

그러면 이 작품의 주제는 무엇인가? 결말구조에서 주제가 나타난다. 그렇게 소망했던 김흔의 딸과 결합했지만 행복은 잠시뿐, 피로한 삶이 연속되어 염증이 나고 탐욕의 마음은 대비관음의 성상 앞에서 눈 녹듯 참회하는 것이다.

과연 이 조신몽이야말로 우리 소설사에 있어서 최초의 환몽구조를 제시한 작품이다. 일연은 이 작품을 읽고 나서 유가의 현실이 어찌 조신대사만이 경험한 일이겠냐 했다. 조신몽은 중국의 황량몽에서 종리권이 여동빈에게 보여 준 세속적인 유가의 현실에서 황량이 채 익기도 전에 깨달을 수 있는 일이 아닌가 했다. 이 조신몽의 구조는 우리나라 최초의 전기소설이자 환몽소설이다.

44 선도시(仙道詩)의 이론과 실제

1.

필자는 최근에 「선시(仙詩)의 어제와 오늘」을 발표한 바 있다.[1] 그러나 지면상 조선조와 현대시에 이르는 선시의 계보는 뒷날에 미룬다고 했다. 실은 뒷날의 기약이 애매해서 한 말인데 아무래도 이를 이른 시기에 실천해야겠다는 의무감에서 조선 중기의 선서에 대해서 언급키로 한다.

조선 중기의 선가서(仙家書)로는 해동전도록(海東傳道錄), 균원사화(揆圓史話)와 함께 청학집(靑鶴集), 오계집(梧溪集)이 대표적인 자료이다.

청학집의 경우 저자 조여적이 과거(科擧)에 낙방한 사실이 있다는 자신의 언급 외에는 별로 밝혀진 것이 없다. 또한 청학상인을 위시

---

1) 한국시학 봄호

한 편운자 등 7인의 선인도 해동전도록의 도맥(道脈)과는 전혀 다른 계보인 주체선파들이다.

처음에는 문, 사, 철의 세 측면에서 사실(事實)과 사실(史實)의 규명을 목표로 했으나, 연구가 진전될수록 이 글은 선도서(仙道書)의 백미이고 그 갈래는 유선록(遊仙錄)이란 사실을 깨달았다.

청학집에는 80여 수의 시가 소개되거나 지어졌다. 이 중에 유선적인 시가 30여 수이다. 특히 동국의 운림고사(雲林高士)인 서화담과 이혜손의 시가 인용되고 있는데 화담의 「산거(山居)」와 「대흥동(大興洞)」을 살펴본다.

> 구름낀 바위 아래 내가 살고 있음은
> 성격이 용렬하고 느슨하기 때문
> 숲 속에 앉아 새들과 벗하고
> 시냇물 따라 노니는 고기와 짝하네
> 한가하면 꽃잎 지는 언덕길 비질하고
> 때로는 약초를 캔다
> 그밖엔 할 일 없으니
> 차 한 잔 마시고는 고서를 읽네
> 화담의 한 칸 초가는
> 깨끗하여 신선 사는 집 같고
> 문을 열면 산이 가까워라
> 샘물 소리 벼갯 머리에 들린다
> 골짜기 그윽하고 맑은 바람 살랑이니
> 외딴 골짜기 나무만 듬성하네
> 그 속에 거니는 사람있어

맑은 아침 책 읽기 좋아하누나

〈산거(山居)〉

붉은 단풍 병풍처럼 둘러 있고
푸른 시냇물 거울같은 웅덩이에 비친다
신선계를 거닐며 시를 읊으니
갑자기 마음 깨끗해짐을 깨닫네

〈대흥동(大興洞)〉

　　서화담은 유·선과 주역, 성리학에 통달한 학자이며 많은 제자들
이 있어 그를 추앙하고, 선인의 경지에 이른 이로 평가된다. 박순,
해엽, 오윤겸 등이 특히 그를 빛내고 윤색한 제자들이다.

　　유선시는 곽박(郭璞)[2)에 이르러 그 전환기를 맞았다고 했다. 우리
나라의 경우 서화담에 이르러 그 전환기를 맞았다고 하겠다. 서화담
은 세상을 잘못 만난 영회(詠懷)보다는 도서(道書) 읽기에 전심하고
선계에 노니는 자신의 행복함을 노래했다.

　　유선시란 "신선전설을 제재로 선계오유(仙界傲遊)나 연단복약(鍊
丹服藥)을 통해 불로장생을 노래하거나 이진거속(離塵去俗)하는 선
계에서 노님을 통해 현실에서의 갈등과 질곡을 서정, 극복하려는
시"라 했다.[3)

　　이는 유선시가 지닌 경향, 소재, 제재, 특징을 망라한 정의이다. 이

---

2) 곽박의 자(字)가 경순(景純)이다.
3) 정민(鄭珉), 「16·7세기 유선시(遊仙詩)의 자료 개관 출현 동인」

를 요약하면

· 신선전설을 제재로 한 천상세계 오유
· 연단복약을 통해 불로장생 염원
· 이진거속(離塵去俗)하는 선계에서의 노님

이다. 이는 삼청시(三淸詩), 연단시(煉丹詩), 유선시(遊仙詩)로 분류
되고 상위개념으로 선시(仙詩) 혹은 선도시(仙道詩)가 있다.

2.

우리나라의 경우 일찍이 김시습의 유선시가 있다.

> 학을 타고 바다 위의 봉래산을 소요하니
> 봉래궁궐이 오색 구름 사이로 솟아있네
> 인간 세상 참으로 풍파 밑에 잠겨 있어
> 백 년 동안 피로하여 한가롭지 못하여라
> 아침을 취굴에서 놀고 저녁에는 현주에서 노니
> 소매 속의 청사(靑蛇) 붉은 기운이 뜨네
> 묻노라 동해가 몇 번이나 변했나
> 삼신산 물 얕으니 봉래산 드러났네
> 달 속의 상아는 자유롭지 못하지만
> 계수꽃 짝하여서 봄 가을 지낸다네
> 수정궁에서는 예상곡을 연주하니
> 12루에 구름 걷힘이 가련하도다
> 한 쌍의 청조(靑鳥)가 구름 끝에 내려와서
> 요대의 잔치 아직 흥겹지 못하다 하네
> 하늘 위의 벽도(碧桃)는 언제 익을 건지

골짝 구름 한가하게 예성단에 잠겨 있네
취하여 선녀 동쌍에게 묻기를
서왕모는 언제 옥경에 내려오나
붉은 지초는 갓 빼어나 반도(蟠桃) 익었는데
바람이 공중에서 보리 타작 소리내네
일찍이 옥녀 따라 은하수를 건너서
균천(鈞天)의 제일가를 기억해 두었다가
인간에 전파해도 아는 사람 아직 없네
긴 젓대(長笛) 불며 연라(烟蘿)로 들어가리

— 金時習, 遊仙歌

　김시습의 유선가는 선험적인 신선전설과 도서의 탐독에서 얻은 신선 소재가 그 특징이다. 십주기(十洲記)의 여러 섬과 12루, 청조(靑鳥) 4), 반도(蟠桃)5)와 서왕모 등 신선전설을 소재로 하여 천상과 선계를 오유하는 선시(仙詩)이다. 그것은 삼청시(三淸詩) 중의 상청시(上淸詩)에 속한다. 긍정적인 면을 신선전설이나 신선전(神仙傳)의 고사를 인용하여 해박한 지식을 보여주는 것이 특징이다. 부정적인 면은 관습화된 용어와 선험적인 선도의 세계에 도취하고 있다는 점이다. 학을 타고 승천하여 천상세계를 소요하고자 하는 것은 불우한 정치 세계에 놓인 자신의 심정을 노래한다는 뜻에서는 단순한 삼청시가 아닌 유선시임이 드러난다.

　연단시(煉丹詩)는 흔하게 볼 수 있다. 그것은 책을 읽고 수련선도

---

4) 청조(靑鳥) : 서왕모(西王母)의 사자(使者), 세발 달린 새.
5) 반도(蟠桃) : 3000년에 한 번 피어 결실하는 복숭아, 사람의 장수(長壽) 축하하는데 쓰는 말, 서왕모가 관리했다 함.

를 실천해보겠다는 의지의 표출이다. 말처럼 쉽게 되는 게 아니니 독황정경, 독참동계, 독입약 등의 시를 흔히 볼 수 있다.

3.

신비한 곳에서 비결을 훔쳐
날으듯 걸어도 오를 수 없네
수련(修鍊)한 도골(道骨)은 세 번을 닦아도 모자라고
단사(丹砂)는 아홉 번을 쪄야 한다
애틋한 것은 인간세로 환생(還生)하는 것
몇 번이나 해야 선(仙)을 배울까
내가 가기에는 아득히 먼 곳
새로 이끌어서 갈 수 있을까

― 정렴, 洛山

정렴은 용호비결(龍虎秘訣)에서 단사(丹砂)를 아홉 번 굽는다고 했다. 연단(鍊丹)하여 신선이 되고자 하는 의지가 강렬하여 유선시와의 경계가 분명하다. 그러나 전형적인 연단시(煉丹詩)는 아니다. 그 전형적 연단시를 인용한다.

최공이 쓴 입약경을 읽고서야
사람의 마음은 변화하는 것이 분명함 알았네
양(陽)의 용(龍)이 이궁(離宮)을 향해 나온다고 하면
음(陰)의 호(虎)는 감위(坎位)에 되돌아온다
이 둘이 때맞춰 모이면 도(道)의 근본이 되고
오행(五行)이 완전한 자리에서 단(丹)을 얻는다

도를 닦는 도사들이 이것을 안다면
규룡(虬龍)에 걸터 앉아 옥경(玉京)에 돌아가리
— 呂洞賓, 讀入藥境

여동빈이 종리권으로부터 받은 입약경을 읽고 느낀 바를 시로 응답한 연단시(煉丹詩)이다. 최공의 입약경을 읽으니 사람의 마음을 변화시킴에 분명하다고 했다. 입약경을 터득한 시인 것이다.

청학집에는 이진거속하는 선계에서 노니는 유선시(遊仙詩)가 대부분이다. 그 중 한식(韓湜)의 시를 예로 들면, 그는 석문(釋門)의 고인(高人)들의 숨은 빛을 답습한 정호(丁皓)(그는 선진(仙眞)을 사모하고, 과일과 채소를 먹으며 자호(自號)를 모진당(慕眞堂)이라 했다)가 일찍이 만난 소년으로서 그의 아버지는 입산하여 선도를 배운 사람이라 했다. 신륵사(神勒寺)에서 이진거속하고 자란 한식의 모습이 중국 8선의 한 사람인 여동빈(呂洞賓)의 경지임을 아는 이가 없다고 했다.

일찍이 선조(先祖)에 오얏 심은 것을 보니
동풍이 스물 네 번 불어 봄이 왔도다
시를 천 년 묵은 화로 기둥에 써 놓고
청산의 한움큼 티끌에 눈물 뿌리네
단풍나무 기슭신특사에 새벽종이 울리고
안개낀 모래밭의 저녁 피리 광릉 나루에 들리네
가을 바람 부는 창랑에 천천히 노를 저어가니
누각 위에 여동빈을 아는 이 아무도 없네

선계에서 노니는 은일자(隱逸者), 방외인(方外人), 선풍도골(仙風道

骨)이 그냥 막연하게 오유(傲遊)하는 것인가. 선도(仙道)에 뜻이 있으면 땅을 얻어야 한다. 임진란 시의 선인들은 십승지(十勝地)나 피란처를 찾아 다니는 덧없는 유랑이나 놀란 토끼의 놀란 모습은 아니다. 이들은 선도수련하는 선풍도골로서 전국의 명산복지를 찾아다닌 것이다. 옛 신선이 성도(成都)할 만한 곳은 가히 거처하고 머물 만한 곳이니 그곳은 바람을 감추고(藏風), 기가 모여서 내려오는 물(聚水)과 내사(來砂)가 있어야 하고 왼쪽에는 용이 서리고(龍蟠) 오른쪽에는 범이 걸터 앉으며(龍踞) 위로는 9천(九天)의 빼어난 기(秀氣)에 응하고, 아래로는 3도(三道)의 진원(眞源)에 통하고 바야흐로 하늘과 땅의 정신(正神)의 호위와 도움을 얻는 곳이라 했다.

그러므로 그들은 다만 노니는 행각이 아니고 끊임없이 수진택지(修眞擇地)에 겨를이 없으며 그러한 산천경계의 빼어남과 하나가 되고자 하는 시를 읊조리는 것이다. 그것이 이른바 유선시(遊仙詩)의 진수가 되는 것이다.

4.

광진자 홍유손의 유선시는 특이하다. 중화나 조선의 유선시와는 달리 고조선의 신선설이 등장한다. 그는 방외로 물러나 금강산에 노닐면서 짓는다. 변지수의 사문록(四聞錄)에는 단군의 도가(道家)를 문박씨(文朴氏)가 업을 이어받고 거문고를 안고 다니며 노래하는 영랑(永郎)의 도를 기리며 인간세에 머문다는 조선적인 유선시의 모델이 된다. 조여적은 사람들로 하여금 유연한 신선의 흥취를 알게 한 다고 했다. 동해 가운데 삼봉도(三峰島)는 8, 9간 초옥 속에 수진당 (修眞堂)이라는 정사(精舍)가 있는데 그 명(銘)은 용을 몰고 봉황을 타며 푸른 하늘에 노닌다고 하는 환상적인 유선시이다.

또한 청학상인과 여러 선인들이 작별하는 장면에서 이들을 함께 술잔을 기울였다. 위선생은 거문고를 타고, 조선생은 노래 부르고, 채하는 피리 불고, 벽탁은 잔을 들고 금선은 시를 읊고, 편운은 14수 를 엮었다고 했다.

그 중의 한 편인 4선대시(四仙台詩)를 보자.

> 금수건을 던지고 백마를 멈추니
> 봉수산 경치 늦여름에 푸르도다
> 물을 사이에 두고 퉁소소리 더욱 깊고
> 깃부채 들고 지관 쓴 이는 어떤 낭군인가
> 꽃한테 물으니 신선 간 곳 답하네
> 금린을 타고 한 번 가니 천 년이 아득하고
> 태백만이 창창하게 홀로 있구나

삼청시나 연단시에서 볼 수 있는 선험적인 어투나 선도수련의 의 지와는 다른 자연과 선인의 문답형식을 취하는 기풍의 선시(仙詩)이 다.

금린을 타고간 신선고사가 있긴 하지마는

한편 매창의 부인 섭(葉)씨의 시 또한 이에 못지 않은 가작의 유선 시이다.

맑은 시내 한 구비 마음을 안고 흐르고
약초밭 뽕밭에 기쁜 비 넉넉하네
학골로 파리한 늙은이 그 누구관데
반 열린 창가에서 죽침 베고 책읽네

아직도 우리 시조나 현대시에 관해서는 언급치 못하였다. 다음 기회로 미룬다.

45 위서(緯書)의 문체론

1.

일찍이 『한국소설의 문체론적 연구』라는 책을 쓴 일이 있다. 대학 교재로 쓰였지만 그 논리는 주로 서구식 터미노로지로 일관된 터라서 그만큼 현실과 괴리된 점이 있었음을 인정하고 있다. 당시의 논리로는 최근에 한 편의 문체론 논문도 못쓴 걸 보면, 우리 문학을 말하는데는 큰 도움이 못된 것이 틀림없다. 이는 문체론 자체가 체득이 안된 것이다. 서울사대의 박갑수 교수가 자신의 문체론을 책으로 엮으면서 최 아무개가 세 번째 문체관련 책을 썼고 4번 타자가 자신이라고 서문에 밝힌 일이 있다.

작금의 작품평이나 작품의 심사 후기를 보면 '몸이 오싹할 정도로 전율할 문체가 감명깊었다'고 한 어구가 있었다. 내가 일찍이 읽은 소설 중에는 이문열의 「금시조」에서 그런 느낌을 받은 일이 있다.

이러한 문체는 어디서 연원할까? 나로서는 이것이 서구적 논리나 해석에서 마음에 와 닿지는 않는다. 지금도 나의 뇌리에는 경서(經書)인 4서5경의 논리와 도·불의 경서인 위서(緯書)의 논리에서 그 연원을 찾아야 한다고 믿고 있다.

2.

유협(劉勰)은 이 경서(經書)와 위서(緯書)를 대비하여 말하기를

> 무릇 초자연적인 원리는 유현(幽玄)한 것을 천명(闡明)하고, 천명(天命)은 은미(隱微)한 것이지만 현저히 드러낸다.[1]

고 했다. 초자연적인 원리는 위서(緯書)이고, 유현한 것을 천명한다고 했다. 천명(天命)은 은미한 것이지만 경서(經書)의 논리를 드러낸다고 했다. 이것은 유·도·불의 대립각을 말한다.

원래 도록(圖錄)의 출현은 하늘(昊天)의 명령으로 사실을 통해서 성인 출현의 상서로움(祥)을 나타내기 위함이요, 그 내용이 경서에 안배된 것은 아니다. 그러므로 황하에 도록이 나타나지 않는다고 공자가 탄식했다. 만약 그것이 사람의 손으로 조작될 수 있는 것이라면 탄식하기에 이르지 않을 것이다.

옛날 주(周)의 강왕(康王)은 하도(河圖)를 궁전의 동쪽 벽에 안치했다. 그러므로 이것은 전세(前世)의 예언으로서 역대의 보전(寶典)으로 삼았다. 공자가 소찬(所撰)한 것은 그 서록(序錄)에 불과하다.

---

1) 유협(劉勰) : 문심조룡(文心雕龍) 정위(正緯) 제4.

그러던 것을 후대의 방술사(方術士)들이 괴이한 술(詭術)을 덧붙여
서 음양(陰陽)을 말하거나 재이(災異)를 말하거나, 새소리까지도 인
간의 말로 듣고 벌레 먹은 나뭇잎도 문자로 보았다.[2]

이들은 모두 공자의 이름으로 가탁하거나 황제(黃帝)의 저술로 가
탁했으므로 이른바 경서(經書)로 분류되는 글 중에도 위서(緯書)가
많은 것이다. 후한의 광무제 때에는 이 방술의 위세가 세상을 풍미
했던 것이다.

우리는 여기서 경서라는 주역(周易)을 비롯해서 위서(緯書)의 진위
에 논의의 초점을 두는 것이 아니고 이러한 위서의 문체가 역대의
문학에 어떤 공헌을 했는가에 관심을 집중시킨 것이 문심조룡에서
의 유협의 논리이고, 오늘날에 있어서도 그 정연한 해석에 귀기울려
야 한다는 것이다.

> 복희, 신농, 헌원, 소호의 유래전설, 산천영소도해, 음률재이지의
> 요소(要所), 백어(白魚), 적조(赤鳥)의 영험담, 황금(黃金), 자옥(紫玉)
> 의 서상(瑞祥)은 그 이야기가 풍부하고 기이하고, 위대해서 풍부한
> 묘사로 가득했으며, 경전(經典)에는 이익됨이 없으나 문학(文學)에는
> 공헌한 바가 있었다. 이에 후세 작가들은 그 뛰어난 것들(英華)을 작
> 품에 흡수했다.[3]

3.

---

2) 유협 : 위의 글.
3) 유협 : 위의 글.

우리나라에서는 일찍이 이러한 위서(緯書)의 영화(英華)들을 운문이나 산문에서 애용했는데, 그것은 당대의 고적적인 위서들에서 인용하는 인용법(事類)에 국한하는 것이 아니라 표현기법이다. 환몽구조 혹은 서로 다른 뉘앙스의 대조 등 여러 가지 수법상의 뛰어난 아렌지가 돋보이는 것이었다.

그것은 자유분방한 삼국유사와 수이전, 그리고 김시습의 금오신화에서 예를 볼 수가 있다. '신도징 도사 이야기'는 삼국유사의 '김현감호'의 뒷부분에 서술 내용을 대비시키기 위하여 첨가시켜 놓은 이야기이다. 도입구조의 전개는 정원(貞元) 9년에 신도징(申屠澄)은 도사(黃冠)로서, 한주(漢洲) 십방(什方)의 현위(縣尉)로 이동 명령을 받아 보임하게 됐다. 진부현의 동쪽 10리에 이르러, 풍설과 큰 추위를 만나 말이 앞으로 더 나아가지 못했다. 길가에 초가집이 있었는데 집 안에는 불길이 매우 따뜻했다. 등불이 비추기에 말에서 내렸다. 늙은 영감과 할미, 그리고 처자(處子)가 불 강에 둘러앉아 있었다. 처자는 더벅머리에 때묻은 옷을 입고 있었고, 방년 14,5세였다. 처자는 눈 같은 피부(雪膚)와 꽃 같은 얼굴에 행동거지가 아름다웠다.

"손님이 찬 눈을 무릅쓰고 왔으니 불 앞으로 오시지요!"

도징은 불 앞에 한참 앉아 있었다. 날은 이미 저물었는데 풍설은 그칠 줄 몰랐다.

"서쪽으로 고을까지 가려면 아직 멀었으니 청컨대 이곳에서 유하고 갔으면 합니다."

영감과 할미가 말했다.

"참으로 가난한 사람의 집(蓬蓽)이라, 누추하지 않으시면 감히 명을 받들겠습니다."

이러한 모습은 영감과 할미, 처자에게는 믿음직한 현위였다. 도징이 드디어 안장을 풀고 침구를 폈다. 처자는 손님이 자려는 것을 보고 얼굴을 매만지고 단장을 하고 장막 사이로 나갔다. 한가하고 아리따운 태도가 처음 볼 때보다 더 나았다. 도징은 작은 낭자가 총명하고 지혜로움이 보통이 아니었다.

"다행히 미혼이면 저와의 중매를 청하는 바입니다."

"영감은 말했다. 기약도 없던 귀한 손님이 거두어 주신다면, 그 어찌 정해진 명분이 아니겠습니까?"

도징과 처자는 드디어 혼례를 치렀다. 다음날 말을 타고 아내를 태워서 갔다. 도입구조는 흔히 있을 수 있는 사건의 전개이다. 도입구조는 이렇게 있을 수 있는 이야기의 도입구조이다.

4.

다음은 비현실적인 환몽구조로 전개된다. 꿈속에서나 이루어지는 이야기이다. 또한 괴이한 이야기가 독자로 하여금 어리둥절하게 한다. 이것은 경서의 논리가 아니고 위서의 논리이다.

환몽구조는 비현실적이고 꿈속에서나 이루어지는 이야기이다. 경서의 논리에서 현실 속에서 수용할 수 있는 이야기이다. 신도징은 환몽구조 속에 깨달음에 앞서 그의 아내에게 감사하는 시를 읊는다. 그러나 이 대목에서는 신도징이 그의 아내에게 주는 시가 예사롭지 않다.

> 한 번 벼슬하니 매복(梅福)⁴⁾이 부끄러운데(一宦慙梅福)
> 3년이란 세월은 맹광(孟光)⁵⁾에게 부끄럽구나(三年愧孟光)
> 이 정(情)을 어디다 견주랴(此情何所喩)
> 시냇물 위에 원앙새가 있네(川上有鴛鴦)

　현실 속의 신도징의 아내에게 주는 시는, 현실 속의 신도징이 아내에게 주는 사랑의 메시지이다. 신도징은 이미 관리가 되었으나 봉급은 매우 적었다. 아내가 어렵게 살림을 꾸려나가는데도 그는 관리가 되어 봉급은 적었다. 어려운 살림을 꾸려나가는 아내에 대하여 신도징은 더욱 사랑의 정이 솟구치고 환심이 컸다. 그러나 임기가 만료되어 고향으로 돌아갈 즘음에는 이미 1남 1녀의 자식을 두었고 모두가 총명했다. 신도징은 그의 아내를 더욱 공경하고 사랑했다. 아내는 신도징이 지어준 시에 감동하여 하루종일 읊으며 말없이 날이 저물고 있었다. 아내는 홀연 슬퍼하며 도징에게 시 한 편을 내보인다.

---

4) 매복(梅福) : 한(漢)나라 수춘(壽春) 사람, 남창위(南昌尉) 벼슬 뒤에 처자를 버리고 신선이 됨.
5) 맹광(孟光) : 3국의 촉나라 사람, 박학(博學)하고 고사(古史)에 정통, 벼슬 강랑(講郞), 후한 양홍의 처, 포의(布衣)로 남편을 공경.

금슬의 정은 비록 중하나(琴瑟情雖重)
산림의 뜻이 스스로 깊었습니다.(山林志自深)
항상 시절이 변함을 근심했기에(常憂時節變)
백 년의 마음을 저버렸노라(辜負百年心)

결말구조에서 행복한 꿈이 깨어지고 냉엄한 현실로 돌아왔다. 신
도징은 드디어 집으로 돌아왔으나 다시 사람을 보이지 않았다. 아내
를 사모하는 마음이 자심했다. 종일을 눈물 흘리며 울었다. 홀연 벽
모서리에 범가죽이 한 장 있음을 보았다. 아내는 크게 웃으며 말했
다.

"이 물건이 아직 여기에 있는 줄 몰랐구려!"

드디어 걸쳐 입으니 범으로 변하여 으르렁거리며 도징을 붙잡더
니 문을 뚫고 나갔다. 도징은 깜짝 놀라 피했다. 두 아이를 데리고
그 길을 찾아갔으나 찾지 못하고, 숲을 바라보며 며칠을 두고 울었
다. 결국에는 간 곳을 알지 못했다.

5.

신도징 도사 이야기는 김현감호(金現感虎)의 감동을 강조하기 위
하여 대비시켜 놓았다. 그러나 두 대비 사이에는 두 영화(英華)의 몸
서리치는 문체의 긴장이 있다. 김현은 불자(佛者)이다. 호랑이가 여
자로 변하여 탑돌이하라 사통(通)했다. 그러나 신도징은 황관(黃冠)

이다. 스스로 도사라고 했다. 김현은 호랑이에게 감동하였다고 했으나 신도징 도사 이야기는 산림에 뜻을 둔 아내가 범이 되어 산림으로 돌아가버렸다는 이야기이다. 이 두 동화(童話)에 대하 지은이 일연(一然)의 어조(語調)는 그 기법상의 대비이기도 하다. 이 두 이물(異物)과의 교혼(交婚)이 결말에 가서는 엄청난 반전이 이루어진다. 일연의 의도적인 어조는 불교와 도교 사이의 차이에서 나타난 인생관이다.

이물교혼과 같은 전설이 경서(經書)의 논리에서는 있을 수 없는 이야기이나, 위서(緯書)에서는 있을 수 있는 이야기로서 기록으로 남는다. 그 영화(英華)들을 운문과 산문으로, 작품의 기교와 묘사의 수법으로 받아들이고 있는 것이다. 그런데 김현감호와 신도징 도사의 이야기를 소개해 놓고 일연이 찬한 것은 김현을 위해 몸바친 호랑이에 대해서다.

산가에 3형제의 악 견디지 못하여(山家不耐三兄惡)
난초가 발산한 한 번의 향기 어찌 감당하리오(蘭吐那堪一諸芳)
의리가 중한 몇 가닥 만 번 죽어도 가벼우니(義重數條輕萬死)
숲에 몸을 던져 낙화되기 바빴구나(許身林下落花忙)

일연으로서는 불도를 믿는 호랑이가 사랑을 위해 자신을 희생하는 아름다움을 의리(義)라 하였다. 그 의리를 위해서 몸을 던진 호랑이의 희생정신은 경서(經書)의 논리로 삼았다. 그러나 '신도징 도사 이야기'에서는 호랑이가 문을 뚫고 나가버린 매정함을 나무랐다. 금슬의 정을 저버리고 인생 백 년을 저버린 것은 불가의 뜻이고 산림에 뜻이 있은 지 오래여서 어데로 간 지 모르는 것은 신선도 때문이었다. 글쓴이는 김현감호의 의리와 희생을 높이 평가했으나 독자들이 볼 때는 실로 소설다운 것은 '신도징 도사 이야기'이다. 그것은 위서(緯書)의 문체이고 환몽소설의 구조이다. 줄을 떼어놓은 부분은 도입구조, 환몽구조, 결말구조이다. 신도징이 풍설과 큰 추위를 피해서 길가의 초가집에 들어가 영감 내외와 그의 딸을 만나는 데까지가 도입구조이고, 하룻밤을 묵으면서 아리따운 처녀와 결혼하여, 두 아들을 낳고 가난한 가운데 정숙하게 헌신하는 아내와 행복한 삶을 살다가 헤어지는 장면까지가 환몽구조이고, 범가죽을 덮어쓰고 으르렁거리며 산 속으로 떠나버린 아내를 찾아 여러 날을 통곡했으나 간 곳을 알지 못했다는 데까지가 결말구조이다. 그리고 중요한 고비마다 시로써 주인공의 심정을 나타내는 것은 이미 전통소설의 환몽구조에 흔히 접할 수 있는 위서(緯書)의 문체이다.

이 위서(緯書)의 문체야말로 우리 문학에서 평가받고 추구해야 할 자생적인 문학이론이 아닌가? 다음에는 이어서 수이전과 금오신화에 대하여 분석, 평가하려고 한다.

이재성 박사는 「금오신화・가비자 비교연구」로 학위를 받았다. 정의영 박사는 「삼한습유 연구」로 학위를 받았다. 이들은 위서(緯書)의 문체론 연구라 할 수 있다.

46 「도교문학연구」와 박사 후 논문들

2001년 2월에 정년이 되어서, 동료 교수들이 학과 중심의 학회지와 우리말글 학술지에 이를 기념하는 책을 발간하자고 제의해 왔다. 그러나 필자는 여러 가지 기념행사를 사양했다. 일단 학교에서의 정년 퇴임식도 해외 여행한다는 명목으로 참석하지 않았다. 그 대신 제자들과 더불어 펴낸 것이 『도교문학연구』이다. 그것은 나를 위시한 제자들의 박사 후 논문이 되었다.

"한국문학은 도교문학의 출발과 그 궤(軌)를 같이한다. 우리 문학 연구자들은 이를 일찍 깨닫지 못했다. 흔히들 도교문학이라면 노장 사상에서 출발하는 것으로 곡해(曲解)하여, 문학으로 남겨진 사상적 잔재를 수집 소개하는데 멈추는 경향이 없지 않았다. 도교 문학은 우리들의 문(文)·사(史)·철(哲)에 고루 담겨진 선인들의 음양오행 사상과 선인 도사에의 동경과 염담무욕하는 인생관과 자연우주의

한 부분이며 한 독립체인 나와 우주를 사랑하는 모든 학문 예술활동의 정화(精華)이다. 그러므로 그 기초는 도경(道經)의 연구 위에서 출발한다는 것을 강조하고 싶다.

이제 도교문학연구의 역사가 1980년 초기부터 시작하여 20여 년이 된다. 동아시아에는 중국 본토에서 간행된 『도교문학사』가 있고, 우리나라에 간행된 『한국도교문학사』가 체계적으로 쓰여진 도교문학 연구의 종합적 시각이 된다. 그러나 이제 현명한 삶의 문학인 이 도교문학에 대한 관심이 깊어지고 넓어지고 있다. 학회도 여럿 있는 것으로 알고 있다. 우리 〈한국도교문학회〉도 그 하나다.

우리들의 연구는 해가 거듭할수록 심화되고 국제화되어 갈 것이라는 확신을 지니고 있다. 이러한 상황을 감안하여 국문학 연구자들의 학술활동의 광장이 될 『도교문학연구』를 창간하기로 했다. 앞으로 회원들은 학술 논문으로 자신을 개발하고, 연구한 업적으로 학계에 선보일 것이다. 우선은 1년에 한 편씩의 연구 업적을 내놓을 수 있는 열정들을 모아서 연간으로 펴낼 계획이다. 신입회원 또한 학술 논문이 채택된 분을 우선적으로 영입할 계획이다. 이 책은 또한 필자가 정년하는 2001년에 창간되므로 21세기의 선도적 학술 서적이 되기를 기원해 마지않는다."

이것이 그 간행사다.

그때의 각오에 비하여 지금까지 2호의 발간은 이루어지지 않았다.

참고로 그 창간호에 실려 있는 논문을 살펴본다.

「위서와 환몽소설의 문체」에서는 경서(經書)와 위서(緯書)의 문체론을 대비하고 「신도징도사」의 이야기, 「수이전의 최치원과 제시(題詩)」, 그리고 환몽구조 속의 선시(仙詩) 선가어(仙家語)의 장중체와

「만복사저포기」에 나타난 문체의 특성을 깊이 있게 분석했다.

46-1. 김주곤 박사의 「도불사상과 건강」

김주곤 박사의 「도불사상과 건강」은 도교와 불교 관련 건강법을 다룬다고 했다. 자료 수집에서 출발하여 수련선도와 불교의 건강법을 모아서 정리했는데 체계적인 학문으로 정리된 것은 아니나 이쪽 계통의 터미노로지를 모아서 관심했다는 면에서 큰 의의가 있다. 그는 실제로 신선의 풍모를 지니고 건강하면서 무엇이든지 자신있다. 특히 시조(唱)은 일품이다. 그는 지금도 사무실을 얻어 「시연구회」를 열어 제자들을 가르치고 있다. 나는 50대 이후의 그와의 우정이 더욱 값지다고 느끼고 있다. 그는 지금은 학술연구보다는 시집을 출간하고 시조집 발간을 준비하고 문예지에도 틈틈이 작품을 발표하며 노익장을 과시하고 있다. 그의 문운과 건강을 빈다.

김주곤 박사의 학위논문 「한국불교가사연구」의 개략을 소개한다.

고려 말기 나옹화상(懶翁和尙)의 <西往歌(Ⅰ)>로 출발하여 조선조 시대를 거쳐 최근세까지 연면히 계승되어 온 불교가사(佛敎歌辭)는 주로 승려들에 의해 지어져 불교신도들에게 불덕(佛德)을 예찬하고 불법수행(佛法修行)을 권면하는 내용으로 되어 있다. 본고에서는 『한국불교가사전집』에 실려 있는 불교가사 70편을 대상으로 하여 불교 가사에 대한 종합적이고 체계적인 연구를 시도해 보았다.

신라와 고려 초기에 주로 불교적인 내용을 향찰식으로 표기한 향가(鄕歌)가 있었던 것이 조선조에 와서 한글이 창제되면서 국문으로 표기된 불교가사가 많이 지어졌다. 또한 삼국시대에 불교가 전래된 이래 신라와 고려에서는 국교로 신봉되었다. 조선조에 와서는 숭유 억불(崇儒抑佛) 정책으로 위축되었으나 왕실에서나 민간에서는 꾸준히 신봉되면서 민중포교를 위한 불교가사가 많이 지어졌다.

불교가사는 14세기말경 민중포교 즉 불교의 세속화 과정에서 고려가요의 발전적 변모로 발생한 것으로 보인다. 나옹(懶翁)의 <西往歌(Ⅰ)>를 시발점으로, 계승기인 16세기에는 西山의 <回心曲> 등이 명맥을 이어주고 있고, 전성기인 17세기와 18세기에는 枕肱의 <太平曲>・<歸山曲>・<靑鶴洞歌> 등이 있고, 金昌翁의 <念佛歌>, 龍巖의 <草庵歌>, 智瑩의 <冤說因果曲>・<修善曲>・<勸善曲>・<參禪曲(Ⅰ)> 등이 나왔으며, 원숙기인 19세기에는 東化의 <勸往歌>만이 전하고, 개화기인 20세기에 들어와서는 경허(鏡虛)의 <參禪曲(Ⅲ)>・<可歌可吟>・<法門曲>과 鶴鳴의 <圓寂歌>・<往生歌>・<新年歌>・<參禪曲(Ⅱ)>・<解脫曲>・<望月歌>와, 權相老의 <涅槃歌>・<聖誕慶祝歌>・<成道歌>와 최취허(崔就虛)의 <歸─歌> 등이 나왔다.

불교가사를 내용면에서 볼 때 往生類・誓願類・勸善類・回心類・念佛類・夢幻類・法空類・戒色類로 나누어 볼 수 있다. 이 중 往生類와 誓願類는 淨土思想과, 參禪類와 勸善類는 因果思想과, 回心類와 念佛類는 勸佛思想과, 夢幻類와 法空類는 無常思想과 연관된다.

불교가사에 현저하게 나타나는 불교사상으로는 정토사상・因果思想・勸佛思想・無常思想 등이다. 이 중 淨土思想은 往生, 因果思想은 積善, 勸佛思想은 念佛, 無常思想은 解脫과 특히 연관된다.

불교가사의 형식적 특성으로는 율격의 정연성, 구조의 순환성, 수사의 다양성 등을 들 수 있다. 율격면에서 볼 때 불교가사의 음보는 대체로 4음보 1행에다 주음수율도 3・4조로 나타나고 있다. 또한 불교에서는 삶의 재현상을 인과 또는 윤회의 입장에서 보고, 모든 것을 순환구조로 파악하려 하는데, 이를테면 <回心曲>도 "出生以前—生—老—病—黃天客—審判—再生—積善功德"의 구조로 되어 있어, 다시 이를 "生前—四苦(生·老·病·死)—彼岸—再生—現世"라는 순환구조로 볼 수 있다. 그리고 표현기교 또한 다양하여 대구법·열거법·반복법·영탄법 등이 특히 많이 나타나고 있었다.

주로 불승들에 의해 창작된 불교가사는 불교의 교리 전달이나 포교의 수단에 머무르긴 하였으나, 천주가사·동학가사 등의 다른 포교가사(布敎歌辭)보다도 대중교화에 기여한 공로가 지대했다고 보며, 문학사적으로는 가사문학의 원동력이 되었고 사대부가사·평민가사·규방가사와 더불어 가사문학의 한 갈래를 이루기도 하였다.

불교가사는 고려말로부터 시작해서 오랜 세월에 걸쳐 수많은 작품이 지어졌을 것이나, 지금까지 발굴되어 정리된 것은 70여 편뿐이다. 그밖에 학계에 발표되지 않고 묻혀 있는 작품도 상당수 있을 것으로 보이나 본고에서는 『韓國佛敎歌辭全集』에 실린 70편만 논의의 대상으로 삼아 불교가사 전편을 천착하지 못한 한계를 자인하며, 여타 작품에 대해서는 후일의 과제로 미루기로 한다.

46-2. 최준하 박사의 「조선조 '전(傳)' 문학에 나타난 도교사상 고찰」

조선조 신선전(神仙傳)을 분석 고찰했는데 특히, 허균, 박지원, 정약용의 신선전과 김려의 신선전을 비교 검토했는데 그의 결론을 인용해 본다.

먼저 '신선전'의 변천과정을 살펴보면 우리의 많은 고전문학 작품 속에는 중국의 시문과 설화, 소설 등의 영향을 받은 작품이 많이 발견되는데 '신선전' 역시 중국의 도교적 이인설화의 영향을 크게 받았다. 이와 같은 영향이 최치원의 『해동수이전』에 처음으로 나타나기 시작하여 고려조에 이르러서는 도교적 선풍이 심산궁곡에 은둔한 선비들에 의해 많은 이인설화를 낳게 되었다. 이후 조선조에 들어서면서 본격적인 신선전 작가가 등장하게 되는데 허균, 박지원, 이옥, 김려, 조후룡, 유본학 등이 그들이다. 이들은 신선자들의 자유분방한 삶을 입선하고 발전시켰다. 이들 가운데 제일 먼저 도교적인 신선사상을 바탕으로 입전한 허균은 5편의 전을 입전했는데 그 가운데 「남궁선생전」, 「장생전」, 「장산인전」 등이 도교사상을 바탕으로 창작되었다. 박지원에 대한 연구는 양적으로나 질적으로 가장 많이 이루어졌으나 도교적 입장에서의 연구는 그리 많지 않다. 그 중 「김신선전」은 도교적 「신선사」를 화소로 입전한 작품이다. 정약용 역시 「조신선전」이 있는데 세속화된 신선을 풍자하고 있다. 이와 같이 「신선전」의 국문학사상의 위치는 첫째 입전대상 인물이 다양하고 두 번째로 도교적 덕목의 전이 입전되고, 세 번째 소설적 형태로 변화하고 네 번째로 현실에 대한 강한 비판의식이 표현됐다.

이를 계기로 고전문학 전반에 걸친 도교문학 연구가 유기적으로 이루어지기를 기대한다.

최 박사는 충남대에 재직 중이며 이제는 중진학자로서 자리하고 있다. 그의 학위논문 「韓國實學派 私傳의 연구」의 개략을 소개한다.

본 연구의 목적은 실학파문학이 한국문학이라는 큰 흐름 안에서 어떠한 지류를 형성하여 흘러왔는가에 대하여 살펴보고 그 중에서도 실학파의 私傳이 갖는 구체적인 문학세계를 고찰함에 있다. 이

고찰 내용을 간단하게 요약·정리하면 다음과 같다.

본 연구의 대상인 私傳은 公傳(史傳)이라는 공적 기록에 반하여 일반 문인들이 입전한 개별 전문학 형태의 개념으로 사용되었다. 이 私傳에는 神仙傳·高僧傳·異人傳·家傳·托傳·假傳 등의 유형이 있으나 본 논문에서는 家傳·托傳·假傳 등의 작품들이 가지고 있는 문학성과 입전 동기와 배경 등에 대하여 분석·검토하고자 하였다. 私傳은 小說과 구분되며 또한 野談과도 차이가 있는 서사문학 장르로 독자적인 영역을 확보하고 있는 중요한 연구대상이라고 생각된다. 특히, 본 연구는 실학파라는 일군의 집단을 대상으로 선정하여 그들의 문학을 총체적으로 검토하는 한 단계로서의 문학사적 가치를 가질 수 있다고 확신한다.

傳文學의 기원은 解經之文의 개념에서 비롯되었다. 그 뒤 발전하여 일반적인 산문의 성격을 가지게 되었는데 사마천이 列傳의 형태를 완성시켜 놓음으로써 公傳(史傳)이 성립되었으며 私傳은 개별 문인들의 손에 의하여 발전되었다.

한국에 전이 들어온 정확한 시기는 추정할 수 없으나 史記가 이입되는 것과 동시에 전의 개념이 전래된 것으로 보여지며 삼국사기에 보이는 열전을 관찰해 보면 고려중기에 이미 전 형태의 문학이 완전히 자리잡혔음을 알 수 있다. 그리고 이 양식은 계속 문인들 사이에 전승되었다. 조선조에 들어와서는 융성한 운문과 궤를 같이하면서 더욱 발전한 것으로 보이며 이러한 문학사적 맥락을 실학파에 넘겨주고 있는 것으로 보인다.

실학파의 사전이 실제로 형성되게 된 동기는 정치적으로 양란 이후 퇴색한 유교의 행동강령을 강조하기 위하여 충·효·열의 행위를 보여준 인물들의 행적을 기록하였던 배경이 있었으며, 사회적으로 평민들의 자각과 지배계급의 한계 노출, 비판적인 선비집단의 등장 등으로 인하여 개혁의 분위기가 사회전반에 팽배되어 있었다는 배경이 있다. 그리고 사상적 동인으로 실학파가 등장하는 변화를 들수 있으며 문학적으로는, 원래 전이 문장기술 습득의 좋은 방편이었고 개인의 행적을 기록하던 行狀, 誌碣, 墓誌 등의 전통적인 문장형식이 있었으며 더욱 중요한 것은 실학파 문인들이 전을 소설과 같은 산문양식으로 인식하고 있었다는 동인이 내재해 있었다고 보아도 좋을 것이다.

실학파 사전의 작품양상을 보면 전을 쓴 실학파 작가로는 李瀷, 李用休, 安鼎福, 蔡濟恭, 洪良浩, 朴趾源, 李德懋, 柳得恭, 李鈺, 丁若鏞, 金鑢, 柳本學 등이었고 그들이 지은 사전으로는 「嚬笑先生傳」, 「柳遇春傳」 등 모두 119편이다. 119편의 사전을 유형별로 보면 먼저 표현 기법상의 차이에 의한 분류로 우언류·해학류·풍자류·가전류 등이 있다. 그리고 내용에 의한 분류로는 선도류, 도덕류, 군담류, 사회류, 기타류 등으로 구분된다.

우언류로 분류된 작품은 「柳遇春傳」을 비롯하여 모두 60편의 작품이 있는데 寓意를 내재시켜 작자의 관점을 표현하는 수사법을 사용한 작품들이 이에 속한다. 해학류에는 8개의 작품이 있는데 표현에서 해학적 면모를 보이는 작품도 있고 구성에서 해학적인 사건으로 이루어진 것들도 있다. 풍자류에는 「柳光億傳」 이하 42편의 작품이 있는데 연암의 작품이 대체로 여기에 속하며 당신의 사회가 안고 있는 부조리와 유교적 이념의 퇴색을 집중 풍자하고 있다. 가전류에는 「管子虛傳」 등 모두 8편이 있는데 의인법이라는 수사상의 특색을 살려 한편으로 가전체 문학의 전통을 이었으며 다른 한편으로는 인간의 세계를 비유적으로 표현한 작품이 이 유형으로 분류되었다.

선도류의 경우 16작품이 있는데 신선이나 奇人을 대상으로 한 작품과 志怪的 성격을 가진 작품을 하나로 묶어 분류하였다. 도덕류로는 주로 忠臣·烈士·孝子·義婦·烈女 등 유교적 덕목에 크게 부합하는 인물들을 입전한 작품이다. 군담류로는 특히 임진왜란이나 병자호란에서 무용을 떨치거나 節義를 세운 인물들에 대한 작품을 선별하였으며 사회류에 포함된 작품은 당시 사회의 여러 양상을 담은 작품들을 하나의 유형으로 분류하였다. 그리고 이러한 분류에 적합하지 못한 여타의 작품들을 기타류로 분류하였는데 여기에 속한 작품으로는 18편이 있다.

각 유형별로 2개 작품을 선별하여 구조분석을 시도하였는데 유형분류가 타당성을 갖게 되면 그만큼 실학파 사전의 실상을 확실하게 알 수 있는 근거가 될 것이다.

실학파의 사전이 입전한 주인공들은, 실학파 이전의 작품들에서는 유교의 이념에 맞는 특수계층의 인물로 한정되어 있었으나 실학파 사전에 들어서면서 최하층의 천민까지 주인공으로 입전되는 경우가 허다하게 되었다. 이는 문학의 영역을 확장한 것으로 볼 수 있다.

실학파 이전의 전 작품은 도입—행적—평결의 구조를 고수하였으나 실학파에 들어서면서 이 정형은 무너지기 시작하였다. 이 파격은 후대 야담집의 형성과 깊은 관계가 있는 것으로 보인다.

실학파 이전의 사전들은 사전의 전통적인 기술방법, 즉 과장되고 윤색된 모습을 가지고 있었으나 실학파 문인들의 수중에 들어오면서 이러한 양상은 일변되었다. 실학파 문인들의 입전하였던 가장 근본적인 자세는 사실성을 중시하는 것이었다. 심지어는 신선까지도 실학파 문인이 관심을 갖고 입전하였을 때는 이전의 신선전과는 다른 모습을 보이고 있다.

실학파 私傳과 비실학파 私傳의 비교분석에서 얻어진 결론은 매우 중요한 것으로 보인다. 이 비교분석에 의해 실학파 私傳의 문학적 실상이 확연히 드러나게 되었는데 이것은 대체로 작품성의 발전, 私傳의 새로운 영역개척, 형식에 얽매이지 않은 새로운 시도, 新文

體의 사용, 표현에 있어서의 사실성 중시 등으로 요약될 수 있는데 이것이 결국 실학파 사전의 위상이며 가치이고 문학적 특징이라고 할 수 있다.

실학파들이 새로 세운 전문학의 작품세계는 후대에까지 이어지지 못했던 것으로 보인다. 후대의 문인들은 다시 실학파의 사실성에 입각한 전 작품을 보전하고 윤색하기 시작했으며 종래에는 야담과 구별할 수 없는 상황에까지 이르렀다고 본다.

따라서 실학파 문학세계에서 사전이 차지하고 있는 문학사적 가치는 이전의 전문학을 더욱 확대 발전시켰으며 다시 그것을 후대의 전문학으로 계승해 주었다는 문학사적 맥락이 성립된 것으로 보았다.

지금까지 私傳에 대한 연구는 傳의 독자적인 文學性을 강조한다든지 개별작가의 작품에 대하여 고찰한 경우, 소설이나 야담과의 관계고찰 등에 머물러 있었던 것으로 보인다. 본 논문은 傳이 갖고 있는 문학성을 인식하는 데에서 출발하였으며 특히 실학파라는 중요한 作家群을 주목하면서 이들이 지은 私傳의 문학적 실상을 파악하는데 주력했다. 연구의 진행과정에서 실학파의 私傳은 한국 산문문학의 중요한 위상을 가지고 있음을 확인하였다. 이러한 성과는 실학파의 문학을 새롭게 파악할 수 있는 계기를 마련하였다고 믿으며 나아가 한국 산문문학 연구의 접근방법에 있어서 더욱 다기한 개척이 있어야 마땅하다는 자각을 갖게 한다.

46-3. 서용규 박사의 「수이전에 나타난 도교적 양상」

발표할 당시보다 훨씬 유연한 필치로 논문을 전개했다. 논문 구성은 1) 서론, 2) 수이전 일문(逸文)의 개관, 3) 도교문학적 양상, 4) 결론으로 되어 있다. 아도, 원광법사, 보개, 최치원, 지귀, 탈해, 선덕여왕, 연오세오, 최항, 죽통미녀, 노화옹구, 김현 등의 인물전의 화소들을 분석해본 결과 한결같이 도교적 요소를 지니고 있음을 밝히고 있다.

"책명으로도 갈래명으로도 존재했던 '수이전'은 좀 더 자유로운 인간들의 생활 이야기를 모은 책이다. 여기에는 선인들의 사상과 감정이 그대로 녹아 있다. 작품집의 표제 자체가 수이(殊異)를 강조하고 있듯이, 이 작품들은 신이성을 토대로한 초월성이 작품의 흥미를 유발하는 주요한 기능을 하고 있다. 그래서 선인들은 이런 신이성과 초월성이 담긴 이야기들을 '수이전'이란 갈래로 설정하여, 여러 권의 '수이전'을 짓고 또 향유했다.

신이성 초월성은 '수이전'이 당대인들의 꿈과 소망을 담은 허구의 기록이란 것과 도교적 발상임을 드러내고 있다. 도교는 연년익수(延年益壽)하여 장생불사(長生不死)를 믿고 바라는 종교임으로 '수이전'에 나타난 인물에 그대로 투영되어 있다. 선인들의 단편적인 인물들도 이러한 도교적 인물상이 많다. 아도, 원광법사, 보개, 최치원, 지귀, 탈해, 선덕여왕, 연오랑세오녀, 최항, 죽통미녀, 노화옹구, 김현 등의 직접 간접으로 도교와 깊이 연관된 인물들이다."

서 박사는 가야대학에 재직 중이며 오랫동안 처장 보직을 맡고 학문에 정진하면서 후진을 지도하고 있다.

서 박사의 학위논문 「殊異傳연구」의 개략을 소개한다.

　　한국 문학사는 실상으로서의 문학의 역사와 남겨진 자료를 근거
로 한 실증으로서의 문학의 역사가 상당한 거리를 지닐 수밖에 없
다. 그 까닭은 기록문학 이전의 문학인 구비문학에 대한 실상을 파
악할 수 없기 때문이기도 하지만 기록문학 시대로 들어간 이후의
문학의 역사도 기록문학의 실상을 보여줄 자료들이 상당수 인멸되
어 버렸기 때문에 남겨진 자료만으로 그 당대의 문학적 상황을 재
구성한다는 것은 원천적으로 불가능한 일일 수밖에 없다. 특히 삼국
시대까지의 문학에 있어서의 문학 자료는 남겨진 자료가 워낙 적기
때문에 구체적인 텍스트가 남아있는 작품은 남겨졌다는 그 사실만
으로도 문학사에서 중요한 논의거리가 될 수밖에 없다는 점을 생각
하면 '수이전'은 참으로 귀중한 문학적 유산이다. 물론 초기 '수이
전'의 전모를 파악할 수는 없지만 '수이전' 이라는 표제의 작품집이
실존했고, 그 작품집 속의 몇몇 작품들이 비록 후기의 자료집에서일
지언정 그 모습을 보여주고 있다는 것은 서사문학의 기술에 엄청난
의의를 제공하고 있다. 만약 '수이전'이 없는 한국 문학사를 가정한
다면 『삼국유사』가 남아있지 않는 것에 비교될 수는 없겠지만 초기
문학사 서술, 특히 서사문학사 서술에 상당한 공백을 느낄 수밖에
없을 것이다. 이런 면에서 '수이전'은 이미 그 문학사적 의의를 확
보하게 되며 비록 제한된 작품만이 '수이전' 일문으로 남아있지만
그 남아있는 작품들의 질적 수준이 빼어나다는 사실 때문에 '수이
전'의 문학사적 의의는 더욱 높아질 수 있는 것이다.

　　'수이전'은 그 자체가 작품성이 높은 서사물로써 실질적인 독자
들에게 상당한 수준의 문학적 역할을 실현시켰을 뿐만 아니라 후기

설화문학, 전기(傳奇)문학, 소설문학 생성이나 창작에 영향을 준 것으로 판단되기 때문에 한국문학사상 신라문학만으로, 고려문학만으로 평가할 수 없는 수백 년에 걸쳐서 성장한 살아있는 문학작품으로 기능했음을 확인할 수 있다.

'수이전'은 작품집의 표제 자체가 수이(殊異)를 강조하고 있듯이 이 작품집은 신이성을 토대로 한 초월성이 작품의 흥미를 유발하는 주요한 기능을 하고 있으나 완본은 전해지는 것이 없이 그 일문만이 『해동고승전』·『삼국유사』·『태평통재』·『삼국사절요』·『필원잡기』·『대동운부군옥』·『해동잡록』 등에 의지해서 12개의 일문이 전해지고 있다.

『대동운부군옥』에서 밝힌 『신라수이전』은 최치원이 도당(渡唐)때 당시 실력자였던 고변에게 온권의 방편으로 지은 것으로 추정할 수 있으며, 『해동고승전』의 기록에 의하면 박인량이 지은 『수이전』도 있으며, 『삼국유사』 「원광서학」조의 기록을 참조하면, 김척명은 개작 『수이전』을 지었음을 알 수 있다. 그러나 고본 『수이전』의 작자는 누구인지는 현재로서는 알 수는 없으나 최치원의 『신라수이전』의 다른 이름이 아닌가 한다.

'수이전'의 원작자인 최치원과 조선조 소설가로 알려진 인물들 사이에는 공통점이 존재하는데, 그것은 이들이 세상에 많은 관심을 가지고 참여하기를 원하였으나 기득권 세력에 밀린 처사류 인물이었으며, 도가(道家)쪽에 전도된 인물들이란 점이다. 그래서 이들은 경서의 글이 아닌 위서의 글인 '수이전'류 내지는 소설들을 남길 수 있었으며, 이러한 점들은 최치원이 조선조 소설가들과 맥을 같이 하고 있음을 나타내는 것이 된다.

'수이전' 중에서 최치원의 『신라수이전』이 가장 먼저 이루어진 것으로 추정되며, 그 시기는 율수현위직을 수행하던 때이거나 율수현위를 그만 두고 박학굉사과를 준비하던 때인 876년이나 877년경이며, 고본『수이전』은 「원광법사」의 내용에서 신라시대에 이루어진 흔적이 있는 것으로 보아 최치원의『신라수이전』의 다른 이름으로 추정되며, 박인량은 고려 문종 즉위년(1047)경에 태어나서 숙종 원년(1096)에 세상을 떠났으므로, 박인량『수이전』은 11세기 후반기에 이루어진 것을 알 수 있다. 그리고 김척명의 개작『수이전』의 간행 연대도 자 알 수는 없지만 여러 정황으로 보아서 1215년 이전에 있었음을 알 수 있다. 「최치원」이 수록된『신라수이전』은 성임이『태평통재』에서 이를 인용하였으니『태평통재』가 간행된 1462년 이전에 간행되어 있었다.

'수이전' 일문의 제목을 보면 두 종류로 나눌 수 있다. 하나는 글의 주인공 이름을 제목으로 한 것이고, 다른 하나는 글의 중심 내용에서 따온 제목이다.『해동고승전』·『삼국유사』·『태평통재』·『삼국사절요』·『필원잡기』소재 '수이전' 일문들은 전자이고,『대동운부군옥』에서는 후자인데 원 제목은 인명으로 되어 있었던 것으로 추정되나, 「죽통미녀」와 「노옹화구」의 원래 제목을 지금 찾아주기가 애매하다.

'수이전'은 과거의 구전 또는 기록물들이 전승과 변이 과정을 거쳐 별개의 전으로 자리잡았다. 오랜 세월동안 전해오면서 부단히 개작과 윤색이 계속되어 적층성이 강하게 나타난다. 특히 「원광법사」와 「최치원」을 보면 그러한 점들을 잘 알 수 있으며 이들은 한결같이 후대의 기록문 형성에 많은 영향을 끼치고 있다.

'수이전' 일문에는 통일성보다는 개별성이 강한 다양한 갈래의 글들이 존재하고 있다는 점은 확인되지만 막상 오늘날의 분화된 갈래 구분에 따라 갈래 구분을 시도하면 '수이전'은 갈래 구분 이전의 작품이라는 특이성으로 말미암아 곤란한 점이 많다. 그러나 후대의 갈래와의 수수관계는 찾을 수 있다. 「아도」와 「원광법사」는 설화로 전승되던 두 인물의 이야기가 승전으로 된 경우이니 설화와도 승전과도 관계가 있으며, 「탈해」는 영웅신화 또는 난생신화의 흔적과 민담이 동시에 존재하고 있으며, 「영오세오」는 일월신화로도, 신선을 받들던 인물의 이민 전설로도 볼 수 있으니, 신화, 설화 양 갈래와 영향 관계가 있으며, 「선덕여왕」・「죽통미녀」・「노옹화구」는 민담 중에도 일화의 성격을 지닌 작품이며, 「최치원」・「지귀」・「최항」・「김현」은 소설적 형상을 얻은 작품들이며, 「보개」는 전설적 요소가 강하지만 소설적인 요소도 있는 작품이다.

'수이잔' 일문들은 이렇게 애매한 갈래적 성격을 띠고 있어 갈래의 기준에 따라서 논란의 대상이 될 수밖에 없다. 이 가운데 가장 논란이 되는 것은 소설성 여부 문제가 따르는 「최치원」・「지귀」・「최항」・「김현」 등이다.

이상의 논의를 통해 '수이전'을 탐구해 보았다. 그러나 '수이전'의 실체에 좀더 가까이 다가가기 위해서는 다음의 연구가 지속적으로 계속되어야 할 것이다. 비록 '수이전'이란 이름은 달고 있지 않지만 『삼국유사』 등에 많이 산재되어 있을 것으로 추정되는 '수이전' 일문이 더 발굴되어야 하고 수이전 갈래에 해당하는 작품들도 함께 조사・발굴해야 하며, 이러한 과정을 통해서 한국서사문학의 첫 출발의 역사에 대한 실재적인 접근이 이루어져야 하며, 수이전 갈래 전통의 지속과 변화의 역사가 오늘날 한국서사문학과 맥을 잇고 있음을 밝혀야 할 것이다. 한편 위서의 논리로는 처음 쓰여진 '수이전'은 책명으로만이 아니라 갈래명으로도 실재했음을 밝혀 한국서사문학사에서 수이전 갈래가 정립이 되고 당당한 대우를 받도록 해야 한다.

46-4. 정동진 박사의 「추강 남효온의 심론(心論)과 문학적 변용」

남효온의 선도지향의 문학을 분석하고 있다. 남효온에게 영향을 미친 사람은 김종직과 김시습이라 했다. 특히 남효온은 김시습과 특별한 인간관계를 가졌다고 했다.

논문 구성은 1) 서론, 2) 전통적 심성론과 각강의 심론, 3) 심론의 문학적 변용 ① 문학적 변용의 근거, ② 선도문학의 지향, ③ 유선시, ④ 선시, 4) 결론으로 되어 있다.

만년에 추강을 만나 이치를 말함에 숨김이 없고 함께 달 밝은 호수를 소요하면서 만남과 이별에 그 믿음을 잃지 않았지만 추강공보다 먼저 가서 백아로 하여금 줄을 끊게 하였으니, 오늘 시해(尸解)하심을 슬퍼하여 어찌 현천(玄泉)에서 추모하지 않겠습니까?

홍유손이 지은 祭文인데 선도적인 시상과 두 사람의 교유가 깊었음을 말하고 있다. 남효온의 시에서 선도시로 분류되는 작품은 42수이다. 이를 주제별로 구분하면 연단시 2수, 유선시 5수, 선시 35수이다.

연단시에서는 생명의 유한성을 깨달아 단을 수련코자 하는 마음을 읽을 수 있다. 유선시에서는 소릉 복위를 외치다 뜻을 이루지 못하고 산수 간에 노니는 청담을 노래했고 선시에서는 젊어서 병에 시달리는 중에 선도에 경도되고 적선(謫仙)이 바로 자신임을 노래했다고 했다.

끝으로 남효온의 선시 자하동(紫霞洞)을 인용했다.

고인이 남긴 터는 기척없는 빈 골짜기

세월 오랜 석문에는 시냇물만 푸르네
산바람 솔바람은 뺨을 스치고
관청같은 구름 속에서 자하곡이 들리누나
지금 교방에는 옛악보 전하지만
올해 선회(仙會)에는 아득하기만 하구나
어찌하면 유안의 홍보장을 얻어
선려(仙侶)들과 다투어 다닐까.

정 박사는 재주가 많다. 한문학에 조예가 깊고 무술에도 출중하니 특히 태권도 봉술에 능하여 여러 곳에 심사하러 다닌다. 사람이 너무 많은 데에 관심하면 한 가지만의 깊은 궁구보다 못하지 않을까 하는 걱정이 따른다.

정 박사의 학위논문 「조선전기선도시연구」의 개략을 소개한다.

우리 문학에 선도적 요소가 등장하는 것은 최치원으로부터 시작된다. 도당유학인이었던 최치원은 중국의 도교문화에 침잠할 수밖에 없었기 때문에 그의 재초문은 도교와 도교신에 대한 기원이 그 주류를 이루었고, 선도시의 창작은 그리 활발한 편은 못되었다. 그렇지만 재초문은 직간접적으로 선도시의 형성에 커다란 영향을 끼쳤을 것으로 생각된다.

선도시는 고려조의 중후기에 왕실과 귀족 관료들에 의해 창작되어지다가 무신의 난과 몽고 침입 등 사회의 혼란에 기인한 탈속적 선도시가 다수 창작되었으나, 왕과 왕실에 대한 축원을 담은 치어(致語)를 통해 선도시의 방향이 피세적인 것만은 아니었음을 알 수 있다.

전대를 이은 조선 전기 선도시는 유형상 삼청시, 연단시, 수련시, 선시로 갈래 구분이 가능하다.

삼청시는 신선의 반열 중 최상층이라 할 수 있는 삼청 선계에서 오유하는 것을 시화한 것으로 백옥경이나 요대(瑤臺), 서왕모의 요지(瑤池)가 주요 공간으로 등장한다.

연단시는 수련 행위를 시화한 시라고 할 수 있다. 연년익수(延年益壽)와 장생불사를 염원하며, 한편으로는 건강한 삶을 위한 수련 행위가 가시화된 작품이다. 연단시에 나타나는 수련 행위는 대체로 벽곡(辟穀)과 복기(服氣) 토납(吐納)의 방식이 주로 사용된다.

유선시의 내용상 특징은 앞서 살핀 삼청시와 같으나 다만 삼청시가 철저히게 선계 오유만을 내용으로 삼았다면, 유선시는 인간으로서 선계를 오유하면 인간계로 돌아오거나, 적선(謫仙) 심상으로 선계에서 인간계에 머물다가 선계로 돌아가는 형태가 특징적이다.

선시는 현실 속에서 선계에 대한 관념적 지향을 표현한 시이며, 선계가 나타나지 않는다. 선도시 작품 중에서 수적으로 가장 많아서 선도시 작가들의 창작 활동에 관습적 작품이 될 수 있으리라 생각된다.

조선 전기 선도시 창작은 당대 종치사회적 배경과 맥을 같이 하며 계승기, 침잠기, 부흥기, 고조기의 4기로 나눌 수 있겠다. 각각의 시기는 도교에 대한 관념의 변화를 겪고 있었고 또 커다란 역사의 변혁기를 맞이하였으며, 변혁과 질곡의 시기는 지식인들에게 선도시 창작에 매진할 수밖에 없는 동인을 제공하였다.

제1기 계승기는 국초에 고려의 유풍으로 인해 관습적인 틀을 갖추며 승례되었던 소격전례가 혁파의 논의가 제기될 만큼 형식에 치우쳐가던 시기이다. 정치 사회적으로는 조선이 개창되면서 일어난 각종 정변과 특히 단종을 폐위하고 왕좌에 오른 세조의 찬탈은 지식인이었던 유자(儒者)들에게 끊임없는 저항을 가지도록 했다.

이 시기의 대표적 적거로는 김시습으로 과의도교의 의례처였던 삼청궁과 관련한 선도시를 창작하고 또 선도 이론을 펴기도 하였다. 그의 선도 이론은 신선이 되는 길을 부정하면서 조선조를 걸쳐 지속되는 내단에 근원을 두고 양생에 중점을 두고 있지만, 선도시를 통한 그의 선도적 면모는 삼청 세계에 대한 부단한 추구와 현실과 관련한 현실 비판적 요소를 표출하고 있다.

제2기는 도교적 사상의 급격한 추락이라는 사상적 배경을 안고 있으면서, 훈구대신과 신진 사림의 갈등이 표출된 무오사화로 인해 엄청난 피해와 압박을 받은 뜻을 펴지 못한 사림들에 의해 현실 도피적인 선도시가 창작되던 시기였다.

이 시기의 선도시 작가로 홍유손, 남효온, 정희량을 들 수 있다. 이들은 모두 김종직의 문인으로 그들의 선도관은 노장의 설을 중심으로 광대무변한 우주와 탈예교(脫禮敎)에 바탕을 두었다.

제3기는 소격서의 복립을 통한 도교 의례의 복원과 비판이라는 소모적 논쟁이 전개되면서 도교가 좌도로 인정되는 도교 비판적 사고가 팽배한 시기였으며, 중종반정 후 대윤과 소윤의 양 정치 세력의 갈등으로 촉발된 을사사화로 사림간의 엄청난 피해가 있었던 시기이다.

이 시기를 대표하는 선가 중 정렴은 을사사화와 관계하여 산중에 들어가 선도에 집착했으며 그의 아우인 정작과 서경덕의 문인으로 기수학(氣數學)과 복서(卜筮)에 능통했던 박지화와 더불어 산수 간에서 자연을 벗하며 선도 수련과 시작(詩作)에 전념했다.

제4기는 도교의 민간화가 진행되면서 정치적으로는 분당과 전란으로 인한 혼란의 시기였다. 종권 장악을 위한 분당은 국력의 쇠약으로 이어졌고 이로 안한 임진왜란의 피해는 무척 큰 것이어서 생활의 인식을 바꿔놓기에 이르렀다. 전란기를 겪으면서 현실 이탈을 통한 명철보신의 한 방법으로 수련선도가 나타나게 되었다. 또 광해

군의 폐정으로 현실 부정의 사유는 수련 선도와 삼청 세계의 황회를 꿈꾸는 선도시의 창작을 가능하게 했다.

이 시기의 작로는 곽재우, 권극중, 허균, 임숙영 등을 들 수 있는데, 창작의 유형은 전체적으로 고르게 창작된 것으로 보면, 분당과 전란이라는 비극적 삶을 살아가는 동안에 신선에 대한 기대감이 크게 작용했을 것으로 생각되며, 수련을 통하여 장생불사할 수 있다는 믿음이 강하다는 것을 알 수 있다.

결국 조선 전기 선도시는 선도문학의 본원인 신선과 초세적 성향에 두고서 독선기신(獨善其身)의 행위가 대개를 차지하는데, 이는 현실을 부정할 수밖에 없는 상황을 시대의 변화에 능동적으로 대처하기 위해 현실 극복의 수단으로 사용되었던 것이다.

46-5. 박기용 박사의 「수신기(搜神記) 연구」

"작가 간보는 작가의식에 입각하여 오랫동안 수집한 자료를 바탕으로 『수신기』를 저술·편집하였고, 사람들이 경험하기 어려운 신이한 소재를 다루어 문학의 쾌락적 기능을 추구하려 했다. 각자는 당시 전래되던 문헌 설화와 구비설화를 바탕으로 『수신기』를 저술했는데 내용은 주로 지괴설화(志怪說話)의 성격을 띤다.

수록된 작품은 모두 464화인데 '531 앞일을 예견하게 하는 징조' 유형이 158화, '632 변신한 이물 정체 밝히기' 유형이 53화, 신선에 관한 이야기가 50화로 나타나고 있다. 이는 끊임없는 전란으로 예측할 수 없는 삶을 여러 징조를 통해 예측하려는 소망과 어수선한 세상에서 도깨비, 귀신과 같은 헛것들이 보이고, 이런 상황의 수련을 통해 신선이 되어 혼세를 벗어나고 싶어하는 4세기 중국인들의 심리상태를 잘 보여주고 있다.

각 유형별 선사 단락을 분석한 결과 나면서부터 뛰어난 능력을 소유한 사람, 수련의 결과로 신이한 능력을 지닌 이인, 혼령이나 신이 인간과 교섭한 사람, 죽거나 살아서 영위의 위력을 발휘한 사람, 인간이나 동물의 인과응보, 변화의 조짐, 소생, 변신, 별세계, 자신의 노력이나 신의 개입으로 잘 되거나 잘못된 이야기, 실수나 운수 나빠 잘못된 이야기, 우연히 행운을 얻은 이야기 등을 통하여 세상에 믿기 어려운 일이 많이 있다는 전기적 성격을 띤 작품을 편찬하였다. 이때 이야기꾼은 애니미즘에 입각하여 사람을 바라보고 있으며, 여기서 나타나는 변화와 재생원리는 순환구조가 많다."

박기용 박사는 실로 입지전적인 인물이며 우리나라 석학의 반열에 드는 학자다. 지금은 진주교육대학에 재직 중이다.

그의 학위논문 「한국 선도 설화 연구」의 개략을 소개한다.

신선사상은 육체의 갱신을 통해 현세의 개체가 영속되기를 추구하는 사상으로서, 여러 가지 방법으로 이것을 이루려는 도를 仙道라 한다. 이 정의에 따라, 신선이 되려는 욕망을 형상화한 문학작품을 선도문학이라 하고, 그러한 설화를 仙道說話라 이름하여, 선도사상이 선도설화에 투영된 모습을 살펴보기 위해, 역사적 유형론적, 구조분석적, 역사지리학적 접근 등 여러 가지 방법으로 실시한 결과를 정리하면 다음과 같다.

먼저 연구를 위한 자료조사 결과 사서류, 문헌설화집, 구비설화집에서 665화가 조사되었다. 이런 자료량의 차이는 조사자료의 설화집 여부와 자료집의 방대성, 기록자의 사상과 관련되어 나타나는 결과였다.

신선사상은 사계절의 변화가 뚜렷한 온대지방에서 자연의 변화현상을 관찰하면서 싹텄는데, 특히 동북아 지방에 자리잡은 우리 고조선에서 巫와 仙的 요소를 갖춘 仙敎가 천신강림신앙과 산악숭배신앙을 바탕으로 不死의 사상을 추구하면서 형성되었다. 그후 삼국시대에 도교가, 신라말에 중국 단학이 전래되면서 3자가 竝立 또는 混淆하는 양상을 보였다. 이에 따라 선도사상은 전승 과정을 4기로 구분할 수 있다. 1기는 선교전승기, 2기는 선교·도교 병립기, 3기는 선교·도교·단학의 병립기에 해당하는데 이 시기를 의식 중심의 국가적 도교의 전승 유무에 따라 전·후기로 구분할 수 있다. 4기는 선교·단학의 병립과 도교의 混淆期다. 선교·도교·단학은 수련방법이나 내용이 서로 습합된 부분도 있으나 각자 나름의 특성을 지니고 있으며, 특히 도교와 선교는 유사성을 지니고 있으면서도 신앙대상·表象·儀式·호흡법·특징적 행위 등에서 서로 다른 모습을 보였다.

우리나라 선도설화의 발생시기는 대개 기원전 4C에서 서기 2C 중엽 사이에 고조선이 세력을 잃고 외침에 시달리자 죽음이 없는 불사의 세계를 동경하게 되면서 발생된 것으로 보이며, 그후 선도설화는 선도사상의 사적전개와 밀접한 관련을 가지고 전개되었다.

선도설화를 二分분류법으로 나누어 득선과 부득선을 기준으로 첫 단계 상위유형으로 가르고, 신선이 된 이야기는 연단형과 공완형으로, 신선이 못된 이야기는 방술형과 유선형으로 나누되 수련과 비수련이라는 기준으로 각각 두 번째 단계의 상위유형을 잡았다. 셋째 단계 상위유형은 앞의 상위유형 특성을 공유하면서 주요 화소의 동일성이라는 기준에 의하여 연단형을 천선형·지선형·시해선형·기타형으로, 공완형을 천상회귀형·선행승천형·선물획득형·선계거주형·기만장수형·기타형으로, 방술형을 외적징치형·문제해결형·술수시험형·무사해화형·종적미상형으로, 유선형을 신선실패형·산수유람형·속계귀환형·선계몽유형·선녀취처형으로 각각 구분했다.

유형별 형성시기는 천선형·선행승천형이 단학 興盛이후 선교·도교·단학 병립 전기에, 지선형·시해선형·무서해화형은 단군설화가 형성되던 선교전승기에서 삼교회통을 모색하던 16C 선교·도교·단학 병립 후기 사이에, 천상회귀형·선물획득형·기만장수형·산수유람형은 도교사상이 전래된 이후인 선교·도교 병립기에, 선계거주형·종적미상형·속계귀환형·선녀취처형은 전란을 겪은 후 선계를 동경하면서 선교·단학 병립과 도교 혼효기 전후에 성립된 것으로 보인다. 그밖에 외적징치형·문제해결형·술수시험형·신선실패형·선계몽유형은 선교·도교 병립기에 시작하여 선교·단학 병립과 도교 혼효기까지 이어지나 조선 후기에 형성된 것이 많다.

이 유형을 선도설화의 단락분석과 단락소 추출을 통해 구조를 분석한 결과 '(가) 결핍(기회·방문) — (나) 연단(기회·유선·결합·위기) — (다) 신이(공완·귀환) — (라) 성취(좌절·해소·효과·해화·종적미상)'의 기본구조를 가지고 있었다. 이 구조를 바탕으로 각 단락소간의 관계를 살펴보면 연단형과 공완형은 긍정적인 구조로 나타나고, 방술형과 유선형은 부정적인 구조로 나타난다. 이는 인간이 수련과 비수련의 방법으로 신선이 되고 못되는 모습을 구조적으로 보여주는 것이다. 단락소로 분석한 선도설화의 구조는 크게 사각·삼각·단락소구조였다. 사각구조는 선도설화의 기본구조이며, 나머지는 그 변형이었다. 사각구조는 모티핌처럼 단락소 간의 대응관계가 나타나며, 4단계 구성법을 택함으로써 구성이 비교적 밀도있으나, 삼각구조는 3단계 구성법을 취함으로써 어느 한 단락소를 생략하게 되어 구성이 느슨하였다. 사각구조의 의미는 소설의 4단계 구성법과 같은 단계를 설정함으로써 선도설화가 선도소설로 이행하는 초기적인 모습을 보이며, 따라서 삼각구조가 사각구조의 前단계로 생각된다.

단락소에 나타난 선도사상은 득선관에 있어 문헌·구비선도설화 모두 긍정과 부정 양면이 있는 부정론이 우세하고 신통력을 긍정하는 입장이다. 또 수련에서도 지식인들은 性命수련을 하되 命에 치중하고, 민간인은 性·복약·공완에 치중한다. 이런 득선방법의 인식 차이는 지식인과 민간인의 선도 지식 有無에 기인하며, 수련은 통과의례적인 의미와 거듭남의 의미를 갖고 있다.

선도설화에는 시간 흐름이 다른 선계가 존재한다. 그 유형은 서행형·속행형·시간정체형·공간정체형이 있다. 서행형·속행형·시간정체형은 부득선형의 선도설화에서 나타나고, 공간정체형은 시간이 과거로 변화하는 형과 미래로 변화하는 형이 있는데, 모두 득선형 선도설화에서 나타난다. 이 중에서 서행형과 공간정체형은 仙界를 동경하고 긍정하지만, 속행형과 시간정체형은 현실의 俗戒를 긍정하는 입장에 서 있어 對比된다. 특히 속행형은 선계를 허황된 것이라고 규정하고 있고, 시간정체형은 신선은 불가능하나 신통력은 가능하다는 의식을 보여준다. 그리고 득선, 승천하는 시간은 대개 낮으로 나타나는데, 이는 양기의 상승 이치를 나타낸 것이며, 생명의 근원인 태양을 통하여 영원으로 회귀한다는 의미를 지녔다.

선도설화에 설정된 공간체계는 수직적, 수평적, 몽환적 공간으로 되어 있고, 그 속에는 모두 천상·지상·지하·수중·海島·저승·몽환의 7가지 선계가 있다. 이러한 공간을 이동하는 구조는 상승·하강·순환·반복·수평적 직선구조로 나타난다. 상승과 반복은 주로 득선 설화에서, 하강은 부득선 설화에서, 순환과 수평은 득선과 부득선 모두에서 나타나고 있다. 선도사상사적으로 볼 때 선교전승기의 지선형 단군설화처럼 단반향 직선구조가 먼저 나타났고, 점차 여러 사상이 유입되어 習合현상을 일으키면서 순환구조·반복구조도 나타났다. 선도설화에 등장하는 천상·지상·지하·수중·해도 선계는 생명체가 유래되었다고 생각되는 세계이므로, 선도설화에 나타나는 공간이동은 천지 자연이 순환하고 생명근원으로 회귀한다는 의미를 내포하고 있다.

양사언과 이지함의 묘갈명·문헌선도설화·수비선도설화 등의 자료를 통해서 선도설화인물의 문학적 형상을 검토한 결과 묘갈명은 사실상 추구, 문헌선도설화는 사실성과 허구성 추구, 그리고 구비선도설화는 허구성을 추구하는 경향이 나타났다. 이는 묘갈명이 공적으로 인물을 평가하는 글이므로 역사적 사실성을 중시하고, 문헌선도설화는 묘갈명의 사실성과 설화의 허구성이 결합시키되 허구성 속에 흥미성과 시사성을 반영시키며, 구비선도설화는 인물의 신이성과 흥미성 부각이라는 측면에서 특징적 단락소를 중심으로 내용변이가 이루어지는 데 원인이 있다. 따라서 사실성에 있어서는 묘갈명 → 문헌선도설화 → 구비선도설화의 순서가 되고, 허구성에 있어서는 그 역순이 된다.

선도설화인물들이 수련한 道書는 문헌·구비선도설화 모두 「주역」이 많이 나타났는데, 이는 지식층·민간층 모두 「주역」을 통해 우주와 미래 인간사를 아는 것이 중요하다고 생각했기 때문이다. 수련도서의 종류로 봐서 지식층은 煉丹에 대한 지식이 많으나, 민간층은 그렇지 못했다. 선도설화에는 자질, 寡慾, 양생, 선행, 不死論이 선도사상으로 나타나는데, 이것은 좋은 자질을 가지고 욕심을 버린 뒤에, 끈기있게 양생수련을 하고 공덕을 쌓으면 神仙이 될 수 있다는 믿음을 나타낸 것이다. 수련도서에는 불사론이 강하게 나타나고 선도설화 전승집단은 불사론의 긍정과 부정, 양면이 다 나타나나 부정론이 우세하며, 資質論・寡慾論은 수련도서나 선도설화 모두 중시하고 있었다. 수련방법은 문헌・구비선도설화가 각각 양생법과 공완을 통해서 수련하려는 경향을 보이고 있어, Ⅳ장에서 각각 슈수련과 性수련에 치중하는 경향과 같았다. 修練道書에서 제시한 공간구조는 逆理의 직선구조로 되어 있다. 득선형 선도설화가 주로 직선구조이고, 부득선형 선도설화는 대개 순환구조・반복구조, 또는 이들의 복합적인 구조로 나타난다. 이는 문학적 허구의 개입여부로 나타나는 결과로써, 經典과 文學의 차이라고 할 수 있다.

선도설화인물들의 작품 출현 빈도를 조사한 결과 문헌선도설화는 정렴・서화담・이토정 등이 자주 나타났다. 이는 지식층들이 이인의 신통력으로 문제를 해결하고 싶은 소망을 나타낸 것이며, 구비선도설화에서 강감찬이 많이 등장하는 것은 龜州대첩 이후 그의 勇猛이 영웅시되었음을 뜻한다. 설화 인물의 신이성은 후대로 구전되면서 변이하여 문학적 허구성이 강하게 나타났다. 이런 허구성은 조선후기 주체선파에 의해 민중의식으로 표현되기도 했다. 외적징치형 구비선도설화에서 유학자 지배계층이 배척하던 佛僧을 등장시켜 국난을 극복하는 내용을 통하여 지배계층에 항거하거나 무능한 조정의 인재등용정책과 당쟁을 비판한 설화를 애로 들 수 있다. 선도설화에 나오는 인물들은 주로 16・7C 선교・단학 병립과 도교 혼효기 전후에 집중되고 있어 이 시기가 단학파 활동이 아주 왕성하던 때였음을 보여주나, 주체선파가 설화인물 조사에서는 한 사람도 모습을 나타내지 않는데, 이들은 단학파와 달리 세상에 드러내기를 꺼려 산간・시골에 은거했기 때문이었다. 유형별 득선・부득선의 비율은 130화:535화로 부득선설화가 압도적으로 많아 지식층과 민간층 모두 神仙不可學論이 우세함을 알 수 있다. 그들의 관심은 得仙보다 당면한 문제 해결이었으며, 이런 면에서 그들은 현실과의 대결을 주제로 삼았다. 그러나 외적징치형 선도설화에서는 개인 문제에서 벗어나 민족주체성 확립과 주권회복이라는 민족적 문제로 주제 영역을 확대시켰다는 데 문학적 의의가 있다. 득선 방식에 있어 연단형은 문헌선도설화를 중심으로 지상의 장생이나 죽어서 천상으로 갈 수 있다는 의식을 보여줌으로써 현실적인 사고를 하나, 공완형에서는 구비선도설화를 중심으로 천상의 자질을 가졌거나 선행을 하는 자는 승천할 수 있다는 모습을 보임으로써 비현실적인 생각을 하고 있었다. 이런 득선의식은 문헌·구비선도설화 모두 득선의 긍정·부정론이 존재하며, 양쪽 모두 부정적인 시각이 우세하다는 점에서 Ⅳ장의 결과와 일치한다. 선도설화의 분포는 대체로 평야지방보다 산맥을 따라 집중되고 있는데, 이것은 선도사상이 천신강림사상이나 산악숭배사상과 관련있다는 증거로서, 옛부터 산을 하늘로 가는 통로로 인식하고 그 곳에 산신이 산다고 생각한 결과였다.

이상의 관점에서 볼 때 선도설화는 선교에서 발생한 선도사상의 흐름을 따라 여러 유형과 구조도 변화하는 관계를 나타냈으며, 거기에는 신선 가능의 입장, 신선은 불가능하되 신통력은 가능하다는 입장, 신선 불가능의 입장이 표명되었고, 전승자의 선도사상에 따라 선도설화의 내용도 변이되었다. 이렇게 선도사상을 선도설화 속에 구현함으로써 선도설화는 신선이 되지 못한 점에서는 인간의 진솔한 면을 보여주는 挫折의 문학이요, 질병과 고통과 전쟁이 없는 이상향을 찾는 면에서는 逃避의 문학이며, 문제를 해결하고 延命保身을 추구하는 측면에서는 救援의 문학이고, 不死의 세계를 指向하는 모습에서는 永遠回歸의 문학이며, 外侵에 대해서는 대항하여 싸울 것을 주장하는 民族主體性의 문학이라는 데 선도설화의 의의가 있다.

이 연구를 통하여 선도설화와 선도사상의 관계를 파악하는데 일조를 했다고 생각되나, 선도사상이 한국만의 사상이 아니라 이웃 중국과 일본 문학에서도 각자 많은 영향을 미치며 전승되어온 만큼, 인근 국가의 설화에서는 그것이 어떤 형태로 수용되어 있으며, 한국 선도설화와 어떤 차이점이 있는지 考究하는 문제를 다음 과제로 넘긴다.

46-6. 이한우 박사의 「택당 이식문학 연구」

「택당 이식문학 연구」는 1996학년도 후기에 이루어졌다. 한국문학사에 있어서 택당의 위치는 한문 4대가로서, 정통문학을 계승발전시킨 인물이다. 시에서도 다른 사람보다 뛰어나지만 순정한 고문의 적통(嫡統)을 이어받아 당대에 맞는 글을 쓸 것을 주장했다. 정통 한문학을 수호했던 택당이 어떤 시대에 살았으며 그 문학 내용은 어떤 것인가에 대한 결과를 요약하면 다음과 같다.

택당의 생애는 수학(修學)과 종유기(從遊期), 입사(入仕)와 퇴사기(退仕期)로 나뉘어진다.

수학기(修學期 1584~1609)는 문학과 환경이 좋은 집안에서 태어나 성현의 글을 모범으로 삼아 공부한 시기였다. 주로 시문을 학습하고 출사(出仕)를 준비했다. 어릴 때부터 신체가 나약해 체력 보강에 노력을 많이 했다. 종유기(從遊期 1610~1622)는 과거에 합격했지만 본격적인 관리의 길을 걷지 않고 친구들과 시문으로 수창하여 종유한 시기였다. 소식의 적벽부(赤壁賦)를 상기하면서 세월을 보내기도 하고 북평사(北評事)의 임무를 맡아 경성(鏡城) 지방을 위시한 여러 곳의 진보(鎭保)를 순방하면서 기행시(紀行詩)를 많이 남겼다.

입사기(1623~1645)에는 인조반정 후 서인들의 정권을 장악했을 때 본격적인 관리의 길을 걷게 되었다. 1623년 택당이 40세 되던 해에 사헌부(司憲府) 지평(持平)과 이조좌랑(吏曹佐郎)을 제수받았다. 이 해 7월에 홍문관 부수찬으로 호당(湖堂) 사가(賜暇)를 받아 적문에 전념하였다. 이 해에 국서를 抄하거나 公用文도 많이 지었다. 1636년 병자호란 당시 斥和人의 한 사람으로 청나라에 잡혀가기도 했다. 퇴사기(退仕期, 1646~1647)에는 벼슬을 그만 두고 고향에 돌아와 일생을 정리했다. 벼슬에서 물러나 택풍당(澤風堂)에서 독서하고 저술에 힘썼다.

유교의 절대적 권위 아래 수업을 받았기에 그의 사상의 출발점과 목표는 유가사상이었다. 항상 경서를 통해 유가사상을 학습하고 재도론적(載道論的) 태도를 견지하였다. 경서를 근본으로 종경정신(宗經精神)에 투철했다. 한편 당대 정통유학자로서 선도(仙道)에도 깊은 관심을 가졌으며 해박한 지식을 밑바탕으로 택당수련요약(澤堂修鍊要約)을 남겼다. 정통유학자로서 수련의 차원에서 나약한 몸을 단련하였다. 그의 선도수련의 목적과 방법은 장생불사의 신선설을 유가적인 섭생법으로 활용했다. 이단의 배척은 정통한 문학을 계승발전시키기 위해 양명학이나 노불을 배척했다. 이들을 유학 내부의 적으로 생각하여 철저하게 배척비판했다.

시론에 있어서는 교화론에 바탕을 두고 당시(唐詩)를 선호했다. 온유돈후(溫柔敦厚)한 시경의 가르침을 충실히 이어받아 인의도덕을 바탕하여 세상을 경영하고자 했다. 그의 시론은 학시의 기본논리를 제시한 「學詩準的」에 잘 나타나 있다. 학시준적(學詩準的)에서 작가론, 시론, 체제, 작법, 시체에 관해 상세히 서술하면서 이설(異說)과 응서(贗書)가 유행할 때 풍속을 바로 잡기 위해서는 성현의 글을 읽어야 한다고 주장했다. 당시 중에서도 두보의 시를 언제나 앞세워 준적(準的)으로 삼았다.

文論은 唐宋古文의 추구와 道文一致를 주장했다. 당대의 文風이 擬古風으로 나아감을 경계하고 道文一致를 주장하고 연사류(演史類)를 부정했다.

그의 學詩淵源은 杜甫와 蘇軾에 있었다. 시는 紀行, 遊仙, 樓亭으로 나누어 볼 수 있다.

우리나라 古文의 발달은 고려 중기부터 그 연원이 유래하여 김부식을 거쳐 이제현으로 이어졌다.

반려문은 관각문학(館閣文學)과 더불어 발달했다. 과거에는 인재 등용의 수단으로서 변려문의 창작은 필수적인 사항이었다.

「杜詩批解」는 그의 비평세계를 대표하는 저술론이다. 두 시의 주석과 비평은 당대의 필요에 부합하는 勞作이었다.

택당은 역대 많은 사람들로부터 시문이 뛰어나다는 평을 들었다.

본 연구에서는 택당문학의 총괄적인 평가에 논의의 초점을 맞추었기 때문에 작품을 면밀히 분석하고 검토하는 작업이 미흡하다고 생각한다. 보다 천착하는 작업이 다음의 과제이다.

이한우 박사의 논문은 그의 인상처럼 중후하고 견실하다. 박사 후에는 논어의 연구에 탐익하고 있으며 부산시내 고교에 봉직 중이다.

46-7. 한재룡 박사는 정년 이후에 학위를 받았다.

그는 겸손하나 학문에는 자존심이 강한 분이다. 학위를 받았으나 그의 논문이 내 서가에 없는 걸 보면 많은 불만이 있었던 듯 하다. 그의 정년 기념 논문집의 「天孫降臨神話에 관한 연구」를 보면 평소의 한 박사의 연구 자세를 이해할 수 있다.

한재룡 박사의 「韓國의 古代建國神話硏究」는 1996년도 후학기에 이루어졌다. 그의 훌륭한 논문은 전편을 소개해야 마땅하나 그 결론 부분을 요약해서 소개한다.

한국의 고대건국신화는 일차적으로 서사적인 문학 작품이라는 점이 간과되어서는 안 된다. 그 서사구조(敍事構造)를 분석하는 것은 신화 연구에서 가장 필수적인 작업이 아닐 수 없다.

삼국유사에 기록된 단군신화, 혁거세 신화, 수로신화 및 주몽신화는 가장 신뢰도 높은 일차적 자료이다.

이 논문이 목적하는 바는 이들 자료의 서사구조를 분석하여 그것들 상호간의 이동점을 파악한 후 그것을 근거로 하여 형성과정에 미쳤을 문화적 제양상과 신화언중(神話言衆)들의 생활 방식 및 사고 방식을 결정해 온 세계상을 확인하는데 있다.

가) 단군신화의 구조적 원리를 파악해 보면, 환웅과 웅녀의 강림 또는 인간화의 이니시에이션을 통해 얻어진 자질은 남성과 여성이라는 성별로 표상된다. 이들의 신성혼으로 출생되는 단군의 탄생을 그를 통해 성취될 건국에까지 창조적 이념이 연장된다.

환웅과 웅녀의 인간화된 신 또는 동물이기 때문에 이중성을 지니지만 단군은 완전한 인간으로서의 자질을 가졌다. 환웅과 곰이 천신과 동물 또는 남성과 여성이라는 점에서 2원적 대립을 보이고 있는 반면에, 이들과 단군은 비인간과 인간이라는 점으로 다시 2원적 관계를 이룬다. 종과 횡의 이러한 2원적 대립은 결국 천신, 동물, 인간이라는 3방으로 통합되면서 하나의 국가가 성립되고 이어서 단군의 죽음으로서 위의 3방이 하나로 귀결되는 귀일 법칙이 찾아진다.

나) 다음으로 주몽신화의 구조원리를 살펴보면 해모수는 천제자(天帝子)로서 천상으로부터 웅심산(熊心山)에 내려온 천왕낭(天王郞)이 되고 유화(柳花)는 하백(河伯)의 딸로 인간화된 동물이다. 해모수와 유화가 경험한 인간화 지향의 이니시에이션을 통해 그들의 얻은 자질은 남성과 여성이다. 새로운 세계를 창조하기 위한 신성혼(神聖婚)에서 혼인의 과정이 두 번이나 중복되는 혼란을 겪는다. 사통혼(私通婚)과 일광감정혼(日光感精婚)이 그것이다. 해모수와 유화는 천신(天神)과 동물 또는 남성과 여성의 2원적 대립을 하고 있음에 반해서 주몽은 인간으로서의 완벽한 자질을 가졌기 때문에 인간 아닌 다른 존재들과 구별되면서 인간과 비인간이라는 새로운 대립을 이루게 된다.

다) 세 번째로 혁거세 신화의 구조 원리를 보면 혁거세는 천상의 존재이긴 하였으나 지상에 새로운 삶을 시작하게 되었을 때 알에서 다시 태어나는 과정을 거치고 있다. 알영의 겨웅도 이중 탄생이 확연하다. 혁거세와 알영은 거듭남이라는 방법을 통해서 인간화뿐만 아니라 인간성을 완비하게 되었다. 그를 신성(神聖)과 수성(獸性)이 구유(俱有)되어 있다.

라) 혁거세 신화는 혁거세와 알영이 천신과 동물로 2원적 대립을 취하고, 이들이 맞이굿의 형태에 따라 인간지향을 성취한다는 점에서 인간 이전과 인간이라는 두 가지 형태로 다시 2원적 분류가 되기 때문에 구조적으로도 단군신화 및 주몽신화와 일치한다. 그러나 단군신화 및 주몽신화는 生子라는 과정을 거쳐 신군(神君)이 나타나지만 혁거세 신화는 강탄(降誕)이라는 방법에 의해 신격 스스로가 인격전환을 이루어 군왕이 된다는 점에서 구조적 차이를 보인다.

마) 끝으로 수로신화(首露神話)의 구조 원리에 있어서 수로도 부모가 드러나지 않고 스스로의 신성성(神聖性)을 가지고 있다. 자주색 줄에 달린 상자가 내려왔다는 기사는 그의 천상의 속성을 말해주는 증표이다. 그가 동자로 10여 일만에 9척으로 자라는 것도 그의 신성성이다. 허황옥은 아유타국 공주로 탄생과정의 신화적 요소는 없다. 다만 그 부모의 꿈에 황천상제가 나타나 가락국 수로의 배필로 보내라는 신의(神意)로 왕비로서의 신성성이 보장되어 그들의 신성혼을 보장한다. 천강란(天降卵)에서 인격전환을 한 신성아가 건국하고 신성혼으로 이르는 수로신화는 인격전환 → 신성혼(生子) → 건국(建國) → 사후화신(死後化神)의 과정이 역순이다. 수로신화는 혁거세 신화에 가까운 구조이나 특히 여신의 경우 다른 신화에서는 동물이 여신의 위치에 있음에 반해 허황옥이라는 공주가 여신의 자

격이 된다는 점에서 일반적인 패턴을 벗어나고 있다. 혁거세 신화는 5체분장(五體分葬)이라는 상징적 방법을 통해서 사후화신 및 귀일의 귀결을 이루지만 수로신화는 이런 것들이 일체 생략된 전설화된 신화이다.

바) 이상과 같은 서사구조의 이해 및 문화사적 위상의 검토를 통해 한국의 건국신화가 가지는 세계상을 추출할 수가 있다. 세계상은 상징체계를 통해서 표현된다. 건국신화의 상징체계는 신, 동물, 인간, 초자연, 자연, 문화 및 천부(天父), 지모(地母), 국조(國祖)의 3합적 관계 질서 속에 표출된다.

신과 동물로 표현되는 천부와 지모는 농경씨의 전형적인 세계상을 보여주는 상징체계이다. 수렵채취 사회나 유목 사외의 남권적 사회에 비해서 농경사회는 지모신의 중요성이 인정되는 가운데 생활양식이나 사고방식에 있어서 남녀의 동위적인 사회적 역할기대가 필수적이며 분업현상이 생긴다. 그러나 우리나라의 경우 건국신화에 지모신계열이 특히 동물로 대표된다는 점에서 수렵채취를 경험했던 古아시아 族의 후예라는 역사적 사실과 깊게 관련되어 있다. 지모신(地母神)이 생활양식을 보장해주는 신격(神格)이라는 점에서 수렵수호신이던 단군신화의 곰이 지모신이 되었고 이런 관계에서 주몽신화의 어렵적인 물고기나 혁거세 신화의 농경에 관련된 용이 모두 지모신의 위치에 있다.

사) 이와 아울러 건국신화가 보여주는 세계상의 다른 특징은 현세주의적이고 인본주의적이라는 것이다. 신과 동물이 모두 인간이 되고자 했고, 천부(天父)와 지모(地母)도 모두 건국(建國)이라는 현실적인 생활의 장을 여는데 기여하고 있다. 현세주의적이라는 것은 고등종교의 내세지향적 또는 수렵, 유목민의 초월적인 세계상과 구별

되는 것으로 농경사회에서는 현세주의적 성향이 강하게 나타난다.

구조분석에서 살폈던 귀일(歸一)의 법칙은 모두 단군이 죽어서도 세속과 연계관계를 맺게 된다는 사실을 보여주는 신화적 장치다.

자연종교의 일반적 특징이기도 한 현세주의적 세계관과 이상주의적 인간관은 한국의 건국신화에 있어서 천부지모적 세계상과 더불어 궁극적 논리로 작용하고 있다는 사실을 알 수 있다.

46-8. 황형식 박사의 「花潭의 仙詩硏究」

이 논문은 서론에서, 화담은 유가적 삶을 견지하면서 현실을 벗어나 이상향을 동경하고 자연에서 소요했다고 했다. 화담집에 실린 시 75제 97수 중에서 유선시, 연단시를 일별했으므로 나머지 선시를 검토하겠다고 했다. 그런데 막상 선시의 범주에 드는 작품은 네 수인데 선시와 자연시의 구분이 애매한 편이다.

안개긴 시냇물과 구름 들린 봉우리는 맑게 빼어나 있고
달빛 어린 정자와 바람부는 바위는 더욱 산뜻하네
담박한 이 유람에 마음 편히 두고 있으니
봉래산 같은 이 경치에 어찌 꽃 신선을 찾아야만 하리
詩賦 邊山

화담의 한칸 초옥은
깨끗하게 신선 사는 집 같네
창문 열면 산 빽빽이 다가오고

베갯 머리엔 샘물 소리 울리네
골짜기 그윽한데 바람만이 살랑이고
고장이 외따로우니 나무만이 무성하네
그 속에 거니는 이 있으니
맑은 아침 책읽기 또한 좋네
詩賦 山居

세상 밖에 멋대로 사는 사람은 언제나 속편해서
초가는 정말고 신선사는 곳 같네
성글고 느슨한 탓으로 어울리는 이 적지만 그대로 즐길만 하니
구름과 샘물 흐르는 자연을 스스로 여유있게 만드네
詩賦 次沈敎授見贈韻

얼마나 많은 사람들이 수심어린 얼굴을 하고 있는가?
세상 사람들은 본디 많은 기꺼움을 알지 못하거니
평평한 땅에서도 신선 세상과 속된 세상 갈라짐을 비로소 알았으
니
성 밖 푸른 산에 오른 사람 드물다.
詩賦 次申秀方上巳日見贈

　황 박사는 연부역강하니 앞으로 많은 발전을 기대할 수 있을 것
이다.
　그의 학위논문 「서화담의 시문학 연구」의 개략을 소개한다.

본 연구는 화담의 사상과 시문학을 종합적으로 검토한 것이다. 화담의 사상에 대한 연구는 유가적인 측면에서의 기에 관한 것이 전부를 차지하였으며, 문학에 대한 연구성과도 일천하기 그지없었다. 화담이 조선조사상사에 미친 영향이나, 『花潭集』을 통해 시문과 비평에 이르기까지 우리 문학의 전분야에 이르는 문화유산을 남겨 놓았으나, 그의 작품 전체를 대상으로 그의 문학세계를 논의한 논문은 전무하다. 화담 문학의 총체적 이해를 위해서는 작품 전체와 그의 사상에 대한 종합적 접근이 필요하다.

화담은 어려운 가정에서 태어나 사회적으로도 혼란한 시기를 지낸 인물이다. 이러한 이유로 화담의 문학작품에는 원망과 갈등이 나타나며, 현실의 암울함에서 벗어나 자연에서 유유자적하는 도가를 지향하였으며, 그의 사상 저변에는 도교사상이 깔려있다. 그러나 유가사상을 간과하고 도가사상으로부터 화담을 이해하고 접근하는 것은 화담의 문학을 제대로 이해할 수가 없기 때문에 유가적인 측면을 동시에 다루어야 한다. 그것은 당시 조선조 사회가 도교를 이단시하고 유학을 숭상한데에서도 찾아볼 수 있기 때문이다.

지금까지 논의된 것을 순서대로 요약 정리하는 것으로 결론을 삼고자 한다.

화담의 생애에서 그의 사상은 성장기와 수학기에서는 대체로 유가사상이 지배적이며, 주유기와 은둔기인 생의 후반은 도가적인 경향이 강하게 나타나고 있다. 이는 학문할 뜻을 세울 때는 자신의 재주와 학문을 세상에 펼치겠다는 뜻이 있었으나 당시 사회가 그의 현세적 성취를 용납하지 않았다. 이로 인하여 도가적 사유방식을 가지고 그는 벼슬길을 사양하고 은일하기에 이르렀던 것이다.

화담에 관계된 자료를 검토한 결과 유가적인 측면은 『화담집』, 『조선왕조실록』, 『연려실기술』, 『해동명신록』, 『전고문헌』 등이다. 도가적인 측면은 『화담집』, 『연려실기술』, 『청학집』 등이다. 같은 자료에서 유·도가를 동시에 기록하고 있으나 이것은 일생의 전기와 후기에 따라 다르게 나타나고 있기 때문이다. 『조선왕조실록』에서는 유가의 정맥이 아니라는 입장에서 그의 도교적인 입장을 다른 기록물에서 보다 더 초점을 맞추고 있다. 『전고문헌』에서는 화담 자신이 儒道가 최상이라고 하고 있다. 따라서 화담은 유·도를 겸비한 학자라 하겠다.

화담의 학풍은 유학과는 다른 면이 있다. 유학은 인륜문제로부터 시작하지만 그는 천지만물의 자연 현상을 관찰하는 것으로부터 시작했다. 그는 철저한 탐구정신과 사색의 태도로 자득하였다. 그러나 그의 사상은 주염계, 소강절, 장횡거 등의 사상에 영향을 받아 그것을 합일하여 새로운 기일원론을 창조하였으며, 그들의 도가적인 사상에도 영향을 받았다고 할 수 있다.

근본적으로 유가와 도가의 기는 맥락을 같이하고 있음을 알 수 있었다. 그것은 氣의 의미가 도교에서 출발되어 신유학이 형성되면서 유학 속으로 스며들었기 때문이다. 유가와 도가에서 말하는 기의 의미가 근본적 실체는 같지만 용어 문제와 그 전개되어 지는 바는 각각 다르게 나타나고 있다. 유가에서는 이기이원론과 주기론적인 측면에서 다룬다면 도가에서는 정기신이나 氣적인 측면에서 이기이원론을 다 포함하고 있다는 것이다. 이것은 氣 속에 내재되어 있는 의미로써 파악이 된다. 도가에서는 이 氣에 대해서 정기신과 형기신의 의미로 사용하였다.

우리나라에서는 김시습이 기학사상의 시초를 열었지만, 학적 구성면은 화담의 기학사상이 이론체계에 있어서 더 정밀하고 자세하다고 할 수 있다. 화담은 유가적인 이 氣의 규정 속에서 새로운 각도로 기의 문제를 다루려고 시도하였다. 그는 理氣와 연관하여 기를 문제삼거나 파악해 들어가지 않았으며 유가에서 사용하는 太極을 사용하지 않고 태허라 하여 그 의미를 정기신으로 파악하였다. 화담이 사용한 태허는 精·氣·神이다. 화담은 精氣神을 함께 사용하지 않고 분리하여 사용하고 있다. 이로 본다면 그의 기론은 유가 철학에서 다루고 있는 기론과는 차원을 달리하였다.

『화담집』에 실린 시 75題 97首 중에 나타난 氣의 화담의 이론과 符合되는 것이 많다. 그의 시는 관조적이고 오며한 자연의 도를 추구하는 철학적인 시는 대부분이 '氣'에 관한 것이며, 이 외에도 순수한 체험이나 관조적 정서를 다룬 순수 서정시들이 있는가 하면 사회의 부조리나 세태를 비판하는 시들이 상당히 나타나고 있다.

화담시에 나타난 儒家的 氣는 太虛詩 5題 5首 5.15%, 陰陽詩 5題 6首 6.18%로 전체의 10題 11首 11.34%가 나타나고 있다.

유가적 시에 나타난 현실인식의 현실지향 시 8題 8首 8.24%, 대리지향 시 3題 3首 3.09%로 전체 11題 11首 11.34%가 나타나고 있다. 따라서 유가적 측면에서 다룬 시는 전체 21題 22首로써 22.68%가 나타나고 있다.

道家的 氣는 태허시 5題 7首 7.21%, 음양시 5題 6首 6.18%, 사생시 1題 2首 2.06%로 전체 11題 15首 15.46%가 나타나고 있다. 도가적 시에 나타난 초월의식을 다룬 은일지향성의 자연교감시는 12題 12首 12.37%, 탈속시 2題 2首 2.06%, 교유시 12題 13首 13.40%, 여행시 3題 4首 4.12%로 전체 29題 31首 31.95%가 나타나고 있다. 선계지향성을 나타낸 선시는 11題 11首 11.34%, 연단시 1題 1首 1.03%, 유선시 4題 5首 5.15%로 전체 16題 17首 17.52%가 나타나고 있다. 따라서 도가적 측면에서 다룬 시는 전체 56題 63首 64.94%가 나타나고 있다.

이로 본다면 화담시 전체 75題 97首 가운데 유가적 시는 21題 22首 22.68%, 도가적 시는 56題 63首 64.94%이다. 단연 도가적 시가 우세하다. 따라서 화담은 시에서 도가적인 입장을 취하고 있다. 이는 그의 일생과 무관하지가 않다. 그것은 화담의 시가 대체로 일생에 있어서 주유기와 은둔기에 쓰여졌기 때문이다. 그의 삶 속에서 도가적인 사유체계를 가지고 있던 시기가 일생의 후반이기 때문이다.

그러나 화담은 스스로 유자라 칭하였으면서도 유가와 도가, 현실과 자연 두 세계를 동시에 지향하는 의식을 보였으며, 현실과 서로 어그러져 선계를 동경하고 지향하게 되었던 것이다.

화담에게서 선계 지향은 詩 75題 97首 가운데 나타난 仙詩語를 통해서도 알 수 있다. 화담은 仙詩語는 150가지 191회가 나타나고 있다. 이 가운데 仙人은 14가지 16회 8.37%이며, 仙界의 27가지 29회 15.18% 중에서 天仙界는 11가지 12회 6.28%, 地仙界는 15가지 16회 8.37%, 水仙界는 1가지 1회 0.52%이다. 瑞@獸는 12개 12회 6.28%, 仙藥은 5가지 6회 3.14%, 仙寶는 9가지 14회 7.32%, 仙花는 9가지 19회 5.23%, 仙木은 12가지 16회 8.37%, 瑞像은 43가지 62회 32.46%, 기타 仙語 19가지 26회 13.61%가 나타나고 있다.

화담시 75題 97首로 본다면 많지 않은 시 중에서 150가지 191회가 선시어에 해당된다는 것은 그가 얼마나 仙的 세계를 지향하고 동경하였는지 알 수 있게 한다. 현실에 대한 관심과 지속적인 표명에서도 결국 현실과 유리될 수밖에 없었던 화담은 자연스럽게 산수를 노래하며 도교사상에 몰입하였던 것이다.

화담의 선계지형은 현세에서의 갈등과 울분을 치유하고자 함이다. 그는 혼란한 현실과 불우했던 현실을 자유롭게 살 수 없는 곳으로 생각하고, 잡념을 없애주고 자신이 소요할 수 있는 공간으로 선계를 그렸던 것이다.

본 연구에서 다루어진 이제까지의 작업으로 화담 서경덕의 생애와 학풍, 기사상, 의식의 세계, 유·도를 포괄한 시는 어느 정도 밝혀졌다. 그러나 다른 학자들과의 대비나 그의 雜著 등의 산문에 대한 분석 연구가 이루어지지 못한 점은 안타깝게 생각하며, 후일의 과제로 남겨둔다.

46-9. 심재복 박사의 「조선후기 도불습합소설의 성립과 유형」

그의 논문 결론부분에서 그 진면목을 볼 수 있다.

"이 조선후기 도불습합 소설의 출현 배경은 도불습합의 경향과 소설계의 경향이 연접조화되어 형성되었다. 원래 불교와 도교는 신기와 도술면에서 일치되고 있었다. 조선후기 서민대중, 수용층의 신앙적 경향이 정통종교의 교리, 강론보다는 그 혁신적인 신기와 도술 등에 호기심과 매력을 가지고, 그에 따라 모든 소망을 영험과 구제를 성취시켜 주기를 갈망하게 되었다. 이에 도교와 불교는 서민 대중의 신앙을 충족시키려 결정적인 습합을 도모하게 되었다. 이 도불습합은 결국 공통 목표를 최대한으로 달성하고 그 기능을 극대화하는 신무기로 작용하였던 것이다.

이 도불습합은 민간신앙의 핵심으로서 상당한 세력을 유지하고, 향후 민간신앙과 신흥종교까지 좌우하게 되었고, 제3의 종교로 실세를 갖추어 상당한 호응을 받게 되었다. 이러한 도불습합의 신앙적 전통은 도불의 신들과 인간적 영웅의 일대기를 신기와 도술로써 영험, 구제를 자유자재로 성취하는 '영웅의 일생'으로 창조 승화시켰던 것이다. 이러한 도불습합의 신앙적 소망과 역량이 결합되어 그 배경으로 작용하고 소설계와 접맥되어 도불습합소설의 출현을 촉진시켰던 것이다. 이에 조선후기 소설계는 점차 자유천지를 만나 활기를 띠게 되었고, 소설을 소설로 공인하여 정치성, 윤리성, 허탄성 등에서 완전히 해방되어 창조적 세계를 허구화하게 되었다.

그리하여 소설계는 출판업, 서적상들과 제휴하여 잘 읽히는 작품, 잘 팔리는 책을 만드는 데에 최선을 다하였다. 이어 작자층과 수용층이 창출해 낸 작품군은 「홍길동전」 같은 새롭고 낯선 작품이었고, 도불습합의 소설이 등장하였다.

도불습합소설은 오랜 전통의 불교소설을 도교소설로 개신하는 방향으로 모색되었다. 국문 불교소설은 15세기에 형성되고, 16세기에 발전, 17세기에 난숙되고 18세기에 융성했다. 국문소설은 흥행기에 쇠퇴의 길로 가고, 불교소설은 도교와 도교소설의 제반요소를 융합시켜서 도불습합소설로 나아갔다. 도교소설인 15세기 「금오신화」나 16세기의 「기제기이」를 거쳐 교산소설(蛟山小說) 등으로 이어지면서 18세기 국문도교소설이 활발히 형성되고 그 후 소설흥행의 기운을 타고 활로가 열렸다.

이러한 도불습합소설은 불교를 주축으로 하고 도교를 종으로 하는 「주불종도형」과 도교를 주축으로 하고 불교를 종으로 하는 「주도종불형」으로 나눌 수 있는데 앞의 것은 「안락국전」, 「구운몽」, 「박씨전」, 「흥부전」, 「적성의전」, 「유충렬전」, 「심청전」 등이고 뒤의 것은 「숙향전」, 「최고운전」, 「홍길동전」, 「삼한습유」, 「유문성전」, 「전우치전」, 「금원전」 등이다.

이러한 도불습합소설은 소설의 새지평을 열었고, 일반 독자들에게 크게 어필했던 것이다."

심재복 박사는 호젓하고 온유한 학자로 대전의 교육계에서 널리 알려진 학자다.

46-10. 이재성 박사의 「금오신화, 가비자의 비교연구」

도교가 한국에서 종교적으로는 뿌리 내리지 못했으나 국문학에서는 많은 소재와 문학적 요소를 제공해주었다. 시가나 소설에서 두드러진다. 한편 일본문학에서도 「가비자」를 중심으로 도교문학적 요소를 찾아볼 수 있다. 특히 중국의 「전등신화」 우리나라의 「금오신화」, 그리고 일본의 「가비자」는 그 영향의 수수관계가 밀접하다.

일본문학에서 특히 「가비자」를 주목하는 것은 작품 68화 중에서 도교적 요소가 담긴 것은 선계 즉 별세계의 이야기이다. 「十津川의 仙界」, 「伊勢兵庫仙界에 다다름」, 「下界의 仙境」, 「龍宮의 上」, 「長鬚國」은 이상향의 세계이다."

이재성 교수는 원래 중국, 한국, 일본으로 연결되는 「전등신화」, 「금오신화」, 「가비자」를 비교하여 각각 그 나라의 특색을 비교연구하려 했으나 그가 일본문학을 전공하기 때문에 중국문학, 한국문학에 의한 「가비자」의 수용태세보다는 일본문학에 있어서의 위치에 치중해서 연구하게 됐다. 한국의 시각에서 썼더라면 더 좋은 논문이 됐을 것이다. 지금 마산대학에서 학과장과 중요 직책을 맡고 있다.

결론 부분을 소개한다.

민간에서 신봉되고 있던 오두미도(五斗米道)가 고구려 營留王때 道士와 천존상(天尊像)이 전래되어 보장왕(寶藏王)때가 되어서는 국가 진호(鎭護)의 임무를 맡는 한 나라의 종교로 탄생하게 되었다. 한편 신라나 백제는 직접적인 전래 자료는 없지만 노장사상과 도덕경(道德經) 등의 문서가 들어 왔다는 기록이 보이고 있다. 그러나 일본의 경우는 도사(道士)와 도관(道觀)을 필수로 하는 성립도교는 들어오지 않았고 민간도교였기 때문에 전래기사(傳來記事)가 없다고 볼수 있다. 그러나 『古事記』·『日本書紀』에 도교와 도서(道書) 속에 사용된 용어나 이것들과 관련된 전승의 기록들은 있다. 그리고 고분출토에서의 신선상(神仙像)이나 신수(神獸)를 만든 것이 꽤 있는 것으로 보아 이미 고분시대에 신선사상이 들어와 있었다는 것을 알 수 있다. 뿐만 아니라, 태산부군신앙(泰山府君信仰)에 초점을 맞춘 도교가 일본 문화 속에 자리잡고 있었다는 사실도 알 수 있다.

도교가 한국에서 종교적으로는 큰 업적을 남기지는 못했지만 국문학에 도교적 요소가 반영된 양상은 의외로 풍부하고 많은 문학적 소재를 국문학에 제공해준 것만은 틀림이 없다. 국문학 작품 중에서도 고전소설과 시가문학(詩歌文學)을 비교해보면 고전소설에 특히 많이 나타나 있다고 본다. 도교사상이 고전소설에 많이 반영되고 여러 작품 속에 산재하여 있음을 볼 때 고전소설에 도교적 요소가 미치지 않은 작품이 거의 없다고 해도 지나친 말이 아닌 것 같다.

한편, 일본문학에서 도교는 노장관계서(老莊關係書)를 애독하는 문인들에 의해 정착되어 『懷風藻』나 『萬葉集』에서는 중국의 노장사상의 영향을 찾아 볼 수 있으며, 『만엽집』에는 선경(仙境)에 관한 노래나 연금술(鍊金術) 관계의 작품도 있다. 평안조(平安朝)에 들어 『凌雲集』, 『文華秀麗集』, 『經國集』, 『本朝文粋』의 한시문집(漢詩文集)이 연달아 편찬되었으며, 거기에는 陶淵明, 謝靈雲 등의 六朝시인과 『白氏文集』 등으로부터의 간접적인 영향도 있어서 『莊子』에 마음을 둔 작품이 많이 발견된다.

선서(善書)의 일부가 계속 간행된 강호(江戸) 초기에 있어서는 도교는 각 분야의 학자나 민중에 점차 친해져 갔다. 그리하여 당연히 문학작품에도 영향을 주게 되었다. 예를 들면 당시의 가명초자(假名草子)의 대표적 작품인 천장료의(淺井了意)의 『浮世物語』에서는 명대의 선서(善書)에 가까운 교계서(敎戒書) 『明心寶鑑』으로부터의 인용이 명백하다. 또한 卷五의 7은 료의(了意)의 도교사상의 영향을 나타내는 좋은 예이기도 하다.

현실계 안에 초현실계가 직접 뛰어드는 것은 도교적 의식이 깔고 있는 독특한 사고체제이다. 현실계와 초현실계를 하나의 차원에 포함시킴으로써 현실과 초현실을 구분하지 않고 통일시키려는 것이다. 『金鰲神話』에 나타난 초현실성은 대개 이승에 살고 있는 인간이 귀신들과 교접하는 양상을 보여준다. 한편, 작품 전체를 놓고 볼 때 도교사상이 지니는 하나의 두드러진 특징은 작품의 모든 흐름이 옥황상제(玉皇上帝)의 지배하에서 숙명적으로 이루어지고 있다는 것이다. 옥황상제는 지상과 천상의 절대권자이다. 이러한 옥황상제에 대한 믿음은 우리에게 전래된 불교나 유교에서는 존재치 않는 것이다.

불교는 인과론적 우주관을 지니고 있어 절대 권능의 주재자(主宰者)에 대한 종속적 세계관에 대치되고, 유교의 천경앙 사상(天敬仰思想) 역시 그 대상에 대한 경외, 혹은 도덕적 가치 기준의 설정은 있으나 존재성에 대한 절대 신앙체제는 아닌 것이다. 이러한 거 난점에서 볼 때 우리 선인들의 숙명론적 우주관은 가히 도교적이라 할 수 있고, 작품 『금오신화』의 구성체계 역시 이러한 도교사상이 전체적으로 내재되어 있다고 보는 것이다.

한편, 『伽婢子』의 거의 모든 이야기에는 이계(異界)를 설정하고 있다는 것이다. 설정이 없는 이야기는 68편 중에 겨우 5편에 지나지 않고, 남은 63편 중에 '妖物'로 나타낸 3편을 제외하면, 그 외는 넓은 의미로서의 異界—冥界・異鄕・異形・蘇生・꿈 등을 포함—와 현실 세계와의 교류가 있었다고 볼 수 있다. 그리고 『伽婢子』가 도교적 측면에서 받아들여진 요소로서는 가장 먼저 仙界 즉, 別世界를 들 수 있다. 「十津川の仙境」・「伊勢兵庫仙境に到る」・「下界の仙境」・「龍宮の上棟」・「長鬚國」은 이 세상과는 별세계인 일종의 이상경(理想境)이다.

46-11. 최종운 박사의 「환몽소설의 명칭과 이념적 기반 연구」

이 학위논문의 개략을 소개한다.

첫째, 꿈 관련 소설의 명칭으로는 「幻夢小說」이 가장 적합하다. 서사문학의 유형분류상 환몽소설의 의미는 '현실과는 다른 꿈의 소설'이 된다. 이것을 구조와 결부시켜 볼 때 전체 이야기가 하나의 꿈의 이야기로 짜여진 구조는 '입몽전─입몽─몽중─각몽─각몽 후'로 나타나기 때문에 '현실과 꿈이 변화하는 구조'라는 의미의 '幻夢구조'가 가장 적합한 명칭이 된다. '幻夢구조'와 관련하여 '幻夢소설'을 살펴볼 때 그 의미는 현실과 다른 즉 '현실과 꿈이 변화하는 구조의 소설'로 해석된다. 그렇기 때문에 소설 속에서 꿈의 구조를 '幻夢구조'라 명칭하고 그러한 구조의 소설을 '幻夢小說'이라 명칭하는 것은 작품이 지닌 구조상의 특징을 두고 생각할 때 적합하다.

둘째, 단편 환몽소설의 개념은, 조선시대 유교 중심의 사회에서 어떤 史實과 관련된 자아와 세계 간의 이념 대립으로 인한 갈등을 표출하기 위한 수단으로 환몽 구조를 택한 소설을 말한다. 따라서 이념적 기반은 전혀 다름을 알 수 있다.

셋째, 김만중과 남영로는 생존 시기는 200년 정도 차이가 나지만 유교사회에서 태어나 유학을 공부했으면서도 당시 지배계층에서 이단시되었던 불교와 도교사상 등에 많은 관심을 가졌던 식자층으로 유교사회에 조화되지 못한 불우한 생을 살았다는 공통점이 있다.

그리고 시대상황에서 파악할 수 있듯이 남영로의 생존시기가 김만중의 생존시기보다 훨씬 더 도교사상에 침잠했을 가능성이 높은 것으로 파악된다.

넷째, 장편 환몽소설에서 「구운몽」은 3교사상이 사상적 배경을 이루는 가운데서도 불교사상이 중심이 된 작품이고, 좀더 적극적인 견해로는 空사상이 중심사상이다. 「옥루몽」에서는 3교사상이 사상적 배경을 이루는데 그 가운데 도불습합사상이 중심사상으로 나타난다. 그러나 그것은 도교를 중심으로 하여 불교가 습합된 것이기 때문에 결국은 도교사상이 중심이 된 작품이며 좀더 구체적으로는 신선사상이 중심이 된다. 주제에 있어서도 「구운몽」이 인간존재의 구원에 대한 해답이 불교적 깨달음에 있다면 「옥루몽」은 선화(仙化)로 이루어지는 신선세계에 대한 동경에 있다고 할 수 있다.”

최종운 박사는 꾸준한 학술연마로 머지 않아 그의 꿈이 이루어질 것으로 믿는다. 끝까지 그의 학문을 지도하지 못한 것이 아쉬움으로 남는다.

46-12. 정의영 박사의 「삼한습유 연구」

「도교문학연구」에는 수록하지 못했으나 논문 「삼한습유 연구」의 개략을 소개한다. 정 박사 또한 정년 이후에 학위를 받은 노익장의 학자로 다른 이의 귀감이 된다.

본 연구는 조선조 숙종 때 경상도 선산군에 살던 향랑의 원사(寃

死) 사건을 허구화한 「삼한습유」의 문학성을 분석 평가한 것이다. 논의를 요약하면 다음과 같다.

1) 「삼한습유」의 작가가 활동한 시기는 임병양란으로 국가의 전반적인 변화를 초대하여 재도적(載道的) 문학에서 현실적, 주체적, 독창적 문학으로 바뀌었다. 소설에 대한 인식의 변화는 소설 창작의 양적 확대와 작자층과 독자층의 확대도 아울러 사대부들까지도 소설창작의 양적 확대와 작자층과 독자층의 확대도 아울러 사대부들까지도 소설 창작에 적극 참여하여 소솔에 서(序) 발(跋)을 썼다. 이때에 죽계의 삼한습유가 창작되었다.

2) 삼한습유는 향랑의 원사(寃死) 사건을 바탕으로 창작됐다.

① 향랑에 대한 여러 전기와 기록을 살펴보면 작자 자신의 해박한 지식으로 허구화된 작품이다.

② 조구상의 「향랑전」을 통해 볼 때 최초의 구전자(口傳者)는 남면약정(南面約正)과 초녀(樵女)이다.

③ 향랑에 대한 최초의 기록은 숙종실록 소재의 조구상의 상계문(上啓文)이다. 상계하여 정표를 기다렸더니, 내려오지 않자 원사 사건의 민멸을 우려하여 향랑전을 입전(立傳)했다.

④ 최초의 전(傳)인 조구상의 「향랑전」은 전기이기는 하나 후대의 전(傳) 문학의 모델이 되었다.

⑤ 이광정의 「임열부향랑전」, 조구상의 것과 유사하고 이안중의 「향랑전」은 삼한습유와 매우 흡사하여 「삼한습유」에 가장 많

은 영향이 미쳤다. 이옥의 「상란전」도 유사하다.

3) 순조 14년(1814) 죽계 김소행 무태거사와 주위 사람들의 간청에 의해 그의 구술을 무태거사가 필사하여 작품이 완성된다.

4) 작품은 하강과 상승구조로 이루어졌으며 주인공은 삼생구도(三生構圖)로 되어 있다. 프롯트는 도입부—서두부—전개부—결말부—논찬부로 구성되어 전양식에 따른 순차적 구성으로 되어 있다.

향랑이 죽은 후의 세계는 천상계의 패황옥녀로 허구화시켜 천상계, 지상계 다시 천상계로 오르내리며 황생재가하며 향랑 아버지, 향랑 어머니, 포악한 남편의 갈등을 볼 수 있다.

신라의 삼국통일에 향랑을 여선부인으로 삼국통일의 주역이 된다. 읍루도 삼교가 혼용되어 있다.

정의영 박사는 기본 자세가 천생 교육자이며 그의 모습에서 후덕함을 느낄 수 있다. 정 박사는 여러 회원들을 윤리적으로 이끌어주는 분이다. 지금도 경북과학대학 등에 출강 중이다. 학위논문을 끝까지 지도하여 논문의 수준을 더욱 업그레이드하지 못한 책임감을 느낀다.

47 延年益壽(延年益壽)의 비결

2005년 6월 20일자 조선일보 30면에 박원수 기자가 "『소녀경』은 절대 야한 책이 아닙니다"라는 타이틀로 소개했다.

국내서 첫 완역본을 펴낸 최창록 교수의 "건강 비결을 정리한 철학·의학서"라 했다.

한국의 많은 어른들에게 아직도 '성인용 에로티시즘 서적'으로 알려져 있는 중국의 '소녀경(素女經)'이 한 노교수의 손으로 완역됐다. 『완역본 황제소녀경』(黃帝素女經·도서출판 선)을 낸 주인공은 최창록(崔昌祿·69) 대구대 명예교수. 한국도교문학회 회장인 그는 기자에게 '소녀경에 관한 오해'부터 이야기하기 시작했다.

"황제소녀경은 세간에 알려진 것처럼 '야한 책'이 아닙니다. 중국 고대의 전설적 제왕인 황제(黃帝)와 소녀(素女)와의 대화를 통해 남녀의 조화로운 성(性) 생활과, 몸과 마음의 건강 비결을 정리한 철학서이자 의학서입니다. 그런데도 국내에선 일부만을 발췌하거나 다른 유사 서적들을 끼워 맞춘 조악한 '소녀경'들이 나돌았습니다. 이런 단편적 이해에서 벗어나 황제소녀경의 전모를 알리기 위해 국내 처음으로 완역했습니다."

최 교수는 또 "황제소녀경은 『황제소문경(黃帝素問經)』, 『황제영추경(黃帝靈樞經)』과 더불어 도교(道敎)의 3대 경전"이라며 "의학서인 「소문경」과 「영추경」을 이미 번역해 낸 저로선 '소녀경'까지 내게 되어 3대 경전을 모두 소개한 셈"이라고 했다.

1964년 경향신문에 평론이 입선했고 1970년에 현대 문학지를 통해 평론을 발표하면서 문학평론가로도 활동해 온 최 교수는 대구대 교수로 재직하다 2001년 정년퇴임했다. 그는 도교문학 분야를 파고 들어 『한국도교문학사』, 『한국의 풍수지리설』 등 관련서 10여권을 냈다. 최 교수는 오래 전부터 『황제소녀경』의 완역을 꿈꿔오다가 지난 해 5월 중국 중징(龍井)의 윤동주 시인 기념관에서 '소녀진경(素女眞經)'을 접하고 번역을 시작했다.

최 교수의 완역본 '황제소녀경'은 '음양(陰陽)과 5행(五行)'에서부터 '방중술의 중요과정'까지 모두 18개 부분으로 나눠 성생활에 관한 많은 지혜를 전해 준다. 최 교수는 "바둑을 정석으로 배운 사람은 높은 경지에 올라갈 수 있지만 편법으로 배운 사람은 결코 실력이 늘지 않는 법"이라며 "성생활 역시 지혜롭게 해야만 건강과 장수를 누릴 수 있다"고 강조했다.

48 인생은 아는만큼 보인다

11월 10일자 조선일보에 의하면 "아시아인들의 성생활은 세계 꼴찌"라는 글에서 오래 사는 국민과 성생활과는 비례하는 통계를 볼 수 있었다. 또 그 아래에는 "반짝사랑"에 실린 젊은이들이 시낭송이나 토론모임을 통해 예술과 지성을 논하면서 연애하는 인테리데이팅(Intellidating)이 유행이라 했다. 즐겁게 오래 사는 법을 요약해서 읽는 것도 삶의 질과 관련있는 것이리라.

"성은 아는만큼 보인다"고 했다. 그런데 유가(儒家)에서는 고전이 된 이 책을 읽기는 좋아하나, 말로 표현하는 것은 체면을 구기고 자신의 인격이 망가진다고 생각했다. 불가(佛家)의 요가 도가(道家)의 단전호흡은 이에 대한 깊은 성찰이다. 오늘날 매스컴에서는 우리의 고전을 능가하는 성에 대한 이야기를 활발하게 논한다. 그러나 논의의 범주가 이 고전에서 크게 벗어나지 않는다.

「아메리칸 아이돌」에서 최고점수를 받은 아마추어가 '무대에서는 최고로 망가지라'고 한 말이 성공의 비결이고 보면 깊이 새겨 둘 만하다.

황제소녀경은 중국의 고전으로써 '어른들에 대한 성교육 교과서이면서 때로는 망가지는 행위로 비출 수도 있다 그러나 이책은 『황제소문경』, 『황제영추경』과 더불어 3개 도경시리즈의 하나이나. 황제소문경은 黃帝와 岐伯의 대화이며 전통의학에 기반을 둔, 延年益壽에 관한 책이고, 황제영추경은 黃帝와 岐伯의 대화로서 無病長壽에 대한 처방이고, 황제소녀경은 黃帝와 素女의 대화로써 男子는 건강, 여자는 병의 치료가 그 목적이라했다.

소녀경은 읽으면서 망가지는 그 비결을 들어보자.

음양과 5행은 음양이 조화로와야 원만한 성생활이 가능하다고 했다. 피차가 크라이막스시간에 조화롭게 배합되어야 한다.고 했다. 이를 아는 것이 음양지도를 아는 것이며 음양5행설에 근거하여 水性은 여자, 화성은 남자이니 수성이 강하면 화성이 불꺼진다고 했다.

朶女와 彭祖의 대화에서 延年益壽의 法은 愛情의 精力, 精神의 修養, 服食補藥으로 건강해야 음양지도를 다 태울 수 있다고 했다.

많은 교접과 적은 배설은 交合은 하되 배설은 될 수 있는대로 삼가라고 했다. 정신의 유쾌함과 몸과 마음의 홀가분함으로써 청춘 활력의 일상적 유지가 중요하다고 했다.

아홉 얕음과 하나 깊음에서는 상대를 대할 때는 돌맹이나 기왓장 보듯 하고 자신은 금옥처럼 귀하게 여기라고 했다. 여자가 쾌감을 느껴 요동칠 때 억눌러 사정치 말고 빼버린다. 오르가즘에 이르는 성감이 여자는 길고 남자는 짧다.는 것을 알아야 한다고 했다. 단련 하여 억제력을 길러야 건강을 유지한다고 했다.

양성과 煉氣에서는 일정기간 교접을 금하는 것은 몸에 해롭다고 했다.

천지는 열고 닫힘이 있고 음양은 베풀고 변화함이 있다고 했다.

사람은 연기(煉氣)를 자극하여 낡은 기를 내보내고 새기운을 받 아들여야 하며, 단전호흡은 교접해도 배설하지 않는 수련법이라 했 다. 도인술로 환정보익하여 장생의 도를 닦아야 한다고 했다.

기분과 정취(情趣)에서는 음양교접의 도의 기본 자세는, 남자는 오래 교접해도 쇠약해지지 않는데 이르고 여자는 모든 병을 없앨 수 있어야 한다고 했다. 음양지도는 남녀가 함께 화합함에 있고 기 분을 배양함에 있다고 했다.

4時와 오장에서는 성생활은 자연적 운율에 순응해야 한다고 했 다. 절제된 도수가 필요하다. 절제가 없으면 百病이 생기고 요절한 다. 절제된 성생활은 침상의 즐거움과 몸을 튼튼히 하고 오래 사는 유익함을 지닐 수 있다고 했다.

양이 음을 얻어서 변화하고 음이 양을 얻어서 도가 되니 一陰一陽이 서로 기다려서 운행한다. 여기에 뜻이 있다고 했다.

'봄밤의 일각은 천금에 값한다.'라고 素女가 말했다. 조루증을 없애려면 먼저 진정해야 하고 스스로 信心이 있어야 하고, 한껏 교합 시간을 길게 늘려야 일찍 싸는(早泄) 毛病을 치료할 수 있다고 했다.

교합 전에 애무(愛撫)를 해서 여자로 하여금 유쾌한 느낌에 이르고 성고조의 곡선이 함께 이르게 해야 한다고 했다.

마음이 평화롭고 기가 조화로우면 교합을 오래 지속할 수 있다. 五常, 九氣, 五色, 七損, 八益의 모든 것을 능수능란하게 운용해야 한다고 했다. 억제하는 법을 훈련해야 早漏증을 만나지 않게 된다고 했다.

愛撫의 필요와 성감대의 마찰은 남자와 여자의 두 마음이 화합해야 정기가 감응(感應)한다고 했다. 또한 전희(前戱)의 기교가 필요하다고 했다. 경락침구(經絡針灸)의 혈도(穴道)가 관건이 되는 부위이다. 환정보뇌(還精補腦)는 여자의 타액(唾液)을 빨아들여 남자의 소모된 정기를 보충하는 것이라 했다.

애무의 예술적 표현에서는 아내가 남편에게 바라는 것은 애무(愛撫)의 시기와 부위이니 이것이 애무의 예술적 표현이라 했다. 적당한 정도에 그쳐야 설정(泄精)하지 않는다. 아내는 영혼을 사랑하기를 갈망한다. 서로가 휘감는 것을 여성은 갈망한다고 했다.

성교의 규칙에서는 남녀의 교합은 반드시 일정한 순서와 법칙을 지켜야 한다고 했다. 프랑스 속담에 "여자는 음식의 조리가 훌륭하면 침상에서의 솜씨도 훌륭하다"고 했다. 소녀경 중에는 일찍이 교합 순서와 생리해부 및 분석이 있다.

성기(性器)의 지켜야 할 윤리는 오상(五常)이라 했다. 남자의 그것이 지켜야 할 다섯 가지 윤리의 도이다.

평상시에는 은밀한 곳에 숨어 살아 절개를 지키고 자애(持節自愛)하여 항상 청빈한 숨은 선비(常淸隱士)가 돼야 한다고 했다.

대체로 남자의 그것은 상대방에 베풀고자 하는 뜻이 있으니 仁이다. 이와 함께 중간에 빈 구멍길(空道)이 있는 것을 義라고 한다. 앞쪽 끝에 마디(節)가 있으니 귀두(龜頭)의 禮라고 한다. 교합하고 싶으면 단단하고 꼿꼿하고, 교합할 생각이 없으면 어긋져 정지하여 멈추니 信이다. 房事에 임해서도 또한 놀랍고 이상함을 평정하고 기를 조용히 하고 교합의 법도를 생각하니 지혜(智)이라 했다.

오징(五徵)은 여성 性感의 측정이니 여성의 각종 성반응이 밖으로 나타남이라 했다.

오욕(五欲)이란 여성의 생리수요(生理需要)로서 여자가 의욕(意欲), 음욕(陰欲), 정욕(精欲), 심욕(心欲), 쾌욕(快欲)이라 했다.

여성 욕구의 상징은 십동(十動)이 있다고 했다.
소녀(素女)가 5징, 5욕, 10동을 열거했으나 여자는 각종 같지 않은 자태와 반응이 있다고 했다.

남자의 4기(四氣)는 남자의 그것이 화내는 화기(和氣), 성내어 커지는 기기(肌氣), 커져서 딴딴한 골기(骨氣), 딴딴하고 뜨거운 신기(神氣)가 있다고 했다.
그러므로 성내는 것은 정력의 문(精之門) 이다. 네 가지 기(四氣)가 이르면 도(道)를 조절하여 기틀을 열되(開機) 망령되이 하지 말고(不妄) 정력을 열고(開精) 누정(漏精)하지 말아야 하는 것이라 했다.

여자의 9기(九氣)는 여자가 크게 한숨 쉬고(大息) 침을 삼키는 것은 폐기(肺氣)가 이른 것이다. 소리나게 입술을 빠는 것은 심기(心氣)가 이른 것이다. 안고서 계속 떨어지지 않는 것은 비기(脾氣)가 이른 것이다. 음문이 매끄럽고 윤택한 것은 신기(腎氣)가 이른 것이다. 은근히 사람을 깨무는 것은 골기(骨氣)가 이르른 것이다. 발로 사람을 얽어매는 것은 근기(筋氣)가 이르른 것이다. 남자의 그것을 만지작거리고 노는 것은 혈기(血氣)가 이르른 것이다. 여자가 남자의 젖꼭지를 갖고 놀면 육기(肉氣)가 이르른 것이다. 오랫동안 교접동을 하면 기실은 그 마음을 느껴서 9기(九氣)가 다 이른 것이라 했다.

고대방중술(古代房中術)의 특색은 남녀의 교합을 이용하는데 있다. 그것은 향락과 양생의 2중 목적이다. 이 때문에 남자의 4기의 이름과 여자의 9기의 이름을 강조했다.

남녀의 4기와 9기가 이르지 않으면 몸을 상하고 얼굴이 훼손된다. 반드시 힘을 태워서 재를 만드는 법을 써서 의료치료의 재능을 구할 일이라 했다.

사정을 빨리 하지 말라. 오래 참을수록 병이 없어지고 건강해진다고 했다.

구법(九法)은 용의 뒤집음(龍翻), 호랑이 걸음(虎步), 원숭이 나뭇가지 잡음(猿博), 매미가 달라 붙음(蟬付), 거북이 하늘로 오름(龜騰), 봉황이 날아 오름(鳳翔), 토끼가 털을 빨다(兎吮毫), 물고기 비늘을 문지름(魚接鱗), 학이 긴 목을 서로 얽음(鶴交頸)이 있다고 했다.

공통된 점은 여자가 오르가즘에 이르면 상하운동을 그친다. 이렇게 하면 1)은 百病이 없어짐. 2) 백병이 발생않고 남자는 더욱 왕성 3) 백병이 저절로 낫는다. 4) 7상이 저절로 없어짐 5) 행해도 정액을 잃지 않으면 정력이 백배가 된다. 6) 모든 병이 소멸 7) 백병이 생기지 않는다. 8) 여러 結聚를 치료 9) 7상이 저절로 낫는 좋은 점이 있다고 했다.

8익(八益)은 성기능 강화의 8종 체위라고 했다. 음양조화를 시키는데 있고 성기교 수련을 빌려서 남녀의 물의 융합뿐 아니라 애정이 단단해지고 동시에 다시 병을 제거하고 몸을 강하게 하고 건강 장수하는데 있다고 했다.

8익법은 각종 성변체위를 응용하고 筋肌, 關節, 內臟, 血行, 脉結, 신경 등의 기능을 강화한다. 8익법은 적극적인 내장 강화와 남녀의 성교 진도를 조절하고 신체 피권과 정신곤돈을 없애는 장점이 있다고 했다.

8익법 중 여성의 자세는 앉는 것은 무릎 부위의 돌림(扭轉)과 기타 각 부위의 충분한 운동이 있다. 그 목적은 부위에 있는 내장의 기능을 강화하는데 있다. 더욱이 신장의 기능을 강화하는데 있다. 골반으로 하여금 안으로 타서 운행케 하고, 허리 부위의 근육을 강건케 하고, 건강하게 자궁에 교합하고 아울러 또 여자가 양호한 성욕 기능을 유지케 할 수 있다고 했다.

요컨대 8익의 작용은 내장 기능의 강화에 있다. 아울러 성기능을 강고케 하고 남녀가 충분히 성의 즐거움을 누리고 연년익수하고 건강을 영원히 지니게 한다고 했다.

정액을 진하게 하는 자세(固精), 기를 편하게 하는 자세(安氣), 장을 이롭게 하는 자세(利臟), 뼈를 강하게 하는 자세(强骨), 맥을 조화롭게 하는 자세(調脉), 혈을 쌓는 자세(蓋血), 정액을 더하는 자세(益精), 온몸을 다스리는 자세(導体)가 있다고 했다.

칠손(七損)은 신체에 부적합한데 무리하게 사랑을 해서 생긴 질병으로 인한 것들이다. 성의 쇠약, 조루증, 무능, 위축, 과로한 때의 성교, 방사의 과다, 음주로 인한 내장이 상하고 해를 입은데 이를 치료하여 상대방을 만족시키는 방법이라 했다.

1손(一損)은 정기가 끊어짐(絶氣)은 마음에 성욕이 없는데 억지로 하여 배설하면 기(氣)가 적어지고 심열이 나서 눈이 침침해진다고 했다.

2손(二損)은 정액이 흘러넘침(溢精)은 마음이 사랑을 탐해서 음양이 교합되기 전에 사용하여 정액이 중동에 넘치는 것, 취하고 배부른데 교접해서 기침하여 거스르고 상기하고 소갈증이 나는 데 기뻐하고 성내고 슬퍼하면 입이 마르고 신열이 난다고 했다.

3손(三損)은 전신의 맥박이 불순함(奪脉)은 남자의 그것이 단단하지 않은데 억지로 사용하여 중도 泄精하고 정력이 고갈되는 것, 배불러서 방사를 하면 상함이 비장에까지 미친다고 했다.

4손(四損)은 기가 배설됨(氣泄)은 피로하고 권태로워 땀이 나는데 마르기도 전에 교접하면 복열(腹熱)이 나고 입술이 탄다고 했다.

5손(五損)은 기관궐상은 무리하게 교접하여 간이 상하고 갑작스레 폭력으로 교접하여 피로함을 다스리지 못하는 것. 눈이 희미하고 악성 종기가 발생한다고 했다.

6손(六損)은 모든 것이 닫힘(百閉)이니 여자에게 음란에 빠져 스스로 절도없이 사용함이라 했다. 자주 교접하여 도수를 잃어 정기가 다하여 나오지 않는 것이다. 여러 가지 병이 나란히 생기고 소갈병으로 눈이 침침하다.

7손(七損)은 혈이 메마름(血竭)이니 힘써 행한 작업으로 땀이 흠뻑 젖은데 연속 사정하여 혈이 마르고 기가 고갈되어 요도가 아프고 음낭이 습하다고 했다.

7체 損位의 공통점은 여성이 주도권을 잡고 남자는 설정하지 않게 하고 여자가 하루에 방사를 9차례 하게 한다고 했다.

'성(性)은 아는만큼 보인다'는 평범한 진리는 '인생은 아는만큼 보인다'는 말로 귀결된다.

신선도神仙圖에는 신선이 없다

2005년 12월 10일 1판 1쇄 인쇄
2005년 12월 15일 1판 1쇄 발행

지은이 • 최 창 록
펴낸이 • 한 봉 숙
펴낸곳 • 푸른사상사

· 등록 제2 - 2876호
서울시 중구 을지로3가 296 - 10 장양B/D 701호
대표전화 02) 2268 - 8706(7) 팩시밀리 02) 2268 - 8708
메일 prun21c@yahoo.co.kr / prun21c@hanmail.net
홈페이지 //www.prun21c.com
편집/디자인 · 심효정 / 지순이 / 이선향 기   한신규

ⓒ 2005, 최창록

값 15,000원
ISBN 895640 - 358 - 9 - 03810

☞ 푸른사상에서는 항상 양서보급을 위해 노력하고 있습니다.